Adotados pelo Gato

Tradução Luiza Marcondes

Adotados pelo Gato

Tanya Guerrero

astral cultural

Editora Natália Ortega

Editora de arte Tâmizi Ribeiro

Coordenação editorial Brendha Rodrigues

Produção editorial Gabriella Alcântara e Thais Taldivo

Preparação de texto Andresa Vidal

Revisão de texto Fernanda Costa e Wélida Muniz

Design da capa Sarah Horgan **Arte de capa** Leah Goren

Foto da autora © Pilar Trigo Bonnin

Dados Internacionais de Catalogação na Publicação (CIP)
Angélica Ilacqua CRB-8/7057

G965a

Guerrero, Tanya
Adotados pelo gato / Tanya Guerrero ; tradução de Luiza Marcondes. — São Paulo, SP : Astral Cultural, 2025.
336 p.

ISBN 978-65-5566-655-7
Título original: Cat's People: A Novel

1. Ficção filipina I. Título II. Marcondes, Luiza

25-2887 CDD 899.2113

Índice para catálogo sistemático:
1. Ficção filipina

BAURU
Rua Joaquim Anacleto
Bueno 1-42
Jardim Contorno
CEP: 17047-281
Telefone: (14) 3879-3877

SÃO PAULO
Rua Augusta, 101
Sala 1812, 18º andar
Consolação
CEP: 01305-000
Telefone: (11) 3048-2900

E-mail: contato@astralcultural.com.br

Para todas as pessoas do mundo que amam gatos,
especialmente os bobos que sempre acabam
sendo adotados por um gato;
as almas bondosas que adotam os gatos mais velhos,
os mais doentes e os "mais feios" do abrigo;
os esforçados, os generosos e os corajosos que resgatam gatos;
e os voluntários do C.E.D.*
Vocês são minhas pessoas, minhas favoritas.

---

* Refere-se a um método de controle populacional, nesse caso, relacionado a gatos de rua, cuja sigla em português significa "captura, esterilização, devolução". (N.T.)

O mundo de acordo com Gato

Gato sabia bem que deveria ficar na surdina. À noite era moleza. Mas, durante o dia, quando as sombras eram escassas, ele precisava buscar lugares para se esconder dos estranhos: lixeiras pretas reluzentes, becos recém-asfaltados, jardineiras com arbustos precisando de poda. Afinal, Gato era esperto. Depois de viver tantos anos na rua, tinha entendido duas coisas:

1) A maioria das pessoas não gosta de bichos de rua.
e
2) Acredita-se que gatos pretos dão azar.

Ele sabia que aquilo era bobagem, é claro. O que a cor da sua pelagem poderia ter a ver com isso? Milhares de pessoas perambulavam pelo Brooklyn usando roupas completamente pretas e ninguém jamais olhava para elas com desconfiança, nem as afugentava nem fazia aquela besteira de tocar na testa e cruzar o peito de um lado para o outro com as mãos. Para piorar as coisas, em determinado dia, *todos* os anos, ele via a si mesmo em estátuas de plástico e recortes de papelão nas janelas enquanto as crianças desfilavam fantasiadas, carregando bolsinhas em formato de abóbora. Era o único dia em que se sentia seguro. Bom, quase isso. Ao menos, podia se esgueirar para fora das sombras e ainda passar despercebido.

Mas Gato também tinha alguns amigos. Talvez não fossem exatamente *amigos*, mas pessoas em quem confiava o bastante para não se esconder delas. Pessoas com olhos gentis, voz suave e coração que não era completamente feito de pedra. Essas pessoas eram *dele*. Na verdade, eram as únicas pessoas em seu universo. Todas as outras eram um borrão, um movimento, uma forma. Simplesmente estavam lá. E ele não dava a mínima importância para elas. Porque Gato não era como aqueles cachorros bobos que balançam o rabo para cada estranho que passa por perto. Ele era orgulhoso demais para se rebaixar a esse nível. Suas pessoas vinham até *ele*, não o contrário.

Pessoas existem para servir aos gatos.

E talvez, de vez em nunca, se porventura sentirem vontade, os gatos fazem algo em retribuição.

1

Núria

Núria não precisava programar o despertador. Todas as manhãs, às seis em ponto, três conjuntos de punhais em formato de patas atacavam suas pernas, sua barriga, seu peito e seu rosto. Línguas ásperas alisavam seu cabelo até que, finalmente, ela se mexia e resmungava. Momento em que os portadores das adagas miavam em coro até ela sair cambaleando da cama, com os olhos turvos.

— Tá bom, já acordei! — ela disse, indo até a cozinha minúscula. Os três ingratos a seguiram, rondando suas pernas, miando como se o mundo estivesse prestes a acabar. Ela tropeçou em um gato de pelo laranja antes de chegar ao destino: o armário onde guardava pilhas e pilhas de Gour Meow sabor salmão, a comida enlatada favorita dos ingratos.

Miiiiaaaauuu!

Os uivos se tornaram ainda mais desesperados quando ela abriu uma latinha com um estalido, servindo o patê fedorento nas tigelas limpas que havia deixado no balcão antes de dormir. Foi só quando posicionou as tigelas cuidadosamente no chão, com trinta centímetros de espaço entre elas, que o silêncio finalmente reinou. Bom, não um silêncio completo, já que Núria morava no segundo andar de um prédio baixo em uma das ruas mais movimentadas do Brooklyn. Ainda assim, era silêncio o bastante para que ela relaxasse e pudesse seguir com seu dia.

Primeiro, café.

Núria vasculhou os armários em busca dos grãos, mas havia acabado.

— Droga — ela murmurou.

Por algum motivo, ela sempre se lembrava de comprar a comida dos ingratos, mas quando se tratava das próprias necessidades, o cérebro se transformava em papa. Sem café. Sem papel higiênico. Sem comida. Ela abriu a geladeira e encarou uma maçã verde lá dentro. Os únicos outros itens eram um tablete de manteiga vegana, uma caixa de leite de aveia vencido, um pote cheio de sachês de ketchup e uma garrafa solitária de alguma coisa que havia rolado até os fundos em uma das prateleiras. Ela se esticou e puxou a garrafa, sorrindo quando percebeu que era o restante do café gelado de alguns dias atrás, do qual tinha se esquecido.

Talvez o dia não fosse ser tão ruim, afinal.

Núria se jogou em uma de suas duas cadeiras, parte de um conjunto de jantar de fórmica que havia conseguido no Exército da Salvação, cuja mesa mal comportava duas caixas de pizza. A essa altura, os ingratos tinham terminado o café da manhã e saído correndo para se apossar de seus pontos favoritos na quitinete abarrotada. Miel, o malhado laranja, saltou até o parapeito da janela, ao lado do cacto moribundo. Gazpacho, o tricolor rechonchudo, aninhou-se em seu travesseiro. Por último, mas não menos importante, Churro, o gato cor de chocolate, arrastou-se para baixo da cama, onde ninguém o incomodaria.

Enquanto bebia o café gelado, Núria deslizava a tela do celular, verificando os e-mails, lendo sem prestar atenção, como se sua mente estivesse em outro lugar. Fazia algum tempo que as coisas não importavam de verdade para ela. Até mesmo o que antes amava, como o trabalho voluntário no Felinyorkers, uma organização de resgate e captura-castração-devolução, e seu emprego como barista em uma cafeteria das redondezas, tinham perdido a graça. Ela não sabia o motivo, mas, no último ano, parecia estar vivendo como uma sonâmbula. Um zumbi. Um robô. Uma casca da humana que já tinha sido.

Bip! Uma mensagem da mãe surgiu na tela.

> *Oye!* Olhe só! Até o papa falou que bichos de estimação não são filhos.

Anexo à mensagem havia um link para uma reportagem intitulada: "Papa critica casais que preferem animais de estimação a filhos". Núria suspirou. Nem se deu ao trabalho de ler a matéria. Que diferença faria? Ignorar e deletar. Aquele era seu mecanismo de defesa nos últimos anos, desde seu aniversário de trinta e cinco, quando a mãe começou a perturbá-la sobre quando ganharia netos. Núria não teve coragem de responder que não tinha planos de parir um punhado de mini-Núrias. Não porque imaginava que mudaria de ideia em algum momento, mas porque não estava mentalmente preparada para lidar com as consequências. Mulheres espanholas de certa idade sonhavam em ter netos, e só de pensar em tirar esse sonho da mãe, a pele de Núria já começava a coçar.

Núria foi até o parapeito da janela, onde Miel miava para os passarinhos. Ela coçou o queixo peludo do gato, o gesto tranquilizador para os dois. Um tipo de calmante instantâneo. Ela precisava de tanta calma quanto possível. Afinal, era seu dia de folga. Em vez de mofar na cama assistindo à Netflix, precisava se aventurar no mundo para distribuir comida, como de costume. Já que teria mais tempo para fazer suas rondas com calma, também teria mais tempo para se transformar em uma bola de energia nervosa. Parte de suas funções como voluntária envolvia garantir que nenhum dos animais nas ruas tivesse quaisquer questões médicas que exigissem cuidados emergenciais. Para ela, era a parte mais estressante do trabalho. Encontrar um gato de rua doente e ferido a apavorava.

Era uma atividade física e mentalmente exaustiva. Houve momentos em que Núria quase desistiu do voluntariado. Não seria mais fácil *não* se importar? Mas aqueles momentos de insegurança eram passageiros. Verdade seja dita, havia uma única coisa de que Núria se orgulhava: seu comprometimento inabalável. Era provavelmente a única coisa que a redimia. Ela era péssima em relacionamentos. Era péssima cozinhando e faxinando. E era especialmente péssima em tomar conta de si mesma. Autocuidado? Nunca tinha ouvido falar.

Miel golpeou a mão de Núria de repente, o que significava que tinha se fartado da atenção. Ela apanhou algumas peças de roupa parcialmente limpas de uma poltrona próxima e se vestiu. Não fazia sentido usar roupas limpas de verdade se estava prestes a sair e suar. Sem falar no fedor da ração enlatada, do xixi de gato e, de vez em quando, aquele cheiro metálico de um arranhão sangrento, que sempre grudava nela depois das rondas. A vida de uma cuidadora de gatos de rua era muitíssimo glamourosa.

Quando estava relativamente apresentável, Núria agarrou a mochila e a lotou com várias latinhas de comida para gatos, um saquinho hermético cheio de ração seca e alguns potes plásticos descartáveis que usava como tigelas de água. Então, encheu a garrafa térmica com água da torneira e foi em direção à porta.

Plim-plim... Plim... Plim-plim... Era o som do toque supostamente zen de seu celular. Núria puxou o aparelho do bolso de trás e deu uma olhada na tela. Seus ombros caíram na mesma hora. Era a mãe. Mais uma vez. Mesmo sentindo muita vontade de ignorar a ligação, sabia que tinha que dar um mínimo de atenção a ela. Era a mesma questão dos dez minutos diários que precisava dedicar para brincar com os ingratos com bolinhas de papel-alumínio ou um barbante. Se não o fizesse, eles passariam a noite toda correndo em disparada pelo quarto.

— *Hola, Mamá* — atendeu Núria.

Ouviu-se o som de algo remexendo-se do outro lado da linha.

— Núria! *Por fin!* — Ela pausou. — *Mira*, tenho uma ótima notícia para você.

— Uma ótima notícia? — Núria revirou os olhos.

— Sim. Está sentada?

Núria foi até a cama e se sentou.

— Estou.

Mais uma pausa.

— Enrique… está solteiro de novo!

Enrique era o filho bonitão da melhor amiga de sua mãe, na Flórida. Ele morava em Nova Jersey, mas vinha à cidade todos os dias para trabalhar em um escritório de advocacia. Ele passava gel no cabelo, usava ternos de marca e bebia uísque puro malte em bares elegantes com loiras elegantes.

— E você está me contando isso *porque*…

— Porque acho que você deveria sair com ele, *mija*… Já passou da hora de parar de agir feito uma adolescente e se estabilizar.

— *Ma!*

— O que foi? Sou sua mãe! É meu dever chamar sua atenção para essas coisas.

Núria sentia o suor gotejando das têmporas. As palmas das mãos estavam úmidas e ela pressentia a chegada de uma crise de ansiedade. Precisava pensar rápido.

— Eu já estou saindo com alguém! — ela disse, sem pensar.

— *Qué?* — falou a mãe, como se tivesse dado de cara com Julio Iglesias, seu ídolo. — Quem? Com quem você está saindo? *Por díos! Dígame!*

Por um instante, Núria entrou em pânico. *Merda.* No que é que ela estava pensando? Se não falasse algo logo, a mãe pegaria o primeiro avião para Nova York e exigiria respostas.

— Hã. Hum. Bom… — Núria se atrapalhou com as palavras. Mas então sentiu algo em sua perna e olhou para baixo. Churro estava espreitando de debaixo da cama, golpeando seu cadarço desamarrado. — Ch-Chu… o nome dele é Charles.

2

Bong

Bong se sentia sozinho. Já fazia quase um ano que a esposa, sua amada Conchita, morrera repentinamente devido a um derrame. Desde que se casaram, não haviam passado um dia sequer longe um do outro. Nem um único dia. Agora que ela se foi, sentia-se sozinho e perdido, como se fosse *ele* quem tivesse morrido; como se fosse apenas um fantasma flutuando por uma vida que já não queria mais. Com frequência, fantasiava com a ideia de morrer e se reunir com ela no paraíso, seus corpos repousando lado a lado nos jazigos onde haviam planejado ser enterrados juntos. Mas ele sabia que Conchita teria desejado que ele seguisse em frente.

Então foi o que Bong fez. Na verdade, provavelmente seguiu em frente bem *demais*, trabalhando em sua mercearia dia após dia. Era exaustivo. Pelo menos, ele ficava cercado de pessoas. Aquilo o fazia se sentir menos solitário, mesmo que fossem, na maioria, estranhos. Ele tinha seus fregueses, é claro, apesar de o conceito de "fregueses" no Brooklyn significar apenas que ele os reconhecia e eles o reconheciam. O máximo que conseguia era um aceno de cabeça ou um *bom-dia* que saía no automático. Os nova-iorquinos eram ocupados demais para fazer amigos fora de seus círculos sociais. Na verdade, evitar contato visual era preferível. Afinal, existiam malucos demais por aí. Mas nada daquilo importava para Bong. De certa maneira, era melhor. A última coisa que ele queria era se aproximar de qualquer pessoa nova e,

Deus o livre, ter essa pessoa arrancada de sua vida como havia acontecido com Conchita.

Ding. Ding. Ding.

Bong olhou de relance para a porta. Era a Sardenta. Em sua mente, era assim que chamava aquela mulher. Ela era uma das freguesas que passava por lá duas ou três vezes por dia. As interações dos dois se limitavam a amenidades, mas ele meio que sentia que a conhecia. Muitas vezes, passava o tempo atrás da caixa registradora imaginando como seria a vida dela e de seus outros fregueses. Teriam alguém como Conchita ao lado? Ou seriam tão sozinhos quanto ele?

Sardenta vagueou pelos corredores, examinando-os. Bong tinha certeza de que ela acabaria comprando o de sempre: uma barrinha de proteína sabor pasta de amendoim e chocolate, um pacote de batatinhas Lay's e uma banana. Depois de cerca de cinco minutos, ela se aproximou do caixa exatamente com os itens que ele já esperava, além de um adicional: uma barra de chocolate amargo. Ela provavelmente estava tendo um dia ruim.

— Bom dia. — Os olhos verde-oliva dela encontraram os dele antes de desceram até os produtos no balcão.

Bong sorriu.

— Um bom dia pra você também. — Ele escaneou os itens. — São cinco dólares e setenta e cinco centavos, por favor — disse, sem se dar ao trabalho de puxar uma sacola de papel pardo, já que sabia que ela recusaria e enfiaria tudo na mochila.

Ela entregou seis dólares amarrotados e se pôs a jogar as compras dentro da mochila. Nesse meio-tempo, Bong alisou cuidadosamente cada nota antes de guardá-las na caixa registradora. Devolveu vinte e cinco centavos a ela. Por um momento, Sardenta ficou parada feito um carro aguardando uma vaga para estacionar. Bong franziu as sobrancelhas, mas, depois de uma breve pausa constrangida, sorriu.

— Só um momento — ele disse, curvando-se para pegar algo.

— Obrigada — ela falou.

Ele se endireitou e entregou uma pilha de pratinhos de papel a ela. Era uma permuta que acontecia há mais de um ano. Certo dia, ela tinha perguntado se ele poderia doar alguns. Sem pedir explicação, Bong lhe entregou uma dúzia. Desde então, fornecia os pratos a ela regularmente. É claro, havia certo prejuízo ao entregá-los de graça, mas Bong tinha certeza de que ela tinha uma boa razão para precisar deles. Era o que sua intuição dizia. E sua intuição era basicamente a única coisa com a qual ele contava hoje em dia.

Sardenta pegou os pratos de papel e acenou. Havia um sorrisinho em seu rosto, que fazia Bong pensar nos primeiros brotos de açafrão desabrochando na primavera, uma minúscula lasca de esperança em um mundo gelado.

Ele a observou desaparecer porta afora, banhada na luz suave do sol da manhã. Um dia, quem sabe, perguntaria o que ela fazia com todos aqueles pratos de papel. Por enquanto, estava satisfeito em manter o mistério.

3

Collin

Collin estava sentado à sua escrivaninha. À sua frente, o notebook e, ao lado, uma xícara de cerâmica cheia de café escaldante, a terceira do dia. Ele estava sentado ali desde as cinco da manhã, convencido de que acordar em um horário terrível inspiraria as palavras a aparecerem magicamente na tela. As palavras que seu editor esperava ter recebido dezoito meses atrás. Ainda assim, a página continuava em branco. Collin lançou um olhar cheio de fúria para a capa dura de seu primeiro livro, que ele mantinha por perto para se lembrar de que não era um impostor completo. Ele estendeu a mão para tocá-la, os dedos traçando o selo que dizia BEST-SELLER DO NEW YORK TIMES na parte de cima. Era a prova. Ele *tinha* talento. Os leitores amavam sua escrita. Recebera vários prêmios. Mas, então, seu segundo livro havia sido um fracasso. A pressão em relação ao terceiro era um fato. Vinha de seu agente. De sua editora. De seus leitores. E, acima de tudo, de si mesmo. Ele precisava dessa reviravolta.

Contudo, havia um imenso problema. Desde que conquistou aquilo com que grande parte dos aspirantes a escritores apenas sonha, Collin se tornou praticamente um eremita. Bom, talvez não exatamente um eremita. Ele era antissocial, sem dúvida nenhuma, preferindo passar o tempo sozinho em seu sobrado de três andares no Brooklyn. Por isso, escrever era a carreira perfeita para ele. Autores passam a maior parte de seus dias escondidos em suas cavernas literárias, emergindo apenas quando é hora de despertar da hibernação: reuniões, turnês de lançamento, sessão de autógrafos. Quando era obrigado a cumprir tais funções, vestia sua armadura: seus óculos de casco de tartaruga, o casaco tweed e o sorriso falso que praticava em frente ao espelho. Afinal, não era isso que fãs esperavam de um autor de sucesso? Era uma obrigação. Mas era parte de seu trabalho. Portanto, ele fazia o que precisava ser feito.

Collin olhou pela janela do segundo andar, algo que fazia com frequência excessiva. Era mais fácil encarar o mundo exterior do que a tela em branco à sua frente. Mas ele dizia a si mesmo que estava buscando inspiração. Talvez uma musa grega apareceria na forma de algo ou alguém na rua. E então, *bam!* Uma ideia se formaria em sua cabeça. Mais um sucesso de vendas. Mais uma obra ganhadora de prêmios. Mais um livro bom pra caralho.

Mas, até o momento, tudo que conseguia ver do lado de fora era um ângulo do beco onde deixava suas lixeiras e recipientes de compostagem. Um pouco além, via-se um pedacinho de calçada por onde, vez ou outra, um pedestre passava. A maioria era completamente esquecível. Exceto por uma.

Collin olhou de relance para o relógio que carregava em seu punho. Em alguns minutos, ela apareceria. Ele a tinha visto vários meses atrás, andando devagar, virando o rosto de um lado para o outro, parando para se agachar ou ficar nas pontas dos pés, como se procurasse alguma coisa. Era o que havia chamado a atenção dele.

Em geral, as pessoas passavam tão rápido que Collin mal conseguia olhar. Mas ela, não. Ela havia permanecido em seu campo de visão por um bom tempo, parecendo representar algum tipo de performance vanguardista esquisita, como um mímico nas ruas de Paris. No começo, ele não conseguiu entender o que ela estava fazendo. Certo dia, contudo, um gato preto desgrenhado espreitou por entre a folhagem da cerca viva de seu vizinho. Collin pôde notar a empolgação da mulher ao ver o gato.

Ela colocou um pratinho de papel com comida na calçada, a cerca de um metro de onde o gato estava. Ao lado, posicionou um daqueles potes descartáveis de comida para viagem e serviu um pouco de água, enchendo-o até quase a metade. Quando terminou, ela disse alguma coisa ao gato. E, então, foi embora, virando-se uma ou duas vezes até desaparecer de seu campo de visão. O gato esperou alguns minutos antes de disparar dos arbustos para devorar a comida deixada.

Collin nunca foi muito afeiçoado a gatos. Nem mesmo quando pequeno. Mas ver aquele gesto bondoso fez nascer esperança nele. Talvez valesse a pena se aventurar fora de seu casulo. Talvez ainda existissem pessoas por aí capazes de inspirá-lo.

Pssspssspssspsss! O som atravessou a janela aberta antes mesmo que ele pudesse vê-la. Um segundo depois, a mulher apareceu usando um de seus trajes habituais, que lembrava o que vestiam algumas das garotas com quem Collin estudara na faculdade. Era aquele visual perdi-a-hora-e-vesti-o-que-encontrei-no-chão. O conjunto do dia incluía calça de ginástica laranja-néon, uma camiseta preta estampada com o rosto de Salvador Dalí, papetes douradas e brilhantes e uma mochila roxa que poderia ter sido de Dora, a Aventureira. Como sempre, o cabelo acobreado dela estava preso em um coque alto bagunçado que pendia para um lado.

Collin ficou em pé para poder enxergar melhor, esperando que ela não o flagrasse espionando. O mero pensamento fez suas bochechas esquentarem.

Pssspssspssspsss!

Não demorou para que o gato preto aparecesse. Ele saiu da cerca viva com um salto, sem hesitar. A moça claramente havia conquistado sua confiança. Ainda assim, o gato se recusou a deixar que a mulher o tocasse. Ela precisava se manter a cerca de um metro de distância, do contrário, ele voltava em disparada para o meio dos arbustos. Collin o entendia, pois também não deixava as pessoas se aproximarem. Também era arisco. Talvez tivesse algo em comum com gatos, afinal.

Antes de deixar o gato sozinho com sua refeição, ela se agachou na calçada e falou com ele. Apenas algumas palavras. E, então, endireitou-se e arrumou o sutiã antes de sair novamente do campo de visão de Collin. Ele correu até a frente de seu sobrado, esperando conseguir outro vislumbre através das janelas que davam para a rua. Mas, quando chegou lá, ela já tinha desaparecido, provavelmente em busca de algum outro gato de rua na vizinhança.

Os ombros de Collin caíram. Ele fitou o corredor que conduzia a seu escritório. O notebook, com sua página em branco, continuava à sua espera.

— Merda — murmurou para si mesmo.

Qual era o sentido? Mesmo assim, arrastou-se pelo corredor de volta ao escritório. Collin era alto, o tipo de pessoa alta que chamava a atenção dos outros sempre que entrava em algum lugar. Era robusto também, com ombros largos, antebraços grossos e mãos e pés grandes. Era o corpo de um homem, mas sua postura era como a de um garotinho perambulando pela vida com as roupas e os sapatos de trabalho do pai.

Quando chegou à escrivaninha de nogueira, com aquele design clássico dos anos 1950 que seus pais lhe deram de presente depois de seu primeiro contrato de publicação, ficou parado ao lado dela. Não gostava nem de pensar na ideia de se sentar ali novamente. Seus olhos pousaram no bloco de notas adesivas laranja-néon que sempre deixava à mão para rascunhar ideias. Era exatamente o mesmo tom de laranja da calça de ginástica da mulher.

Collin se contorceu. Puxou uma caneta e rabiscou algo em uma das notas. Antes que tivesse tempo de mudar de ideia, ele o descolou do bloco e desceu as escadas trotando na direção da porta da frente. Por um instante, hesitou com a mão na maçaneta. Depois de inspirar fundo, deu meia-volta e saiu com sua calça de pijama xadrez, uma camiseta branca e pantufas. Sem nem sequer se importar se alguém repararia, ele agarrou uma das pedras decorativas de seu canteiro de gerânios e se apressou até o local onde a mulher havia colocado o prato e o pote descartáveis.

Àquela altura, a comida havia sido devorada e o gato preto tinha desaparecido. Mas ele sabia que a mulher voltaria. Tinha observado que o conjunto de utensílios do gato sempre sumia em uma ou duas horas.

Ele apertou a mão em torno da pedra, as juntas dos dedos esbranquiçadas. Havia um calor em seu ventre, como o recheio cremoso de um *petit gâteau,* impelindo-o a ir em frente. Qual era o propósito desse exercício? Ele realmente queria se enredar em uma situação potencialmente complicada?

Apesar da hesitação, Collin se abaixou e grudou o bilhete no prato de papel vazio, colocando a pedra sobre ambos para segurá-los no lugar. Pronto. Estava feito.

Estava prestes a escapar de novo para os confins de seu sobrado quando, de repente, uma cabeça preta e peluda espreitou em meio à cerca viva. Era o gato, fitando-o com olhos verdes que o faziam pensar em vidro do mar. Collin retribuiu a encarada. Presumiu que o gato fugiria ao vê-lo, mas o animal ficou imóvel, avaliando-o, como se ele fosse o aluno novo entrando na classe no primeiro dia de aula.

— Hum. E aí, como vai? — ele perguntou, imediatamente sentindo-se ridículo por tentar falar com o gato.

Miau.

Foi um miado baixinho, tímido. Mal chegava a ser um miado, na verdade. Mas ouvir o sussurro do gato fez um sorriso surgir nos lábios de Collin. Ele não se lembrava da última vez que os cantos de sua boca haviam se curvado daquele jeito. Por um brevíssimo momento, entendeu por que a mulher fazia o que fazia.

Collin acenou para o gato.

— Tenha um bom dia — ele disse antes de voltar por onde havia vindo.

4

Gato

Gato esperou. Ainda estava fresco sob a sombra dos arbustos. Ele havia passado a noite patrulhando a vizinhança, portanto, logo teria que tirar um cochilo. Mas também estava com muita fome, então primeiro esperaria que a Moça Arco-íris aparecesse.

Ele lhe dera o apelido de Moça Arco-íris desde que a conheceu, porque ela andava por aí parecendo o equivalente humano das bandeiras arco-íris exibidas com orgulho em frente a vários estabelecimentos no Brooklyn. No decorrer dos últimos meses, contudo, ele tinha reparado que o interior dela não parecia combinar com o exterior. Sempre que a via andando na rua, a expressão em seu rosto estava vazia, até mesmo triste às vezes. Seus olhos não tinham vida. Além do mais, ela sempre estava sozinha, diferente de algumas das outras pessoas que alimentavam gatos naquela área, que faziam suas rondas em grupos de dois ou três.

Sempre que ela o via, porém, o brilho dela reaparecia. Ela sorria, fazendo as sardas em seu rosto dançarem. Gato aparecia naquele mesmo ponto todos os dias, exatamente no mesmo horário, não apenas porque ansiava por uma bela refeição, mas porque sabia que a Moça Arco-íris precisava dele tanto quanto ele precisava dela.

Pssspssspssspssss...

As orelhas de Gato se ergueram. Em meio aos arbustos, localizou um par de pernas familiares vindo em sua direção. Ele saltou para o lado de fora de imediato, miando um cumprimento quando suas patas tocaram o chão.

— Aí está você — ela disse, abrindo o zíper da mochila para pegar os suprimentos. Enquanto ela dispunha o prato de papel e o pote de plástico na calçada, Gato a rodeou, dando voltas e mais voltas. Ele nunca se aproximava muito, mas a Moça Arco-íris sabia que era o seu modo de dizer a ela que estava feliz em vê-la. — Está com fome? — ela perguntou.

Miiiaaau!, Gato respondeu, contornando-a mais de perto. Havia uma minúscula parte dele desesperada para se esfregar nas pernas dela, mas o restante tinha medo demais. Quando era filhote, fora mais confiante, mais ingênuo. Infelizmente, aquela ignorância o colocara em apuros. A suposição de que a maioria das pessoas era boa só havia lhe rendido latas vazias de cerveja e água fervente arremessadas em sua direção, além de tiros de armas de chumbinho, um desses projéteis estava cravado permanentemente no músculo de seu flanco. Em algumas ocasiões, estranhos tinham até mesmo tentado matá-lo com veneno de rato. Para sobreviver, Gato precisou aprender a desconfiar.

Finalmente, a Moça Arco-íris abriu uma latinha com um estalido, servindo metade dela no prato de papel e despejando um pouco de água fresca no pote.

A essa altura, a cauda de Gato estava se movendo na velocidade da luz, mas a Moça Arco-íris sabia que ele não tocaria na comida enquanto ela não se afastasse um bom metro e pouco. Um, dois, três passos. Gato olhou de relance para ela, para assegurar-se de que estava longe o bastante.

— Não vou machucar você. Vai em frente, pode comer, parceiro — ela disse, sorrindo e acenando com a cabeça.

Gato se lançou sobre o prato de papel. A Moça Arco-íris o observou comer por alguns segundos antes de dar meia-volta e seguir seu caminho.

Levou apenas alguns minutos para que Gato terminasse a refeição.

Era perigoso demais comer com calma; havia pessoas que poderiam chutá-lo, cães que poderiam persegui-lo, carrinhos de bebê que poderiam passar por cima de sua cauda. Portanto, ele sorveu um pouco de água, lambendo as gotículas do queixo, antes de disparar de volta para a segurança dos arbustos.

Gato se aconchegou na terra fresquinha da manhã. Seus olhos se fecharam devagar, fendas de branco ainda visíveis conforme adormecia. *Blam. Blam.* Gato acordou, alarmado. Será que a Moça Arco-íris já tinha voltado? Não, o som dos passos era diferente. Com cautela, ele espiou em meio à cerca viva.

Um homem alto usando pijama estava em pé ali, encarando seu prato no chão. O cabelo do homem era preto e desgrenhado, da mesma cor do pelo de Gato. Em vez de sapatos, ele calçava pantufas. Em uma das mãos, segurava um pedacinho de papel e, na outra, uma pedra.

Por um momento, Gato considerou fugir. Aquele homem poderia ser perigoso. Mas, apesar da ameaça em potencial, estava intrigado. Então, ficou onde estava. O homem se agachou e colocou o papel sobre seu prato e, depois, posicionou a pedra por cima antes de voltar a se endireitar.

Embora o homem fosse alto e parrudo, como aqueles entregadores de supermercado que batiam as cinzas do cigarro em Gato, havia algo de diferente nele. A maneira como mexia os braços e pernas era lenta e desajeitada, como se ele ainda não tivesse lido o manual do usuário do próprio corpo. E apesar de seus olhos serem castanhos, não verdes, ele tinha o mesmo olhar vazio da Moça Arco-íris.

Estava óbvio para Gato que aquele homem precisava de alguma coisa. De quê, exatamente, ele não sabia. Por algum motivo estranho, Gato quis descobrir. Ele enfiou a cabeça em meio aos arbustos e miou.

5

Omar

Omar era o carteiro dos sonhos de qualquer vizinhança. Ele levava seu trabalho a sério. Não apenas entregava a correspondência com cuidado e precisão, como também sempre tinha um sorriso no rosto que fazia até as pessoas mais carrancudas lhe retribuírem o gesto. Não era incomum que fosse convidado a entrar para tomar uma xícara de café ou uma limonada bem gelada. Praticamente todos o adoravam, ainda mais os mais velhos e as crianças. Até mesmo os vários gatos e cachorros em sua rota se sentavam à janela e ficavam à sua espera, porque ele sempre tinha petiscos na bolsinha que levava ao redor da cintura. Em alguns dias, tirava selfies com seus vários amigos peludos e as postava em sua conta do Instagram, com anedotas divertidas para o mundo ver.

Ele abriu o portão rangente que levava à casa da sra. Lewis, a primeira em uma fileira de sobrados no quarteirão que provavelmente era o mais bonito do bairro de Crown Heights. Antes de subir as escadas até a porta, ele se deteve e abriu o zíper da pochete em sua cintura. Dentro, estava um frasco pequeno de óleo WD-40, que sempre levava consigo para emergências. Borrifou uma quantia generosa nas dobradiças do portão, testando-o algumas vezes para garantir que o rangido havia desaparecido. A sra. Lewis era viúva, então ele fazia questão de ajudá-la, até mesmo oferecendo-se para cuidar de Sinatra, um chihuahua de olhos azuis, sempre que ela viajava para Boston para visitar os netos.

Au! Au! Au!

Sinatra já estava fazendo um estardalhaço antes mesmo de Omar terminar de subir as escadas. Aquele cachorro detestava *todo mundo,* incluindo Omar na época em que estava começando sua rota de entregas. No decorrer dos primeiros meses, Sinatra havia mordido seu dedo, feito xixi em seu sapato e destruído a correspondência, porque estava com o cheiro de Omar. O que Sinatra não havia percebido, contudo, era que Omar era tão teimoso quanto ele. Para cada rosnado, Omar falava com o cão com palavras gentis e doces. Para cada latido, oferecia a ele um petisco de fígado desidratado. Foi preciso muita paciência e persistência, mas, por fim, Omar conquistou Sinatra.

— Bom dia, Omar! — a sra. Lewis disse ao abrir a porta. Sinatra disparou pelo meio das pernas da mulher para poder pular em Omar feito uma caixa surpresa peluda.

— Bom dia, sra. Lewis — Omar respondeu, erguendo Sinatra e o carregando feito um bebê. — Pelo cheiro, parece que você acabou de tomar um banho, meu chapa! — Ele afagou a barriga de Sinatra até a perna do cachorro tremer.

A sra. Lewis deu uma risadinha.

— Bom, aproveite esse cheirinho de cachorro recém-lavado. Creio que vai demorar para ele ir tomar banho de novo. Donna, a única funcionária que ele tolerava no pet shop, pediu demissão, e o resto da equipe tem medo de lidar com ele.

Omar abraçou Sinatra, beijando sua cabeça.

— Ele só é incompreendido.

— Todos somos, não é? — A sra. Lewis deu de ombros e abriu um pouco mais a porta. Como de costume, seu cabelo prateado estava trançado de um lado ao outro da cabeça, o que, de algum jeito, combinava com sua coleção de kaftans multicoloridas. — Gostaria de me acompanhar para um *chai* com biscoitos? Fiz biscoitinhos extra-amanteigados com um toquezinho de laranja.

Omar colocou Sinatra no chão para poder entregar a correspondência da sra. Lewis.

— Estou um pouquinho atrasado hoje, mas adoraria levar um biscoito, se não for incômodo. A senhora sabe o quanto adoro uma manteiga.

— É claro! Espere um pouco. — Ela entrou na casa e sumiu de vista, deixando Omar afagando um Sinatra agitado.

— Calma lá, meu chapa. — Omar abriu o zíper da bolsa e puxou seu saquinho de petiscos de fígado. — Beleza, vamos tirar uma foto para o Insta, que tal? — Ele se ajoelhou no patamar e ergueu um dos petiscos, para que Sinatra subisse nas patas traseiras. No momento exato, tirou uma selfie. — Seus fãs vão amar — ele falou, entregando o petisco antes de se endireitar.

— Aqui está. — A sra. Lewis voltou com uma caixinha de papel pardo, envolta por um laço cor-de-rosa perfeito. — Sei que é um pouco exagerado, mas eu tenho muito tempo livre.

Omar sorriu.

— A senhora *sabe* que eu adoro uma porção extra. Obrigado, sra. Lewis. Até amanhã. — Ele guardou a caixinha na bolsa e deu mais uma afagada em Sinatra antes de partir para o próximo sobrado.

Ao alcançar a antepenúltima casa do quarteirão, estava sem fôlego, mas de um jeito agradável. Calor, suor e exaustão eram bênçãos, pois era por meio deles que se sentia vivo. A *abuela* de Omar vivia repetindo a ele que se empenhar no trabalho era o segredo para uma vida longa. Mesmo depois de se aposentar como professora, ela continuou trabalhando como voluntária em seu grupo da igreja, cozinhando no refeitório comunitário da região e cuidando de sua hortinha. Aquele tipo de produtividade a havia mantido viva com boa saúde até os cento e três anos.

Omar marchou até a casa de Collin Thackeray, a pseudo-celebridade do quarteirão. Levando em conta que o homem trabalhava em casa, Omar o via pouquíssimo. Contudo, em raras ocasiões, o autor de sucesso abria a porta da frente e recebia a correspondência pessoalmente, em geral ainda vestindo pijama xadrez amarrotado. Em uma dessas vezes, até mesmo tinha presenteado Omar com uma edição de capa dura autografada de seu livro, que Omar lera de uma só vez. Verdade seja dita, não tinha gostado muito. Era óbvio que Collin era um ótimo escritor, mas Omar achou que a história tinha angústia de homem branco hétero demais para seu gosto.

Naquele dia, Collin decidiu não dar o ar da graça. Omar empurrou o solitário envelope pela abertura da caixa de correio. Estranhamente, depois que o envelope a atravessou, ele flagrou um vislumbre de um par de pantufas azul-marinho e pernas vestidas de xadrez, como se Collin estivesse parado do outro lado da porta, esperando por ele. Por que, então, não tinha aberto a porta ou falado alguma coisa? Talvez o cara simplesmente não estivesse a fim de conversa. De fato, ele parecia uma pessoa reservada. Afinal, morava sozinho em um sobrado enorme: nenhuma namorada ou esposa, nenhum filho, nenhum bicho de estimação que Omar tivesse visto. A não ser que levasse em conta aquele gato preto desgrenhado que dormia nos arbustos. E falando no diabo…

Omar desceu os degraus apressado, garantindo que seus sapatos fizessem bastante barulho, porque sabia que aquele som era a deixa de seu parceirinho. Assim que a sola de seu sapato tocou a calçada, o gato espreitou em meio à folhagem e miou.

— Opa, olá, Gatito. Pronto para dar uma circulada?

Gatito miou outra vez antes de sair dos arbustos. Enquanto se espreguiçava um pouco, Omar endireitou seu carrinho de transporte.

— Bora lá, quando acabarmos, compro uns lanchinhos pra você na mercearia.

E lá se foi Omar entregar a correspondência, com Gatito a galope ao seu lado.

6

Núria

Quando Núria terminou de alimentar os gatos, já estava quase na hora do almoço. Cada centímetro dela estava coberto de suor. Felizmente, todos os animais desabrigados em sua rota pareciam bem. Agora era só voltar pelo mesmo caminho para recuperar os pratos e potes descartáveis. A última coisa que precisava era de alguém acusando-a de deixar lixo na rua. Mas teria que se apressar por causa do almoço que havia combinado com Raquel, mais conhecida como Rocky, a única amiga próxima que tinha. Rocky andava pentelhando-a, pedindo um encontro para colocarem o papo em dia e, mesmo não muito empolgada, Núria concordou em encontrá-la para um lanchinho rápido. De certa forma, sua amiga era meio parecida com sua mãe: se Núria não arranjasse um pouquinho de tempo para ela de tempos em tempos, Rocky vinha atrás dela exigindo explicações.

Psspssspssspssspsss...

Ela se aproximou da cerca viva, procurando por Gato. Por algum motivo, ele nunca estava lá quando ela voltava para limpar as coisas, o que sempre a deixava intrigada. Será que ele tinha outros amigos gatos? Amigos humanos? De que tipo de encrenca ele se safava?

Núria estava alimentando esse animal de rua havia algum tempo, mas ainda não sabia muito sobre ele. Nem sequer conseguira inventar um nome adequado que não fosse "Gato".

Ela puxou um saquinho de lixo de dentro da bolsa. Algo chamou sua atenção, fazendo-a parar. No prato de papel que ela havia deixado na calçada estava uma nota adesiva laranja-néon, sob uma pedra.

Hummm. Estranho...

Ela olhou atentamente para a direita, para a esquerda e por cima do ombro, tentando ver se alguém a observava. Não havia ninguém por perto. Com as pontas dos dedos, ela pegou a pedra lisa, deixando-a cair no bolso lateral da mochila para poder ver o papel laranja embaixo. Quando o bilhete estava bem à sua frente, ela o encarou, franzindo o cenho em confusão.

Acha que o gato entende o que você diz?

Era isso. Era tudo o que dizia. Era óbvio que alguém andava observando-a. Um maluco? Um tarado? Um admirador? Não. Não era possível que ela tivesse um admirador. Ah, bom, na pior das hipóteses, agora teria algo para conversar com Rocky no almoço.

Núria guardou o bilhete no bolso e foi tomar uma ducha e se trocar antes do interrogatório, também conhecido como um almoço com sua melhor amiga.

Como sempre, Núria estava atrasada. Quando chegou ao El Rincóncito, o restaurante cubano minúsculo e escondido que era um dos pontos de encontro favoritos das duas, Rocky já estava sentada à mesa delas, tomando um *café con leche.*

— Até que *enfim* — ela disse, revirando os olhos. — Pensei que seus gatos tinham finalmente te assassinado.

Núria se sentou de frente para ela.

— Rá! Ainda não. Mas talvez estejam planejando isso neste exato momento.

Carmen, a única garçonete, apareceu trazendo uma bandeja de comida. Seu cabelo, geralmente louro-acobreado, agora estava em um tom vibrante de bordô que contrastava com o uniforme fúcsia.

— *Un Cubano, arroz con habichuelas, tostones, yuca con mojo, y dos batidos de guanábana* — ela anunciou, distribuindo os pratos na mesa. — *Algo más?*

Núria e Rocky negaram com a cabeça.

— *No, muchísimas gracias.*

— *Buen provecho* — Carmen respondeu, sorrindo, antes de deixá-las à vontade.

As duas frequentavam o El Rincóncito há anos, apesar dos inúmeros novos restaurantes badalados na vizinhança. Era mais fácil e reconfortante não precisar pensar no que pedir, e os funcionários nunca pareciam se incomodar com o fato de elas, às vezes, ficarem lá por horas. Sem mencionar que a comida era deliciosa e barata.

Rocky deu uma mordida em seu sanduíche cubano, fazendo a expressão orgástica de costume depois de engolir.

— Deus do céu, você chegou na hora certa, porque a garota *puta* de fome aqui teria arrancado sua cabeça com uma só mordida se você tivesse se atrasado um pouquinho mais.

— Desculpe — Núria falou. — Eu estava ocupada... você sabe q...

— Eu *sei.* Eu *sei.* — Rocky sacudiu a cabeça, fazendo pularem os cachos dourados nela. — *Garota*, pra que eu te comprei todos aqueles rolinhos de tirar pelos no Natal se você nunca usa? — ela disse, os olhos focando na farta quantia de pelos de gato na camiseta de Núria.

— Mas eu uso! Para trabalhar. Quer dizer, não é como se você se importasse com a minha aparência — Núria respondeu, na defensiva.

— *Oi?* Eu me importo! Foi por isso que te dei eles!

Núria deixou os ombros caírem.

— Certo. Podemos encerrar esse assunto agora?

— Está bem — Rocky falou, apertando os dentes.

Núria levou um garfo cheio de feijão e arroz à boca e gemeu.

Rocky a fitou com os olhos cor de mel.

— Deixe-me adivinhar. Essa é sua primeira refeição do dia, não é?

— E *daí*? Eu não vou morrer de inanição. Jejum intermitente não está na moda agora? — Núria indagou.

Rocky apontou o garfo para ela.

— Existe uma diferença entre jejum intermitente e não se alimentar porque você se importa mais com aqueles gatos malditos do que consigo mesma.

— Tá bom, *mãe*.

Rocky inspirou fundo, algo que fazia geralmente para não perder as estribeiras.

— Escuta, Núria. Eu só quero que você cuide melhor de si mesma. Se você ficar doente, se perder o juízo, quem é que vai tomar conta daqueles gatos? Consegue ao menos pensar por esse lado?

— Tudo bem. Acho que você tem razão — Núria reconheceu. — Prometo ir ao mercado depois do almoço para comprar comida de verdade. Tá bom?

Rocky sorriu.

— Ótimo. É um começo.

Núria estendeu a mão para pegar sua batida e tomou um longo gole, deixando que a delícia gelada e cremosa a apaziguasse.

— Então, aconteceu uma coisa meio esquisita hoje.

— Esquisito bom ou esquisito ruim? — Rocky se inclinou para a frente.

Núria deu de ombros.

— Não sei. — Ela puxou a nota adesiva laranja de dentro da mochila, colocando-a na mesa para Rocky ver. — Alguém deixou isso para mim.

Rocky estreitou os olhos, observando o bilhete.

— Caramba, é esquisito mesmo. Mas também é intrigante… — Ela voltou a se recostar na cadeira e sorriu. — Hummm. Acho que tem *alguém* que quer um espacinho na sua cama, com pelos de gato e tudo.

— O quê?! Não! É claro que não — Núria falou, o rosto corado de repente.

Rocky cutucou o bilhete com um dedo.

— *Garota.* Pode não parecer pra você, mas isso aqui é uma cantada.

— Você acha? — Núria perguntou.

— Tenho certeza.

Núria encarou o bilhete com tanta força que seus olhos lacrimejaram.

— Hum. Eu deveria, err… responder?

Rocky sorriu.

— Só se você quiser.

Núria não sabia muito bem se queria. Será que ela realmente queria trazer esse tipo de complicação para a própria vida?

7

Gato

Por que ele estava demorando tanto?

Gato estava no banco em frente à mercearia, esperando que o carteiro voltasse. Ele havia entrado para buscar lanchinhos. A questão não era Gato estar faminto ou coisa assim. Mas não era de seu feitio recusar uma refeição, especialmente aqueles petiscos irresistivelmente cremosos que vinham da mercearia.

Para ser sincero, ele não gostava muito dessa parte da vizinhança. Havia gente demais perambulando para seu gosto. As crianças sempre queriam tocar nele, mas as mães ou os pais puxavam os pequenos para longe, murmurando entre "bichos de rua" e "raiva". Também tinham os esquisitos, que eram propensos a comportamentos imprevisíveis. Um cara de rosto muito vermelho e roupas rasgadas havia tentado agarrá-lo certa vez; com que propósito, Gato não fazia ideia. Em outra ocasião, um homem usando um chapéu de alumínio ficou gritando para quem passasse, apontando para Gato e proclamando-o rei de uma raça alienígena que logo dominaria o mundo. Sem contar as senhorinhas carentes, desesperadas para levá-lo para casa e torná-lo um gato doméstico. Gato preferia as ruas mais calmas, nas quais conseguia se esconder e ficar em paz.

Contudo, ele abria uma exceção para o Carteiro Animado. Era um dos poucos humanos que o tratava de igual para igual. Nunca usava com ele aquele tom como o de quem fala com um bebê; em vez disso, lhe contava histórias, como se Gato fosse um velho amigo. Gato já sabia tudo sobre a *abuela* dele, e sobre Carl, seu namorado-barra-colega-de-apartamento, e sabia também que ele às vezes ficava sonhando acordado, pensando em tomar um novo rumo em sua vida.

Em certo dia frio de inverno, o Carteiro Animado havia confidenciado a ele que, embora amasse sua profissão, às vezes ansiava por um chamado, alguma coisa que daria à sua vida um propósito maior. À própria maneira, Gato tinha compreendido. Já houvera uma época em que ele tinha considerado como seria viver com um humano.

Gato havia nascido nas ruas. Sua mãe foi embora. Seus irmãos haviam morrido, um por um. Ele nunca conheceu outra vida além daquela, como um animal de rua. Às vezes, passava por janelas com gatos gorduchos encarando-o de dentro de uma casa, e se perguntava como seriam as coisas do outro lado. Mas aquelas ideias geralmente desapareciam tão rápido quanto surgiam. Gato amava sua liberdade. Existia uma impetuosidade dentro dele que não se podia domesticar. Ele já tinha feito as pazes com tal fato.

Onde raios estava o Carteiro Animado, afinal?

Gato se ergueu nas patas traseiras, as dianteiras apoiadas no encosto do banco. Com uma boa posição estratégica, espiou através da vitrine. Estava um pouco escuro, e havia um clarão no vidro que atrapalhava sua visão do interior do estabelecimento. Ele saltou do banco e, tranquilamente, foi até a porta, esperando conseguir enxergar melhor. Depois de alguns segundos, localizou o Carteiro Animado a vários passos de distância do Tristonho da Mercearia, aquele que a Senhora Risonha chamava de "mahal", seja lá o que isso significasse. Gato sabia que a Senhora Risonha havia morrido. Ela estava lá certo dia e então não havia aparecido mais. De todas as pessoas que o alimentavam, ela havia sido a mais confiável, aquela que aparecia todos os dias, exatamente no mesmo horário, mesmo se chovesse ou fizesse sol. Era por isso que ele sabia que algo tinha acontecido a ela. Aquilo o entristecia.

Entristecia *mesmo*. Seu coraçãozinho doía ao pensar que nunca mais veria o rosto dela iluminando-se por inteiro todas as vezes que via Gato pela porta dos fundos. Ele ficou semanas sem se aproximar da mercearia. Certo dia, porém, o Carteiro Animado conseguiu convencê-lo a acompanhá-lo em uma caminhada, uma conversa e alguns petiscos cremosos. Desde então, Gato visitava a mercearia ao lado dele quase diariamente.

Na maioria das vezes, evitava olhar para o Tristonho da Mercearia lá dentro. Vê-lo fazia Gato se lembrar da ausência da Senhora Risonha. Mas, hoje, sentia-se mais corajoso do que de costume. Através do vidro, olhou diretamente para ele. O senhor parecia diferente. Muito mais velho. Havia perdido um pouco de peso também. Era como se a vida tivesse sido sugada dele. Vê-lo daquela maneira trouxe novamente à tona os sentimentos de tristeza de Gato.

Ele se aproximou ainda mais da porta de vidro, inclinando o pescoço para entender o que acontecia. Depois de um momento, se deu conta de que o Tristonho da Mercearia estava sentado em uma caixa, chorando. Seu rosto estava molhado, coberto de lágrimas e muco. Seu corpo estava envergado, fazendo parecer que os ossos haviam derretido de repente. Era como se ele estivesse quebrado, como aqueles brinquedos descartados que Gato via na calçada no dia da coleta de lixo.

Uma parte dele queria fugir para bem longe dali, mas a outra parte, a que havia amado tanto a Senhora Risonha, sabia que ele precisava fazer algo. Devia isso a ela. Então, quando viu o Carteiro Animado tentando ir embora da loja, com constrangimento estampado em cada centímetro do rosto, Gato se manteve firme à porta, como se seu traseiro e patas estivessem cimentados na calçada. Se não se movesse, o Carteiro Animado não teria como escapar. Precisaria ficar lá dentro e ajudar o Tristonho da Mercearia. Se havia alguém capaz de ajudar aquele amontoado de pele e ossos deprimido, era o Carteiro Animado. Gato não o havia apelidado de "Animado" à toa, afinal.

E funcionou!

O Carteiro Animado deu meia-volta e disse algo ao Tristonho da Mercearia. Depois de um ou dois segundos, ele se aproximou e se sentou ao lado do homem, sem dizer nada, enquanto as lágrimas do velho escorriam pelo rosto, o corpo encurvado, balançando-se para frente e para trás.

Embora fosse incapaz de chorar, Gato já havia vivenciado a tristeza. Quando sua mãe foi embora, ele se sentiu abandonado, com o coração partido. Quando seus irmãos morreram, deixando-o completamente sozinho, ele também havia se encurvado, se enrolado em uma bolinha de angústia por dias a fio. Foi apenas quando encontrou a bondade de estranhos, estranhos como a Senhora Risonha, que seu pesar começou a abrandar. Até que, finalmente, a vida voltou a se tornar suportável.

Agora, era sua vez de retribuir.

8

Bong

Havia caixas de bebidas esperando para serem descarregadas nos balcões refrigerados. Bong estava em pé no meio delas, sem saber por onde começar. Seus braços pendiam inertes ao lado do corpo. Andava se sentindo cada vez mais dessa maneira. Perdido. Desesperançado. Triste. Teresa, sua filha mais velha, tinha o encorajado a ir atrás de acompanhamento psicológico para lidar com o luto. Mas como uma pessoa completamente estranha poderia ajudá-lo a superar o luto que estava sentindo? Parecia improvável. Sem mencionar os custos, que não eram cobertos por seu plano de saúde.

Bong suspirou, alcançando a caixa mais próxima e abrindo-a com um estilete. Dentro havia quatro fardos de água com gás saborizada LaCroix. Assim que leu o rótulo da primeira lata que pegou — *pamplemousse* — sentiu um aperto no peito. Era a bebida favorita de Conchita. Bong costumava brincar dizendo que a palavra "*pamplemousse*" parecia uma sobremesa sabor fraldas. Ainda assim, ela adorava a bebida. E, mais do que isso, ele amava implicar com ela. Quando ela estava viva, Bong sempre fazia questão de estocar fardos a mais para sua amada.

Agora, ela não estava mais lá. Bong ficou parado, segurando a latinha, lágrimas escorriam por seu rosto. Nem sequer se deu conta de que estava chorando até ver as marcas molhadas ao lado dos sapatos. Foi aí que se descontrolou por completo, as lágrimas jorrando com tanta força e velocidade que o fez pensar nas Cataratas do Niágara, o que, por sua vez, tornou seu pranto ainda pior, já que era lá que ele e Conchita comemoraram o aniversário de vinte e cinco anos de casamento. Ele se sentou em uma pilha de caixas, cobrindo o rosto com as mãos. Estava arfando, e então se pôs a chorar alto, balançando o corpo para a frente e para trás no ritmo da própria lamúria. Bong estava tão absorto em sua tristeza que não notou a entrada de um cliente.

— Sinto muito. Eu volto mais tarde — o carteiro disse, dando meia-volta e indo em direção à porta. Mas algo o deteve. Em frente à porta, do lado de fora, um gato bloqueava o caminho.

Bong piscou, como se estivesse vendo uma aparição. O gato era preto e se parecia muito com Itim, o animal de rua que Conchita alimentava. Havia meses que Bong não o via, como se o gato sentisse que ela partira. Para dizer a verdade, havia se esquecido completamente da pobre criatura que miava pedindo comida todos os dias na porta dos fundos da mercearia.

Mas era *mesmo* Itim, vivo e bem, impedindo que o carteiro se retirasse. Seus olhos verdes, voltados para cima, fitavam o homem uniformizado quase como se o repreendesse por tentar deixar Bong em tal situação.

Devagar, o carteiro voltou a se virar e se aproximou de Bong.

— Vo... você está bem? Gostaria que eu ligasse para alguém?

Bong enxugou o rosto e ergueu os olhos vermelhos para o carteiro.

— Não. E-eu não estou bem. — Bong se sobressaltou, surpreso pela própria honestidade. Até aquele momento, não havia admitido aquilo para ninguém. Nem mesmo para os filhos. No entanto, lá estava ele, dizendo exatamente o que sentia ao carteiro que mal conhecia.

— Precisa conversar com alguém? — o carteiro perguntou, aproximando-se mais alguns passos. — Sou um bom ouvinte.

A oferta do carteiro era um pouco demais para ele naquele momento. Era a primeira vez que Bong chorava de verdade. Abrir seu coração com franqueza talvez seria passar dos limites. Bong sacudiu a cabeça.

— Acho que só preciso de companhia.

Sem falar nada, o carteiro se sentou em uma pilha de caixas ao seu lado. Eles ficaram ouvindo os carros acelerando lá fora, o zumbido dos refrigeradores, o som das próprias respirações. Bong continuava chorando. Era um soluçar mais ameno, no entanto, como os últimos momentos antes de uma tempestade terminar de vez. Por fim, suas lágrimas se esgotaram.

— Seu nome... é Omar, não é? — Bong indagou, em meio a fungadas.

Omar assentiu.

— É.

Bong puxou um lenço do bolso e secou os olhos e o rosto.

— Minha esposa, Conchita, morreu há quase um ano — ele explicou, sentindo o aperto na garganta voltar.

— Sinto muito. Eu não sabia. — Omar fez uma pausa. — Eu perdi minha *abuela* há alguns anos. Ela era como uma mãe para mim.

Bong balançou a cabeça em concordância.

— Também sinto muito. — Então levantou-se abruptamente, lembrando de repente de todo o trabalho que ainda precisava fazer. Ele pigarreou, remexendo nas latas dentro da caixa. — Obrigado, Omar — falou, a voz branda.

— Disponha. — Omar avançou em direção à porta.

— Espere.

Omar deu meia-volta.

— Você precisava de alguma coisa? — Bong perguntou, indicando os corredores de sua loja.

— Ah, é. Preciso daqueles petiscos para gatos. Aqueles de sachê, sabe?

Bong olhou de relance para Itim, que continuava observando-os do outro lado da porta.

— Para o gato? Aquele que está ali fora?

Omar sorriu.

— É. Ele é meio que meu ajudante… Mora no fim do quarteirão, não muito longe daqui.

— Sim. E-eu sei… — Bong se impediu de falar. Por um momento, pensou em contar a ele toda a história de Conchita e Itim. Porém mudou de ideia. A história teria aberto toda uma caixa de Pandora com que Bong não estava completamente pronto para lidar. — Sim, sei quais são os petiscos. — Ele foi até o corredor de alimentos para animais e agarrou um punhado de petiscos para gatos da Sheba, de atum cremoso. Entregou-os para Omar. — Cortesia da casa.

— Ah, não. Não posso aceitar — Omar respondeu.

— Está tudo bem. Obrigado, amigo — Bong falou. E estava sendo sincero. Pela primeira vez em um bom tempo, estava grato pela presença de outra pessoa.

Ele observou Omar ir embora. Itim se afastou da porta, quase como se tivesse ciência de que os afazeres do carteiro dentro da loja estavam concluídos.

9

Lily

Havia um mês que Lily trabalhava como caixa no supermercado Foodtown. Aguardara pacientemente até que surgisse uma vaga lá. Não porque seu grande sonho fosse operar uma caixa registradora em Crown Heights, mas, sim, porque era a localização certa para suas necessidades. Para a entrevista, ela tinha imprimido duas cópias de seu currículo, o qual havia floreado, já que a única experiência verdadeira com a qual contava era um emprego temporário de verão como recepcionista em um restaurante Denny's. Também havia reservado um tempo para arrumar o cabelo escuro e ondulado de forma que destacassem seus olhos azuis. Seu vestido favorito, de alcinhas e coral, foi o toque final. Graças a Deus, o gerente da loja era um homem de meia-idade, pois eles sempre pareciam ficar maravilhados com o charme sulista e a beleza de Lily.

Para dizer a verdade, o emprego era um grande tédio. Contudo, servia a seu propósito, não apenas pelo salário, mas pela oportunidade que lhe proporcionava de ver a pessoa pela qual tinha feito a longa viagem da Geórgia até ali. Desde o primeiro dia, conseguira espionar essa pessoa desavisada seis vezes. Em cada ocasião, notou algo novo: que tipo de produtos gostava de comprar, além de gestos, expressões e hábitos incomuns. Era como assistir a um daqueles programas de natureza no *National Geographic:* Lily era a documentarista oculta da natureza, fazendo registros de seu alvo.

— Com licença.

Lily piscou e ergueu os olhos para uma cliente furiosa. A esteira rolante à sua frente estava lotada de produtos, e ela não havia nem sequer reparado.

— Ah, me desculpe — Lily falou, evitando contato visual com a mulher musculosa e tatuada que parecia poder ser integrante de uma gangue de motoqueiros. Lily havia visto muitas pessoas estranhas desde que trocara sua pequena cidade na Geórgia por Nova York. Algumas, francamente, eram de dar medo.

Bip... Bip... Bip...

Ela escaneou os produtos um por um enquanto a motoqueira guardava a compra em suas sacolas reutilizáveis.

— São cento e cinco dólares e vinte centavos, por favor — Lily disse quando tudo havia sido somado.

A motoqueira entregou a ela um cartão de crédito sem dizer nada, o que não era um problema para Lily. A última coisa que queria era bater um papo com aquela mulher, que talvez tentasse recrutá-la para um culto ou coisa do tipo. A mãe a havia alertado sobre o pessoal da cidade grande. Havia chegado até a tentar desencorajar Lily de ir para Nova York para tentar se tornar atriz. Era tudo baboseira, é claro: um pretexto que Lily havia inventado para poder se mudar para longe. Para a grande decepção de sua mãe, Lily não tinha nenhuma aspiração verdadeira. Sempre foi péssima na escola, mas aos trancos e barrancos conseguiu se formar por ser integrante das líderes de torcida. Em dado momento, contudo, todas as garotas de sua equipe seguiram adiante e foram para a faculdade, deixando-a sozinha em sua cidade natal, sem nada para fazer.

A motoqueira finalmente se foi, e Lily se viu livre para ficar à toa e desligar a mente. Durante a tarde, o movimento na loja era sempre lento, então eram seus turnos preferidos. Assim ela podia sonhar acordada, criar histórias em sua cabeça sobre os colegas de trabalho, quais deles seriam chatos, esquisitos ou insossos em suas vidas reais. Mas, mentalmente, Lily estava convencida de que Hank, um dos funcionários do estoque, ou era um assassino em série ou um estuprador. Tinha assistido a episódios de *Unsolved Mysteries* o suficiente para reconhecer os sinais: olhos ligeiros, testa suada, sempre esgueirando-se de maneira suspeita. Um dia, uma foto dele na delegacia apareceria no jornal da noite e Lily diria a todos que sempre havia desconfiado. A não ser, é claro, que fosse *ela* quem acabasse assassinada.

— Boa tarde, Lily. — Bill, o gerente da loja, passou por ela e sorriu.

— Ah, boa tarde, Bill — ela respondeu, fingindo limpar a esteira rolante com um pano.

— Lindo dia, não é? — ele falou com um grande sorriso.

Lily devolveu o gesto.

— *Realmente*, muito lindo.

Ele acenou e se afastou. *Graças a Deus.* Bill tinha o dom de começar conversas infinitas sobre assuntos em que Lily não tinha nenhum interesse. Ela havia se tornado muito boa em balançar a cabeça e ignorá-lo. A habilidade havia vindo a calhar com as duas pessoas com quem dividia o apartamento que encontrara nos classificados; uma era estagiária em uma produtora em Manhattan, o outro trabalhava em um ateliê de vidro soprado e, a princípio, Lily imaginou que sua função era esfriar o vidro quente assoprando-o. Ele riu quando ela disse aquilo em voz alta ao se apresentarem, e Lily ainda não o perdoara por fazê-la se sentir tão idiota.

Quando terminou de fingir estar ocupada, ela correu os olhos pela loja, esperando encontrar algo que a entretivesse. E, então, localizou a pessoa pela qual havia arranjado aquele trabalho. Lily olhou de relance para o relógio em seu punho. Eram quase três da tarde, uma aparição incomumente adiantada. *Hum.* Talvez fosse o dia de folga dela.

O olhar de Lily seguiu seu alvo, observando-a pegar um carrinho, seguir rapidamente de corredor em corredor, atirando itens aleatórios no carrinho com o cenho franzido. Estava claro que ela não queria estar ali. Das últimas vezes em que Lily a tinha observado, ela comprou apenas o indispensável, coisas como bananas, maçãs, saladas pré-prontas e barrinhas de granola; produtos que pareciam um pensamento em segundo plano comparados às toneladas de ração e areia para gatos que a mulher costumava comprar.

Por um instante, Lily a perdeu de vista. Então esticou o pescoço para enxergar melhor, localizando-a de novo quando ela surgiu do corredor de papel higiênico. Estava indo em direção aos caixas. De repente, as palmas das mãos de Lily ficaram úmidas. Até o momento, nunca tinha atendido a mulher em seu caixa, mas, naquele dia, ela e Sandra eram as únicas no setor. Lily observou seu alvo virar na direção de Sandra. Sentiu um aperto no coração. Porém, no último instante, uma senhora com um andador entrou na frente, forçando-a a ir ao caixa de Lily. Ela parou o carrinho no espaço à frente e começou a descarregar as compras.

— Hum… bom dia. Digo, boa tarde — Lily falou.

Sem nem sequer erguer os olhos, seu alvo respondeu:

— *Tarde!*

De certa forma, era uma bênção disfarçada, pois as mãos de Lily estavam tremendo. Apesar do ar-condicionado, ela sentia o suor escorrendo por sua testa e seu pescoço.

Quando todas as coisas haviam sido descarregadas, a cliente ficou fitando o espaço acima da cabeça de Lily, como se ela fosse invisível.

Bip…

Frango vegano congelado ao molho de laranja.

Bip…

Burritos de feijão congelados.

Bip…

Fatias de peito de peru vegano.

Bip…

Fatias de queijo vegano.

Bip…

Pão de forma multigrãos.

Bip…

Iogurte de coco.

Bip...

Ovos veganos.

Bip...

Homus.

Bip...

Chips de pão sírio.

Bip...

Manteiga de amêndoa.

Bip...

Tomates.

Bip...

Alface.

Bip...

Abacates.

Bip...

Papel higiênico.

Bip...

Um fardo de seis cervejas Estrella Galicia.

Bip...

Dezoito latinhas de ração para gatos Gour Meow.

Lily abriu a boca para falar, mas não conseguiu. Os olhos e as sardas da mulher eram tão familiares. Por um momento, era como se estivesse encarando o próprio pai, só que seu pai havia morrido mais de um ano atrás.

— Hum. São oitenta e cinco dólares e setenta e cinco centavos, por favor — ela murmurou.

A cliente lhe entregou um cartão de crédito. Lily o pegou. Ela deu as costas, como se fosse passar o cartão na máquina, mas o que realmente estava fazendo era encarar as letras em alto relevo gravadas *Núria Rey Andreu.*

A meia-irmã que nunca tinha conhecido.

10

Núria

Núria não dormia bem em grande parte das noites. Tinha dificuldade em desligar os próprios pensamentos, então ficava se revirando na cama até que, em algum momento, desistia e encarava o teto.

Àquele ponto, em vez de tentar afastar os pensamentos, ela se afogava neles. Muitas vezes, imaginava cenários horripilantes, que pioravam ainda mais sua insônia.

E se algum psicopata machucasse um de seus gatos de rua no meio da noite?

E se um carro passasse pela rua a toda velocidade e atropelasse um deles?

E se ela tivesse um ataque do coração e morresse durante a noite, e todos os gatos morressem de fome?

Naquela noite, contudo, o que ocupava sua mente era a nota adesiva laranja-néon e a pessoa que a deixara. Quem seria? O que poderia querer? Como seria essa pessoa? Rocky tinha certeza de que era um homem com intenções românticas. Mas Núria não estava tão certa. Ela não era tão bonita assim, especialmente porque não fazia esforço algum em relação à aparência. Não tinha dúvidas de que, qualquer dia desses, o pessoal de *Queer Eye* irromperia pela porta de seu apartamento para fazer uma mudança de visual nela *e* no lugar onde morava.

E isso não seria tão ruim assim, na verdade.

Rocky estava sempre ralhando com ela, dizendo que se não tomasse uma atitude logo, acabaria como uma daquelas velhinhas do programa *Acumuladores*, com gatos demais e tralhas para todo lado. Mas Núria ignorava esses apelos. Sendo sincera, o estereótipo de "doida dos gatos" era irritante. Existiam pessoas por aí obcecadas por todo tipo de coisa: plantas, esportes, carros, academia. Ninguém chamava *essas* pessoas de "doidas".

Até sua própria mãe a acusava de ter um comportamento doidinho desde que ela era uma garotinha. A Núria de seis anos guardava a mesada para comprar comida de gato para os bichinhos de rua da vizinhança. Na Flórida, havia vários deles, alguns amigáveis, mas a maioria arisco. Um dia, Núria voltou para casa com um filhote minúsculo que havia encontrado em uma sacola plástica. Sua mãe, é claro, surtou, dizendo que gatos eram imundos. Durante o trajeto até o abrigo mais próximo para entregar o gatinho, ela deu uma bronca em Núria, dizendo que ela deveria se importar mais com pessoas desabrigadas do que com aqueles gatos de rua nojentos. Para remediar a situação, seu pai, que ainda estava presente na época, a levava de carro a Key West uma vez por mês para visitar os gatos de seis dedos no Museu de Ernest Hemingway.

Enquanto Núria encarava o teto do apartamento, pensou naqueles passeios com seu pai: as cinco visitas incríveis nas quais tinham perambulado pela propriedade, fazendo carinho em todos os gatos que conseguiam, aprendendo todos os nomes e personalidades deles e fantasiando que, algum dia, morariam em um lugar exatamente como aquele. Aquelas lembranças, no entanto, eram agridoces. Eram as melhores lembranças que tinha do pai, mas também estavam entre as últimas. Algumas semanas depois da quinta visita, ele foi embora e nunca mais voltou. Nenhuma explicação. Nenhuma carta. Nada que indicasse o motivo de ele ter feito as malas e desaparecido.

O peito de Núria doía. O estômago estava agitado. A garganta se apertou. Naquele momento, deitada na cama, ela ainda se sentia como a garotinha chorando e soluçando enquanto a mãe berrava, falando de alguma outra mulher; alguma vagabunda que havia roubado seu marido. Foi por isso que Núria jurou nunca ter filhos. Ela não queria jamais ferrar com a vida de uma criança inocente. Sua vida já era ferrada o bastante.

Além do mais, mesmo se *quisesse* ter filhos, não estava em posição de cuidar de nenhuma criança. Vivia praticamente da mesma maneira desde que desistiu da faculdade depois do primeiro ano. A questão não era ser incapaz de dar conta dos estudos ou algo assim. Núria era inteligente. Ela só simplesmente não via propósito naquilo. Tudo com que a mãe parecia se importar era que ela algum dia encontrasse um bom marido, tivesse estabilidade e parisse alguns filhos. Seu pai estava Deus-sabe-onde fazendo Deus-sabe-o-quê. E, ao contrário de seus colegas de classe, ela não tinha grandes aspirações profissionais. As duas únicas coisas pelas quais *realmente* tinha paixão eram gatos e café. Quando decidiu sair da faculdade de uma vez por todas, havia juntado todos os pertences em uma mochila e se mudado para Nova York, onde morava desde então.

Miau.

Gazpacho se aninhou em sua axila, ronronando como se soubesse que ela precisava de um abraço. Núria enroscou o braço em torno da barriga peluda dele e esfregou o nariz em sua cabeça, fungando aquele cheiro poeirento de gato. Mais uma vez, tentou afastar o turbilhão de pensamentos, concentrando-se apenas no ronronar sob seu braço. Fechou os olhos, desejando que a escuridão difusa a embalasse até cair no sono, mas tudo que ela conseguia enxergar foram vislumbres de laranja-néon. O coração acelerou. Os olhos se abriram, tremulantes.

O maldito bilhete. Estava deixando-a atormentada. Ainda assim, ao menos era uma distração das lembranças dolorosas. Algo novo e um pouquinho empolgante. Talvez até mesmo algo que a arrancaria do marasmo que estava vivendo.

Núria se aninhou em seu travesseiro e abraçou Gazpacho com mais força.

11

Gato

Gato estava de volta à sua cerca viva, mas se sentia inquieto. Teria adorado sair para dar uma volta, mas não estava a fim de lidar com os riscos potenciais. Sim, estava escuro, mesmo com os postes acesos. Em geral, ele estava seguro nas sombras. Às vezes, contudo, as pessoas dirigiam com imprudência, aceleravam no cruzamento das ruas, vez por outra subindo nas calçadas. Isso sem falar naquelas embriagadas, algumas das quais eram puramente cruéis, como se o álcool lhes concedesse carta branca para ferir criaturas inocentes.

Em vez de se aventurar por aí, ele decidiu explorar o beco ao lado da casa onde o homem alto das pantufas morava. Eram vizinhos, afinal de contas, e Gato não sabia nada a respeito dele.

Ele enfiou a cabeça preta e peluda entre a folhagem para verificar se a barra estava limpa. Depois de ter certeza de que estava seguro, saiu sorrateiramente, mantendo-se abaixado e próximo ao chão. Apressou-se até o portão de ferro forjado que protegia o beco. Felizmente, o espaço entre as barras era amplo o bastante para que ele conseguisse passar pelo meio. *Ufa.* O beco era maior do que esperava. Parecia mais um quintal lateral estreito, com vários vasos de plantas e uma área de resíduos limpa e organizada.

Por que raios Gato andava dormindo nos arbustos quando este lugar incrível estava bem ali o tempo todo?

Gatos são curiosos, portanto, ele naturalmente estava doido para dar uma olhada no interior da casa. O homem devia estar dormindo no andar de cima. Devia ser seguro, não é? Gato saltou para cima de uma das lixeiras e, dali, para a caixa grande de madeira que continha material reciclável. Se ficasse em pé nas patas traseiras e esticasse o pescoço o máximo possível, conseguiria espreitar pela parte de baixo da janela do térreo, onde o interior da casa era visível através das lâminas das persianas de madeira.

O cômodo que estava olhando era ainda mais impecável do que o beco. Era a cozinha, cujas paredes eram pintadas de azul-marinho com armários cinza-claro e balcões brancos. Tudo estava em ordem, no devido lugar. Havia alguns pratos e tigelas em um escorredor e em cima de uma pequena mesa de quatro lugares ao canto.

Gato tentou imaginar o homem alto tomando seu café da manhã ali. Parecia bem triste que ele tivesse uma cozinha tão bonita e ninguém com quem compartilhá-la.

Talvez ele estivesse tentando resolver essa situação. Seria por isso que teria colocado aquele bilhete no prato de Gato? Ele queria conhecer a Moça Arco-íris?

Hummm...

Era meio difícil imaginá-la em um lugar desses. Tudo nela irradiava caos. Mas talvez fosse essa a questão. Gato ainda não tinha decifrado os humanos por completo, mas lhe parecia que, às vezes, os opostos se atraíam. Às vezes, os casais que ele via andando de mãos dadas na rua combinavam, e às vezes contrastavam, como as manchas de óleo arco-íris que ele via flutuando em poças de água no asfalto. Talvez a Moça Arco-íris fosse o óleo e, esse cara, a água.

As patas traseiras de Gato estavam ficando cansadas, então ele voltou a se posicionar nas quatro antes de pular para descer para a lixeira. Só que a tampa não estava totalmente endireitada e, quando seu peso pendeu para um lado, a tampa deslizou e caiu.

Felizmente, Gato conseguiu girar o corpo, caindo ileso no asfalto. Mas a tampa de metal da lixeira acertou o chão com um estrondo.

Gato se agachou, a cabeça indo velozmente para a direita e para a esquerda antes de ele voltar em disparada até os arbustos de onde tinha saído.

12

Collin

Blam!

Collin acordou com um sobressalto, desenroscando-se dos lençóis de sua cama. O barulho alto tinha vindo de algum lugar do lado de fora. Sua respiração estava ofegante, superficial.

E se alguém estivesse tentando invadir a casa?

O mais silenciosamente possível, ele foi na ponta dos pés até o armário para pegar seu taco de beisebol da infância. Não sabia bem se seria capaz de usar o taco, de fato, se a coisa ficasse feia, mas segurá-lo o fazia se sentir mais seguro. Quando chegou à porta do quarto, virou a maçaneta e a abriu, pausando por alguns segundos para colocar a cabeça para fora. Tudo parecia calmo. No topo das escadas, parou mais uma vez.

Talvez estivesse sendo paranoico demais.

Ainda assim, seguiu descendo com cautela. Collin não conseguiria voltar a dormir se não estivesse cem por cento certo de que a barra estava limpa. Ele apertou o taco de beisebol com mais força, as juntas dos dedos ficando brancas quando chegou ao térreo.

Ele conferiu todos os cômodos, um por um. Tudo parecia em ordem. Collin estava aliviado, mas abalado. Talvez um pouco de chá de camomila o ajudasse a relaxar. Ele foi até a cozinha e puxou a chaleira elétrica para enchê-la na pia. Enquanto fazia isso, seu olhar vagou pelas persianas abertas, encontrando a tampa da lixeira no asfalto. Franzindo a testa, ele pousou a chaleira.

Tampas de lixeiras não se jogam no chão sozinhas. E se o invasor estivesse lá fora?

Mais uma vez, Collin pegou o taco de beisebol e foi até a porta dos fundos. Ele a abriu e espiou lá fora. Ninguém estava ali. Que alívio! Ele deixou o taco apoiado no batente da porta para poder ir buscar a tampa da lixeira. Estava em Nova York, afinal, e havia ratos por todo lado. A última coisa de que precisava era uma imensa bagunça para limpar de manhã, quando tinha uma reunião bem cedo com Quentin, seu agente. Andava evitando se encontrar com ele, preferindo dar suas desculpas por e-mail. Mas Quentin estava farto de desculpas e insistiu que tomassem um café.

Collin foi às pressas até o lado de fora e colocou a tampa da lixeira de volta no lugar, sacudindo-a um pouquinho para garantir que estava bem fechada. Quando terminou, porém, notou outra coisa estranha. Havia uma trilha de marcas de patinhas empoeiradas em cima da lixeira de recicláveis, indo até a janela da cozinha. *Humm.* Devia ter sido o gato preto. Ele se aproximou para enxergar melhor. Na parte de baixo da moldura da janela estavam mais duas pegadas, como se o gato tivesse se apoiado ali para espiar o lado de dentro.

Collin deu uma risadinha, tentando imaginar o gato xeretando feito um ladrão. Ele olhou para a cerca viva por cima do ombro, imaginando se havia algo que pudesse fazer para melhorar a vida do bichano. Porque, por algum motivo estranho, sentia uma espécie de afinidade com ele. Eram ambos ariscos perto de estranhos, adeptos a rotinas e tinham medo de lugares desconhecidos. Nunca, nem em um bilhão de anos, Collin teria visualizado a si mesmo sentindo empatia por um animal de rua.

Ele não era nenhum santo, definitivamente nem de longe tão bondoso quanto a mulher que alimentava o gato. Ainda assim, talvez houvesse algo que ele pudesse fazer. Um gesto. Um pequeno ato de gentileza. Mas não tinha muita certeza do que seria.

13

Bong

A sala de estar de Bong estava escura, exceto pela luz da vela do altar que havia feito para Conchita. No aparador, sob uma fotografia emoldurada dela, estavam um crucifixo prata, um vaso cheio de tulipas, uma pequena tigela de cerâmica com as alianças de noivado e casamento dela, uma vela da Virgem Maria e a coleção de miniaturas de Swarovski: os pombinhos apaixonados estavam centralizados bem na frente, ao lado de uma foto menor, dos tempos de juventude de Bong e Conchita.

Ele ergueu uma estatueta dos pombinhos e limpou a poeira com um pano de microfibra antes de colocá-la de volta no lugar. Quando terminou, guardou o pano em uma das gavetas e se ajoelhou, as mãos cruzadas no peito e os olhos fechados. Era seu ritual noturno. Por alguns minutos, conversava com ela, visualizava suas memórias preferidas mentalmente e orava para que logo se reencontrassem.

— Senti muito a sua falta hoje, *mahal* — Bong sussurrou, abrindo os olhos e os erguendo até o retrato dela.

Ele imaginou a foto ganhando vida, seu sorriso aprofundando-se e ela estendendo os braços para segurar o rosto dele, como costumava fazer. Por um breve instante, quase conseguiu sentir a pele dela ao lado da própria. A sensação em sua bochecha foi do pescoço ao torso, até que seu peito se aqueceu. Era o mesmo tipo de calor que havia sentido mais cedo, quando desmoronou diante de Omar. Naquele momento, tinha se sentido constrangido. Quando estava sozinho, não importava.

Só Conchita importava.

Ele fechou os olhos mais uma vez, lembrando dos últimos minutos que tiveram juntos. Estavam no quarto, Conchita no banheiro fazendo sua rotina de hidratação noturna, Bong deitado na cama, vestindo a camiseta esfarrapada branca e sem mangas, uma samba-canção e meias. A TV estava ligada, mas o volume baixo, para poderem conversar através das paredes.

— Só pra avisar, estarei ocupada o dia todo amanhã fazendo *leche flan* pro evento beneficente da igreja — Conchita falou, a voz alta para que ele pudesse ouvir.

Bong sorriu.

— Por que simplesmente não compramos umas bandejas no Amazing Grace? Assim, você pode passar o dia comigo... Já faz um tempo que não temos uma noite romântica, *mahal*.

Uma fresta se abriu na porta do banheiro e o rosto coberto de creme hidratante de Conchita apareceu ali.

— Tenho que levar alguma coisa preparada por mim para o evento, não algo que comprei.

— Isso quer dizer que você não quer sair comigo? — Bong perguntou, cruzando os braços em frente ao peito, como se estivesse ofendido.

Conchita suspirou e revirou os olhos.

— *Alam mo*, você é demais às vezes!

— Está tentando me dizer que estou gordo? — Bong falou, descruzando os braços e agarrando seu pneuzinho na barriga com as mãos.

— *Ay naku!* — Conchita bateu a porta do banheiro.

Bong sabia, é claro, que ela não estava brava nem irritada, de maneira alguma. Apenas tinha propensão a fazer drama.

Alguns minutos de silêncio se passaram. E, então, ele ouviu um baque.

— *Mahal?* — Ele se sentou na cama. — Você está bem?

Silêncio.

Bong se ergueu da cama com um empurrão e correu até o banheiro. Bateu à porta. Nenhuma resposta.

Não restava nada a ser feito, senão abrir a porta. Então foi o que ele fez. Conchita estava caída no piso de azulejos cor-de-rosa, ao lado do vaso sanitário. Por uma fração de segundo, Bong congelou em confusão, pânico, medo. Mas o segundo se passou e ele foi até ela, ajoelhando-se no chão para poder sustentar seu corpo.

— *Conchita* — ele conseguiu sussurrar. Ela não respondeu. Porém, quando se curvou para abraçá-la, sentiu um fraco movimento de respiração. Sua amada ainda estava viva.

Ele correu até o telefone e ligou para a emergência. Mas quando a ambulância chegou, ela já havia partido.

Não faria o *leche flan* para o evento beneficente da igreja.

Os dois nunca mais teriam uma noite romântica.

Ele nunca mais a ouviria dizer "*Ay naku*".

Bong ficou em pé e tocou o retrato de Conchita, a ponta dos dedos correndo pelos lindos lábios cor-de-rosa dela. Tudo que conseguia sentir era o vidro gelado. Ele suspirou, soprou a vela e foi para a cama.

14

Núria

Ela precisava correr. Seu turno matutino começava às oito. Isso queria dizer que tinha pouco mais de uma hora para as rondas.

Bi-bi! Um sedã preto por pouco não a acertou enquanto ela atravessava a rua correndo.

— Cacete — Núria murmurou, recuperando o fôlego em frente à mercearia.

Uma vez segura de que seus braços e pernas estavam intactos e que, de fato, continuava viva, empurrou a porta da mercearia. A porta não se moveu. Ela franziu a testa. Então reparou que a placa de FECHADO ainda estava pendurada ali. *Estranho*. O estabelecimento já deveria estar aberto. Tentou empurrar a porta mais uma vez. Tentou bater. Tentou espiar o lado de dentro, apoiando-se bem perto da porta, com a ponta do nariz esmagada no vidro. Estava escuro. Nem uma alma à vista.

— Ótimo. Sensacional — ela disse para si mesma. Se soubesse que aquilo aconteceria, teria levado sua coleção de vasilhas aleatórias na mochila. Mas era tarde demais para voltar para casa. Teria que improvisar.

Núria olhou ao redor. Seu olhar pousou na caixa amarela no canto, contendo jornais gratuitos. Ela foi até lá e puxou alguns deles, enfiando-os dentro da mochila antes de sair a toda velocidade pela rua. Se fosse rápida, ainda conseguiria chegar a tempo no trabalho.

Gato saltou do meio da folhagem quando a viu. Núria ainda estava atordoada com a experiência de quase morte e a estranheza da mercearia estar fechada. Mesmo assim, cumprimentou Gato com a voz aguda que usava para falar com seus amigos felinos.

— Oi, parceirinho. Me desculpe pelo atraso.

Miaaaauuuu!

Gato andou em torno das pernas de Núria enquanto ela tirava uma página de jornal da mochila. Primeiro, ela encheu um pote plástico com água, usando o peso dele para segurar o jornal no lugar. Feito isso, serviu a comida para gatos sobre o papel.

— Pronto. Manda ver, parceiro — ela disse, dando alguns passos para trás.

Por um bom minuto, Gato encarou o prato feito de jornal com o bocado de comida. Parecia não estar muito certo em relação ao novo conjunto de mesa.

Miau!

Núria franziu o cenho.

— Desculpe. É só isso que tenho hoje — ela disse. Gato continuou a encará-la, como se estivesse usando sua visão a laser para fazer um furo em sua testa. — Continua gostoso. Prometo. Amanhã vou trazer pratos de papel, com certeza. Está bem?

Gato baixou a cabeça, parecendo emburrado. Ainda assim, marchou até a comida e se serviu, contrariado. Núria relaxou os ombros. *Graças a Deus.* A última coisa de que precisava no momento era mais drama.

Estava prestes a sair correndo para o próximo ponto de alimentação quando, de repente, lembrou-se do bilhete. Tivera a intenção de escrever uma resposta em casa e trazê-la consigo, mas na correria da manhã havia esquecido completamente.

— Merda — ela murmurou consigo mesma.

Estava a poucos anos dos quarenta, mas ainda não tinha atingido aquele estágio adulto de andar sempre com canetas, papel e outros tipos de necessidades normais. Era difícil o bastante se lembrar de pagar as contas e comprar papel higiênico, que dirá canetas chiques e notas adesivas coloridas, coisas que, honestamente, pareciam supérfluas para ela. Quando mais nova, nunca teve muito dinheiro: a mãe era dona de casa, e o salário de policial do pai mal era o suficiente para cobrir os gastos básicos da família. Depois que o pai foi embora, a mãe conseguiu emprego como intérprete legal. Tinham ainda menos dinheiro do que antes, mesmo depois de se mudarem para um apartamento pequeno em uma vizinhança pior. Hoje em dia, todas as vezes em que Núria pensava em comprar algo, escutava a voz da mãe no fundo da mente, dizendo a ela que não sucumbisse às futilidades do consumismo. E notas adesivas coloridas *definitivamente* eram uma futilidade.

Enfim... Podia ficar para amanhã. Quem tinha mandado aquele bilhete teria que aguardar. Quando ela deu meia-volta para seguir sua rota, encontrou um carteiro encarando-a.

— Então finalmente encontrei quem alimenta o Gatito — ele disse com um sorriso largo.

— Ah. — Núria ficou desconcertada por um momento. Não era comum que completos estranhos interagissem com ela durante sua rotina de distribuir comida, ou que sequer parecessem notar sua existência.

O carteiro fez um gesto indicando o gato preto.

— Ele anda me seguindo há meses daqui até a mercearia. Compro petiscos para ele quando chegamos lá. Ele reage bem a um suborno — ele falou, dando uma risadinha.

Pela primeira vez em muito tempo, Núria sorriu; um sorriso verdadeiro, com o rosto todo. Seu corpo quase estremeceu de felicidade.

— E-eu não sabia... obrigada.

Finalmente, Gato terminou a refeição. Contudo, em vez de saltar de volta para o meio da cerca viva, ele se virou e encarou Núria e o carteiro.

— Não se preocupe, cara. Você vai comer seu segundo café da manhã logo, logo. Só me dá um minuto — o carteiro disse a Gato.

Núria o observou falar com o gato. Há muito tempo não conhecia outra pessoa que falava com animais como ela fazia. Estava abrindo a boca para comentar a respeito, quando algo lhe ocorreu de repente. Seria o carteiro o autor do bilhete? Ela franziu as sobrancelhas.

— Sou Omar, a propósito — o carteiro falou.

— Núria. — Ela estendeu a mão, mas, naquele exato momento, seu celular vibrou. — Só um instante — disse, puxando o aparelho do bolso.

Oye! Vai me deixar no suspense, é? Quem é esse Charles e como é a cara dele? Se não responder, vou pegar o próximo avião para Nova York. *No estoy bromeando...*

Sua mãe. É claro. Bem como Núria havia suspeitado, ela já estava ameaçando vir fazer uma visita. Ótimo. Ela voltou a enfiar o celular no bolso. E, então, olhou novamente para o homem parado à sua frente.

Núria teve uma ideia. Uma ideia muito ruim.

— É... então, tipo, hum, sei que a gente acabou de se conhecer e tal. Mas você se importaria de tirar uma selfie comigo? — ela balbuciou.

Omar riu tão alto que ela conseguiu enxergar o céu de sua boca.

— Xô adivinhar. Ou era seu ex-namorado ciumento, ou sua mãe.

Núria sorriu.

— É a minha mãe. Ela não sai do meu pé sobre a questão de desencalhar.

— Tá bom, tá bom. Adoro uma selfie — Omar falou, serpenteando até ficar ao lado dela.

Ela tirou o celular e esticou o braço o máximo que conseguia. Quando a cabeça dos dois estava enquadrada, eles sorriram. E, então, ela tirou a foto.

Núria expirou, aliviada.

— Obrigada, Omar. Você salvou minha vida, literalmente.

— Fico feliz em ajudar. Qualquer coisa pela amiga de um amigo. — Ele indicou Gato, que continuava os encarando. — Enfim, preciso ir — disse, puxando seu carrinho de transporte.

— Eu também. Obrigada de novo. Te vejo por aí — Núria falou.

Omar seguiu na direção da mercearia e Núria foi para o lado oposto. Depois de ter dado alguns passos, ela parou.

— Ei, por acaso você não teria uma caneta para me emprestar?

Ele se virou e inflou o peito, exibindo orgulhosamente a caneta que sobressaía do bolso de sua camisa.

— Uma caneta, é?

Núria voltou trotando até ele, que puxou a caneta azul do serviço postal e a entregou com cerimônia, como se fosse um cavaleiro oferecendo sua espada.

— É sua. Tenho de monte.

— Obrigada. Passe quando quiser na Torra do Brooklyn. A cafeteria ao lado do parque, sabe? Tem um café lá esperando por você — ela respondeu, sorrindo.

— Legal. Vou aceitar, com certeza — ele disse, acenando.

Núria o observou caminhar pela rua com Gato em seu encalço, a galope. Nem sequer se importava mais com o fato de estar atrasada para o turno. Não era sempre que ela vivia uma dessas coincidências felizes.

Depois que Omar e o gato estavam fora de seu campo de visão, ela puxou um novo pedaço do jornal da mochila e rabiscou algo nele. Quando terminou, alisou a página na calçada e colocou a mesma pedra do dia anterior para segurá-la no lugar. Pronto. Estava feito. Não era tão vibrante e limpinho como uma nota adesiva néon, mas daria conta do recado.

E sua mãe ficaria orgulhosa.

15

Collin

Havia uma porta de madeira separando Collin do mundo externo. Ele não estava com disposição para abri-la, muito menos para tomar um café descontraído com seu agente em alguma cafeteria badalada do Brooklyn. Quentin havia enfatizado a palavra "descontraído" para não assustar Collin e afugentá-lo. Mas sabia que estava prestes a encarar uma das broncas gentis de Quentin, que constavam na lista das coisas mais detestadas por Collin, junto com Natal, Dia dos Namorados, picles, unicórnios e qualquer coisa rotulada como "artesanal".

Ele foi adiante e abriu a porta alguns centímetros, permitindo-se se adaptar à atmosfera úmida. O cabelo escuro devia estar começando a encaracolar, o que, infelizmente, o faria parecer um cupido grandalhão usando camisa social de manga curta. Teria preferido sua armadura tweed, mas fazia calor demais para ela.

Finalmente estava pronto para encarar o mundo. Mas… espera um pouco. Havia vozes vindo da rua em frente ao seu sobrado. Collin abriu a porta um pouco mais, mas quase voltou a fechá-la de imediato. A mulher que alimentava o gato preto estava na calçada conversando com o carteiro. Depois do que pareceram horas, o carteiro se afastou, mas não antes de entregar a ela o que parecia ser uma caneta. Ela tirou uma folha de jornal da mochila, escreveu alguma coisa nela e a colocou no asfalto, com a pedra de seu canteiro de gerânios.

Ela tinha respondido!

Collin mal conseguia se conter, contando cada um dos passos da mulher enquanto ela desaparecia de seu campo de visão. Depois de mais vinte passos, ele abriu a porta, esgueirando-se pelos degraus da frente para correr até lá. Ele ergueu a pedra e, em seguida, a folha de jornal. Na margem, onde não havia texto nem fotos, ela havia escrito:

Dã. É claro.

Collin riu. Era uma resposta seca. Sem rodeios, mas ainda assim charmosa, e, por algum motivo, muito fofa. Ele sorriu de orelha a orelha e guardou o jornal no bolso.

Quentin já estava no café, sentado em uma poltrona de couro um tanto quanto grande, com apoio para os braços. É claro que ele havia deixado uma cadeira minúscula e baixa para Collin. A disposição dos assentos o fez se sentir um garotinho prestes a levar um sermão do pai. Bastante apropriado, dada a situação.

— Ah. Collin. Aí está você — Quentin disse, erguendo os olhos da revista *New Yorker* que estava lendo.

Collin se sentou na cadeira, com os joelhos sobressaindo-se desconfortavelmente.

— Quentin. É bom te ver.

Quentin ergueu uma sobrancelha perfeitamente aparada.

— Fico feliz em saber. Tive a impressão de que você estava me evitando.

— Não, é claro que não — Collin disse.

Por um momento, Quentin não respondeu. Em vez disso, ajustou a silhueta esguia, que estava vestida em seu estilo casual de sexta-feira: bermuda rosa pastel, camisa social com estampa de melancias e alpargatas. Ele deixou a revista na mesinha entre os dois antes de se inclinar para perto de Collin com uma expressão de profunda seriedade.

— Collin. Você pode ser direto comigo? Tem algo errado? Está passando por alguma crise de meia-idade? — ele perguntou.

Collin expirou.

— Não tem nada errado, Quentin. Só ando sem inspiração. O que posso fazer? Acontece.

— É claro que acontece. Acha que não sei disso? Estou nesse mercado há quase vinte anos.

— Certo. Bom, é isso aí — Collin falou, voltando a se afundar no assento.

Quentin revirou os olhos.

— Não estou esperando que você me envie um manuscrito lapidado amanhã. Mas que tal me mandar uma lista de ideias para histórias? Podemos debater sobre elas. Eu estaria aberto até a ver alguns rabiscos no seu caderno. Só quero ver alguma coisa.

Mais do que qualquer coisa, Collin queria se inclinar para a frente com confiança, limpar a garganta e dar a Quentin o que seu editor estava pedindo: a porra de uma ideia genial para uma história. Mas ele não tinha aquilo. Todas as ideias que tentou desenvolver acabaram murchando como um suflê malfeito. Simplesmente não queria admitir aquilo para Quentin, porque dizer em voz alta tornava tudo mais real. Collin estava fracassando na única coisa em que supostamente era bom.

— Preciso de um café — ele disse, erguendo-se com dificuldade da cadeira antes que Quentin pudesse dizer alguma coisa.

Collin deu alguns passos na direção do centro do salão, onde uma multidão esperava em fila. Depois de um minuto, um grupo grande se afastou, deixando-o com uma visão livre do longo balcão de madeira, as máquinas brilhantes de expresso tremulando em meio ao vapor e o mural multicolorido de xícaras de café e confeitos ao lado de uma lousa, onde estava escrito o menu. E ali, bem no centro da produção de café, estava *ela*. Nenhum sinal do gato preto.

16

Núria

Infelizmente, Núria havia ficado sem tempo. Já estava atrasada demais para o trabalho, então precisaria voltar depois de encerrar o expediente para limpar toda a parafernália de alimentação felina. Com sorte, ninguém a teria delatado. Estavam no Brooklyn, afinal, mas ainda existia todo tipo de dondoca e playboy espreitando das sombras de seus sobrados multimilionários.

Quando ela chegou ao trabalho, passou às pressas pela multidão até chegar à sala dos fundos, onde trocou as roupas suadas e descombinadas por uma camiseta preta limpa estampada com o logo da Torra do Brooklyn e calça de quimono preta e curta: seu uniforme de trabalho.

Felizmente havia conseguido se esgueirar para trás do balcão sem ninguém notar que seu atraso já era de quinze minutos. Quase de imediato, foi esmagada por uma avalanche de pedidos de cappuccinos, lattes e macchiatos. A maioria dos baristas ficaria sobrecarregada com a correria. Mas não Núria. Ela quase preferia as coisas daquela maneira, pois o tempo parecia passar mais rápido quando estava ocupada, e assim não precisava ficar de conversinha com os clientes. Conversa-fiada era provavelmente o único aspecto do trabalho do qual ela não gostava muito. Nos dezoito anos desde que havia começado a trabalhar como barista — primeiro como aprendiz, depois, como barista júnior, barista e, por fim, barista mestre, também conhecidos como mestres do café — ela já tinha levado cantadas, sido agredida verbalmente, ameaçada e até mesmo atacada fisicamente por uma mulher que surtou quando Núria, por engano, entregou a ela leite de aveia em vez de leite de vaca. Apesar de tudo isso, ela gostava de verdade do trabalho, e ficava grata por ter uma jornada flexível para poder se dedicar às suas funções do voluntariado. Queria apenas que as pessoas levassem a sério sua escolha de carreira, em vez de enxergá-la como um emprego temporário até que ela encontrasse algo de que gostasse "de verdade". E quando falava "as pessoas", queria dizer principalmente a mãe, que adorava comentar que o café Bustelo que ela preparava em casa era *muito* melhor do que as bebidas de seis dólares que Núria criava na cafeteria.

— Ei, Nú. Preciso ir um minutinho ao banheiro. Consegue segurar as pontas aqui? — Anh, um vietnamita-australiano que geralmente anotava os pedidos e operava a caixa registradora, perguntou.

Núria assentiu.

— Pode deixar. Vai lá — ela disse, de olho no leite que estava vaporizando. Quando o leite ficou quente e espumoso o bastante, ela o derramou em uma xícara com uma dose de expresso, girando e espiralando até ter criado o desenho de uma folha de samambaia. Perfeito. Pelo mais breve dos momentos, Núria sorriu, orgulhosa de seu trabalho.

— Humm. Com licença. Digo, bom dia.

Ela olhou de relance para o cliente aguardando no caixa.

— Só um segundo — ela falou, colocando o latte em um pires com uma minúscula colher de chá e um biscoito de especiarias de cortesia antes de entregá-lo a um cliente. — O que vai querer? — ela perguntou, sem nem sequer se dar ao trabalho de ir até o caixa, já que preferia ficar atrás das fronteiras de sua máquina de expresso.

— Humm... — O cliente parecia indeciso, encarando o menu na lousa.

Núria estava acostumada com aquele tipo de cliente: os que levavam eras para decidir se não recebessem nenhuma assessoria.

Uma de suas partes preferidas do trabalho era avaliar esses clientes e oferecer a bebida perfeita para cada um. Então ela olhava para eles, olhava *de verdade*. O antigo borrão em forma de cliente era um homem alto e robusto, com cabelo escuro e desgrenhado, maxilar forte e olhos castanhos que lembravam a ela o chocolate quente e denso no qual mergulhava churros quando criança. Algo nele a fazia pensar naqueles cachorros terra-nova gigantes e peludos que via às vezes no parque para cães.

— Que tal um mocha latte de amêndoas? — ela sugeriu, por fim. Por algum motivo, sentia que ele precisava de algo um pouco doce para iluminar seu dia.

— Está ótimo. Obrigado — ele respondeu.

Assim que Núria começou a preparar a bebida, Anh voltou do banheiro. O homem pagou pelo café e arrastou os pés até o balcão para esperar.

— Podemos levar até a sua mesa — Núria disse, vendo que ele aguardava ansiosamente.

— Tudo bem. Não me incomodo.

Fique à vontade.

Para falar a verdade, o cara estava deixando-a meio nervosa. Ele tinha certa energia estática que lhe causava arrepios. Talvez fosse só um esquisitão? Ou talvez estivesse precisando *muito* de sua dose de cafeína.

Núria serviu o leite fumegante na xícara, mais uma vez rodopiando e espiralando, as mãos automaticamente criando três corações com a espuma. Com cuidado, colocou a xícara junto do biscoito de cortesia no balcão, para não estragar sua arte executada com maestria.

— Aqui está. Bom apetite — ela disse, apressando-se para começar o próximo pedido.

Contudo, o cara simplesmente ficou parado no lugar, encarando o mocha latte de amêndoas com tanta intensidade que quase parecia que seus olhos estavam seguindo o traço dos corações, um por um.

— Mais alguma coisa? — ela perguntou, torcendo para que ele se afastasse de uma vez.

O homem se sobressaltou.

— Ah. Hum. Não. Tudo certo. Obrigado — ele falou, tomando sua xícara e seu pires nas mãos trêmulas.

Pelo canto do olho, Núria o observou fazer o caminho de volta à mesa, onde outro homem já estava sentado. Ela o reconheceu como um cliente recorrente.

— E aí, o que achou dele? — Anh disse, deslizando até ela.

Núria franziu a testa.

— Quem?

Anh deu piscadinhas na direção em que o cara do mocha latte estava sentado, seu piercing pontiagudo na sobrancelha apontando diretamente para ele.

— Collin Thackeray? O extraordinário escritor best-seller?

— Ah. — O rosto de Núria esquentou de constrangimento. Ela não era avessa a literatura, simplesmente não tinha muito tempo para isso. — Não sei. Achei ele meio esquisito. Mas, bom, quem sou eu para julgar?

— Mas até que ele é bonitinho, não? — Anh perguntou, dando uma risadinha. — Quer dizer, *com certeza* não é de se jogar fora.

Núria revirou os olhos e então olhou mais uma vez de relance para Collin, torcendo para que ele não a flagrasse no ato.

— Talvez?

Anh deu um tapinha no braço dela.

— Ah, nem vem. Se ele entrasse aqui usando uma camiseta com estampa de gato e uma sacola de compras da Petco cheia de ração, você estaria babando nele. E vai que ele tem um punhado de gatos lindinhos e irritantes em casa?

Núria voltou a revirar os olhos.

— Duvido muito.

— Nunca se sabe! — Anh falou, apressando-se para anotar o pedido de mais um cliente.

17

Gato

— Tô te falando, cara. Aquele hambúrguer que comi ontem à noite era, de longe, o melhor hambúrguer do mundo. Da próxima vez, vou guardar um pedaço pra você — o Carteiro Animado disse a Gato, que estava trotando ao seu lado. Gato o olhou de relance com os olhos verdes brilhantes. *Humm.* Quase conseguia sentir o sabor.

O carteiro se deteve por um rápido instante e encarou Gato como se estivesse prestes a compartilhar palavras de sabedoria.

— Só aqui entre nós, não faz sentido nenhum colocar queijo suíço em um hambúrguer. Quer dizer, o Carl jura que funciona. Mas é só babaquice. Os únicos queijos dignos de um hambúrguer são cheddar e pepper jack.

Miiiaaauuuu.

Para ser honesto, Gato estava um pouco perplexo com o debate do hambúrguer como um todo. Sua experiência com queijo se limitava a pizza da calçada, mas não havia motivo para um queijo ser melhor do que outro, não é? O Carteiro Animado estava sendo meio dramático sobre a questão. Gato devoraria com muita alegria qualquer tipo de hambúrguer com qualquer tipo de queijo. Só não era muito fã de pão, então provavelmente deixaria passar essa parte. Além da alface, do tomate, da cebola, do picles e da mostarda. *Eca.*

Quando chegaram à mercearia, o Carteiro Animado ainda estava falando sobre o assunto.

— Tipo, queijo de cabra? Em um hambúrguer? Isso aí é um crime. Sério.

Gato saltou para o banco enquanto o Carteiro Animado ia até a entrada da mercearia. Ele franziu a testa assim que localizou a placa que dizia FECHADO.

Maravilha, Gato pensou. Teve que escutar a ladainha do Carteiro Animado sobre hambúrgueres por uns bons quinze minutos, e agora não ia ganhar seus petiscos cremosos. Aquilo, sim, era um crime.

— Eita. Ainda está fechada — o Carteiro Animado disse, espiando pelo vidro da vitrine da frente. — Mas o portão de metal não foi abaixado. Talvez o senhorzinho tenha esquecido quando fechou a loja ontem à noite.

Agora Gato estava preocupado. Ele se ergueu nas patas traseiras e encarou o interior da loja, ansioso. Não era apenas a possibilidade de não ganhar seu petisco cremoso que o preocupava, mas também o Tristonho da Mercearia. Será que algo tinha acontecido a ele? Estaria bem? *Humm...* Ele afastou as orelhas para trás e farejou o ar. Tudo estava com o mesmo cheiro de sempre. Seus pelos continuaram alinhados, então seu instinto lhe dizia que nada de ruim havia acontecido. Em algum lugar lá dentro estavam o petisco cremoso *e* o Tristonho da Mercearia.

Ele voltou a se curvar para baixo, deixando-se cair no banco. Ah, como gostaria que o Carteiro Animado não tivesse passado o trajeto inteiro falando de hambúrgueres. Agora Gato estava desesperado por seu segundo café da manhã. E era óbvio que não teria um naquele dia.

Humpf.

O Carteiro Animado se sentou na outra extremidade do banco e fez um gesto para ele com o cotovelo.

— Não esquenta, meu chapa. Vou te comprar dois petiscos amanhã pra compensar. Tá bom?

Miau!

Tudo bem, talvez Gato o perdoasse. Salivava só de pensar em dois sachês de petiscos cremosos. Se fosse capaz, teria sorrido.

Mas e se a mercearia continuasse fechada no dia seguinte? E se o Tristonho da Mercearia ainda estivesse enfurnado em algum canto nos fundos da loja, acabando-se de chorar, como no outro dia? Gato não podia permitir que aquilo acontecesse. Pelo seu próprio bem. Pelo bem do Tristonho da Mercearia. E por sua lealdade à Senhora Risonha.

Gato deslizou devagar até o Carteiro Animado, o mais próximo que já havia chegado. Embora não tivesse medo algum dele, ainda não ficava confortável estando perto demais; geralmente, preferia pelo menos um braço humano de distância. Hoje, no entanto, abriria uma exceção. *Certo, vamos lá*, ele pensou consigo mesmo, inclinando o corpo em frente antes que mudasse de ideia. Gato mirou a pata direita no peito do Carteiro Animado e estapeou a caneta no bolso de sua camisa. Um tapa. Dois tapas. Três. O Carteiro Animado riu e tirou a caneta do serviço postal do bolso.

— Quer uma das minhas canetas também? — ele perguntou, estendendo-a para Gato.

Humpf. Achei que ele era esperto. Gato golpeou a caneta outra vez, e outra, e outra, até que o Carteiro Animado a afastou com a testa franzida.

— Bom, se não quer a caneta, então quer *o quê*, meu chapa?

Gato esticou o pescoço e fitou ardentemente o interior da mercearia. O Carteiro Animado fez careta e ficou piscando por vários segundos, até que sorriu, como se finalmente tivesse entendido a tarefa.

— Saquei — falou, assentindo com a cabeça para Gato e, então, esticando-se para pegar uma das contas do senhorzinho. Ele clicou na caneta e repuxou a boca de lado, pensando por alguns segundos antes de rabiscar um recado no envelope branco. Gato esticou o pescoço tanto quanto possível para conseguir dar uma olhada, mas havia um problema: ele não sabia ler. As linhas, curvas e pontos não significavam nada para ele. Ainda assim, estava curioso.

Quando o Carteiro Animado terminou, foi até a entrada e passou os envelopes por baixo da porta, incluindo aquele com o recado, soltando a respiração quando tornou a se endireitar.

— Missão cumprida. — Ele aquiesceu. — Beleza, a gente se vê amanhã. Se cuida, Gatito — disse antes de virar a esquina com seu carrinho de transporte.

Por um momento, Gato ficou sentado ali, satisfeito consigo mesmo. Bom, talvez não *tão* satisfeito assim, já que seu estômago ainda roncava, desejando um daqueles malditos petiscos cremosos.

18

Bong

Está tudo bem? Me ligue se precisar conversar ou de qualquer outra coisa.

Omar, o carteiro.

Bong encarou o recado com o número de telefone de Omar logo abaixo, escrito no verso do envelope da fatura de seu cartão de crédito. Já tinha lido a mensagem três vezes, mas continuava incrédulo. Omar era praticamente um estranho e, ainda assim, havia se importado o bastante para estender a mão, algo que deixava Bong perplexo. Então, enquanto relia o bilhete pela quarta vez, algo lhe ocorreu.

Omar pensava que ele era suicida?

É verdade que estava um desastre completo quando Omar se deparou com ele no dia anterior. Mal conseguia imaginar como a cena devia ter parecido: um amontoado de tristeza, choroso e ranhento. Se fosse ele a ter encontrado alguém daquela maneira, talvez teria chegado à mesma conclusão.

Mas o que deixava Bong ainda mais perplexo era que, na verdade, ele não tinha certeza do que estava sentindo. Havia momentos em que realmente queria morrer; momentos fugazes, mas que não deixavam de existir. Em outras vezes, ficava feliz por estar vivo, esperando que um milagre acontecesse e ele pudesse voltar a desfrutar da vida, mesmo sem sua amada.

Ele suspirou, derrotado, e seus ombros caíram. A manhã praticamente já havia ido embora e a mercearia continuava fechada. Claro, havia perdido dinheiro, mas precisava das horas extras de sono, pois passou a maior parte da noite revirando-se na cama, tentando sufocar o pesar esmagador que o dominava. De qualquer jeito, Bong acreditava que seus fregueses habituais sobreviveriam por uma manhã sem suas barrinhas de proteínas, garrafas de suco, balinhas de menta e bilhetes da loteria. Era o Brooklyn: bastava atirar uma pedra para acertar outra mercearia por perto. O estabelecimento de Bong não era mais especial do que o restante.

Rasc. Rasc. Rasc.

Bong se sobressaltou, quase deixando a correspondência cair. Estava tão imerso em pensamentos que não percebeu que estava parado atrás da porta da mercearia, ainda fechada, por quase dez minutos. Talvez mais.

Rasc. Rasc.

Aquele barulho. O que seria? Não conseguia ver ninguém do lado de fora através da porta de vidro. Ele enfiou a correspondência no bolso de trás da calça e foi até a porta para destrancá-la. Quando a empurrou e abriu, não havia ninguém ali.

Miau.

Bong se assustou mais uma vez. Na calçada, ao lado da porta, estava Itim, aquele gato preto. Ele… ou seria ela? Ah, sim, agora se lembrava de que Conchita havia dito que era um gato macho, bem, ele erguia a cabeça e o encarava com olhos verdes que, para Bong, pareciam um pouco assustados, um pouco curiosos e um pouco alguma outra coisa que não conseguia identificar por completo. O gato miou uma segunda vez para ele.

— Desculpe… Estamos fechados. Xô! Vá embora. — Ele abanou a mão para o gato, esperando que o bicho se afastasse.

Miiiaaauuuu!

Não funcionou. Itim não cedeu, retraindo-se um pouquinho ao ver o movimento de sua mão. Na verdade, pareceu ainda mais determinado a ficar no lugar. Bong estava prestes a tentar enxotá-lo mais uma vez quando uma lembrança se materializou em sua mente.

Conchita havia ouvido miados vindos de algum lugar ao redor da mercearia.

— *Mahal!* Está ouvindo isso? É um gato... Venha me ajudar a encontrar — ela dissera, agarrando seu braço. Os dois procuraram no estoque e no porão, do lado de fora, em frente à loja e, depois, nos fundos. Foi quando viram Itim pela primeira vez, encolhido ao lado da lata de lixo. Seu pelo preto estava opaco e sujo, e parecia que ele estava precisando de uma boa refeição.

Miau. Fora um miado suave, meio deplorável.

— *Mahal!* Vá buscar um pouco de comida enlatada e coloque em um daqueles potes de comida para viagem que eu guardo atrás do balcão. E um pouco de água também. Depressa — ela tinha dito. Quando Bong se afastou, tinha a ouvido falar delicadamente com o pobre gato. — Pode confiar em mim, está bem? Darei a você um pouco de comida e de água, e aí seremos bons amigos... Olhe só, que pelo preto mais bonito você tem. Nas Filipinas, de onde eu venho, chamamos essa cor de *itim*. Acho que seria um belo nome para você. O que acha, Itim? Vamos ser amigos?

Bong havia sorrido, sacudindo a cabeça, porque sabia que, dali em diante, ela alimentaria aquele gato todos os dias, e ele não teria nenhuma escolha, embora a comida provavelmente fosse atrair ratos, baratas e talvez até mesmo outros gatos de rua. E, é claro, ele estava certo. Porque aquela era sua Conchita. Era praticamente uma santa.

Miau.

Itim o encarou com a cara erguida, quase desafiando-o a tentar enxotá-lo de novo. Mas as lembranças haviam tocado seu coração, como se a própria Conchita estivesse cutucando-o.

Seu rosto esquentou. Conchita não estava ali para testemunhar suas atitudes, mas, ainda assim, de alguma maneira, ele se sentiu culpado. Havia agido de maneira cruel. Se Conchita pudesse vê-lo, com certeza teria ralhado com ele, dizendo algo como: "Ele também é uma criatura de Deus, Bong. E todas as criaturas de Deus, até mesmo as de rua, merecem gentileza".

Bong abriu um pouco mais a porta.

— Você quer entrar? — ele perguntou, ficando de lado para liberar a passagem.

Por um segundo, Itim contemplou o interior da mercearia, esticando o pescoço para enxergar melhor. Então ergueu os olhos para Bong, analisando seu rosto, sua linguagem corporal. Bong não podia culpá-lo por hesitar. Afinal, havia sido grosseiro pouco antes. É claro que o gato estaria desconfiado.

Bong teria que reconquistar sua confiança.

Então colocou um calço na frente da porta e foi até o corredor onde ficavam os artigos para animais de estimação. Quando voltou, estendia na mão um punhado de petiscos para gatos.

— Quer um pouco?

Lentamente, Itim entrou, avançando com o corpo junto ao chão, como se ainda suspeitasse das intenções de Bong. Depois de avançar cerca de um metro, o gato se plantou em frente à caixa registradora, onde ficava o expositor de doces. Para não o assustar, Bong se moveu em câmera lenta, puxando um prato de papel de detrás do balcão, e espremeu nele alguns dos petiscos cremosos.

— Aqui está. Bom apetite — ele disse, colocando o prato de papel no chão e empurrando-o para mais perto do gato. Itim se afastou alguns centímetros, mas no mesmo momento que Bong foi até o caixa, ele se lançou sobre o prato e devorou a comida.

Por um momento, Itim ficou imóvel, fitando Bong. Então, quando estava aparentemente satisfeito com o que quer que tivesse observado, lambeu as patas, algumas lambidas em uma e algumas na outra, antes de sair trotando na direção da porta da frente. Ele se virou para olhar para Bong por um instante, esfregou-se uma vez na entrada e desapareceu rua afora.

19

Collin

Em poucas palavras, o café descontraído com Quentin foi um desastre. Collin permaneceu na defensiva o tempo todo, mesmo ciente de que as intenções do agente eram boas. Mas não conseguiu evitar. As desculpas jorraram de sua boca sem parar. Francamente, foi vergonhoso.

Escritores não deveriam ser criteriosos com as palavras? Apesar de tudo, os dois se despediram de modo amigável, com Collin prometendo que compartilharia algumas ideias nas próximas semanas. Ao menos por ora, as preocupações de Quentin haviam sido apaziguadas.

Collin cruzou o quarteirão às pressas, ávido para voltar para casa. Não apenas porque o encontro com Quentin o tinha frustrado, mas também porque a interação com a mulher que alimentava o gato havia drenado qualquer orgulho que restava em seu corpo. Ele tinha agido como um imbecil, um bobo, um idiota disparatado. A única parte que pareceria remotamente positiva eram os corações que ela, com todo o cuidado, havia criado com espuma. Mas mesmo aquilo era algo pífio a que se agarrar. Só um garoto desajeitado da oitava série ficaria suspirando por corações em um latte. E ainda assim, lá estava ele, caminhando pela rua, devaneando sobre aqueles corações como se tivessem sido alguma declaração apaixonada.

Deus do céu, ele era *mesmo* um caso perdido.

Por um momento, Collin se deteve. Todo o estresse, escrutínio e calor o tinham deixado um pouco zonzo. *Respire, Collin. Respire.* E enquanto respirava e tentava se acalmar, avistou o gato preto do outro lado da rua. O bicho cruzava o quarteirão saltitando, com um ar de satisfação.

Ver o gato o fez lembrar do incidente da noite anterior no beco. Se pudesse ao menos fazer alguma coisa, mesmo algo pequeno, para tornar a vida do gato melhor...

De que aquele gato realmente precisava?

Ele tinha comida. Parecia que tinha companhia, de certa forma. Mas e quanto a uma casa? Collin não planejava sequestrar a criatura e levá-la para dentro da própria casa, mas talvez pudesse fazer alguma outra coisa. Ele olhou ao redor, ponderando, enquanto a umidade intensa fazia escorrer suor de sua testa e de seu pescoço. E então, *voilà!* Ele localizou o Foodtown e, de repente, teve uma ideia. Uma ideia um tanto quanto brilhante, na verdade.

Collin marchou a passos largos até o supermercado, esquecendo temporariamente a situação constrangedora no café como um todo. Quando passou pela entrada, fez uma pausa para recuperar o fôlego. Era imprescindível que se preparasse para a sensação sufocante da loja: as luzes fortes, os infinitos corredores de produtos, os cheiros, as pessoas, os barulhos. Collin geralmente fazia suas compras na internet para poder evitar tudo que o cercava naquele exato momento. Mas estava empolgado demais para esperar.

Ele pegou um carrinho. Era quase fim de semana, então o lugar estava bastante agitado. A única maneira de conseguir lidar com a situação era evitar encarar qualquer pessoa e, em vez disso, manter o olhar fixo à frente.

Depois de errar o caminho algumas vezes, finalmente encontrou o corredor de artigos para animais de estimação. As fileiras e mais fileiras de itens multicoloridos, comida enlatada, sacos de ração e areia para gatos agrediram seus olhos. Mas Collin tentou se concentrar, sabendo exatamente de que precisava. Ele pegou seis latas de comida para gatos sabor salmão, afinal, todo mundo ama salmão, não é? Então, puxou duas tigelas de metal para comida e água e uma cama de gato de tecido xadrez: pareceu a escolha mais lógica, já que tinha quase certeza de que um gato não gostaria de uma estampa de oncinha ou de vaca. Depois, correu até a seção de material de escritório para pegar cola atóxica e canetas.

Collin localizou um caixa livre e foi direto até lá. A funcionária estava fitando o nada, o olhar vago. Assim que ele deixou cair a pilha de ração enlatada na esteira rolante, ela se assustou e começou a limpar a área com um pedaço de pano.

— Ah, bom dia — ela falou.

— Hum... Bom dia. — Collin descarregou o restante de suas compras, empurrando em seguida o carrinho vazio para a lateral do caixa.

Enquanto a funcionária escaneava os itens, ele ficou parado no lugar, observando as mãos dela se movimentarem. Por algum motivo, concentrou-se nas unhas dela, que estavam pintadas com esmalte cor-de-rosa quase todo descascado. Esses eram os tipos de detalhes que ele gostava de usar em suas histórias, as imperfeições que tornavam os personagens mais reais.

— São trinta e oito dólares e trinta centavos, por favor — a garota do caixa disse.

Collin se retraiu e ergueu o rosto para ela, infelizmente dando de cara com o olhar da moça. *Merda.* Ela o encarou, piscando devagar. Quando o assunto eram mulheres, Collin era bem desorientado. Será que a garota estava flertando com ele? Ah, meu Deus. Talvez estivesse. Ela parecia praticamente uma adolescente. Collin tinha certeza de que brotoejas estavam prestes a explodir em seu pescoço.

— Precisa de mais alguma coisa?

Mesmo desejando muito simplesmente pagar e dar o fora dali, ele de fato precisava de outra coisa.

— Na verdade, sim. Vocês teriam algumas caixas de papelão vazias? Das grandes? — ele perguntou enquanto se atrapalhava para abrir a carteira.

— Claro. — Ela foi até os fundos da loja e, passados alguns minutos, voltou com duas caixas desmontadas. — Estas aqui servem?

— Sim, perfeito. Obrigado — ele falou, entregando a ela o cartão de crédito.

A garota estendeu o recibo para ele, os dedos demorando-se nos seus.

— Está de mudança ou algo do tipo?

Mas Collin já tinha passado dos limites. Tipo, *muito*. Então não respondeu, apenas agarrou as compras às pressas e saiu correndo antes que a funcionária pudesse interrogá-lo mais.

20

Lily

Mas que porra foi essa?

Lily observou o cliente fugir até a saída da loja. Era sempre meio irritante quando homens bem crescidinhos presumiam que ela estava dando em cima deles apenas porque estava sendo simpática. Tudo bem, o cara era bonitinho. E parecia ser rico também, pela qualidade de suas roupas, de seu relógio e da carteira; via-se que provavelmente nadava na grana, o tipo de grana do qual ela tanto precisava. Lily podia estar desesperada, mas não àquele ponto. Ainda tinha seus princípios e valores.

Embora, verdade seja dita, não seria um problema para ela arranjar um namorado nessa cidade. Alguém alguns anos mais velho, que pudesse levá-la para jantar de vez em quando. Alguém com quem desabafar e abraçar depois de um dia cansativo no trabalho. Mas, até o momento, não havia conhecido ninguém. Nova York devia estar fervilhando de caras solteiros e jovens, mas ela não encontraria nenhum deles trabalhando como caixa em um supermercado. Talvez fosse melhor assim. Afinal, não estava ali para conseguir um namoradinho bonito. Estava ali para encontrar sua meia-irmã perdida.

Tudo que fez até então, porém, foi espioná-la. Por meses e meses havia sonhado com o dia alegre em que as duas finalmente se conheceriam, e Lily encontraria as palavras para dizer a Núria quem realmente era. Haveria bexigas e serpentinas, e um bolo com glacê rosa pastel e, logo depois que se abraçassem, com lágrimas de felicidade nos olhos, fogos de artifício explodiriam nos céus. Em sua mente, seria mágico. Mas, na realidade, o primeiro encontro delas não foi nada além de uma troca de palavras inexpressiva no balcão do caixa. A vida real não tinha nada a ver com os filmes.

Lily suspirou. Sentia muita vergonha de suas fantasias infantis. Ela baixou os olhos para as mãos, para as unhas antes cor-de-rosa que tinha descascado com os dentes. Um hábito nervoso. De noite, enquanto seus colegas de apartamento estavam na sala de estar, bebendo margaritas e assistindo a *90 Dias para Casar*, ela se entocava no próprio quarto, pensando no pai, no quanto sentia falta dele, pensando se Núria sequer desejaria ter um relacionamento com ela, pensando em como a mãe estava decepcionada por ela não ter tido o mesmo destino das outras líderes de torcida: o namorado perfeito, a universidade perfeita, com notas perfeitas e um futuro emprego perfeito, uma casa perfeita e quatro criancinhas perfeitas.

Sua vida era uma droga. E ela sabia disso.

Às vezes, perguntava-se como as coisas teriam sido se nunca tivesse descoberto a existência da irmã. Mas a quem ela queria enganar? Em algum momento teria descoberto o segredo do pai. Simplesmente tinha acontecido cedo. Lily era bisbilhoteira; sempre havia sido assim. Depois da morte trágica do pai em um acidente de carro, ela revirou todos os pertences antigos dele, armazenados em caixas no porão empoeirado. A maioria era quinquilharias, troféus e prêmios de sua juventude, seu distintivo da época em que havia trabalhado como policial na Flórida, alguns álbuns de fotos em preto e branco, pilhas de *cards* de beisebol e uma porção de livros aleatórios. Mas ela também encontrou uma lata de biscoitos um pouco enferrujada enfiada no cantinho de uma das caixas. Lily a tinha aberto. Dentro estava um livro infantil, um que não pertencia a Lily. O título era *O gato que foi para o céu*, e dentro havia uma dedicatória que dizia:

Feliz aniversário para minha filha querida, Núria.
Papai sente muito a sua falta.

A princípio, ela presumiu que o livro devia ter pertencido a outra pessoa. Mas, conforme virava as páginas, em algum ponto perto da metade, encontrou uma foto desbotada de uma família, que parecia ter sido tirada nos anos 1990. Havia um pai, uma mãe e uma filha em pé em um quintal, ao lado de alguns flamingos de plástico cor-de-rosa. Estavam todos abraçados, os olhos semicerrados por causa da luz intensa do sol. Lily ficou encarando a família, o coração palpitando no peito. Porque o homem na foto era seu pai. A mulher, contudo, não era sua mãe, e a filha definitivamente não era ela.

Também havia encontrado um monte de cartas, os envelopes amarelados com o passar do tempo. Estavam todos carimbados com os dizeres DEVOLVIDO AO REMETENTE. Nenhuma havia sido aberta. Lá no fundo da lata de biscoitos estava uma revista enrolada. Na capa, uma mulher sorridente e com sardas no rosto ao lado de uma máquina de expresso. A chamada dizia: "Núria Rey Andreu, da Torra do Brooklyn, fala de cappuccinos e gatos".

Naquele instante, Lily soube que a garotinha naquela velha foto era a mulher na capa da revista, agora adulta. Ela tinha os olhos de seu pai, seu maxilar, seu sorriso. Essa garota, essa mulher, era sua irmã: a irmã que ela havia desejado ter durante toda a vida.

21

Núria

Churro, Gazpacho e Miel estavam sentados ao lado dos pés descalços de Núria, esperando como um bando de ladrões de olho em sua recompensa. Núria engoliu a última mordida de seu hambúrguer vegano da Fatboy's e devolveu as encaradas deles.

— Sabem muito bem que o veterinário falou pra eu não dar mais sobras pra vocês. Além do mais, isso nem é carne — ela falou, limpando a boca com um guardanapo de papel.

Os três miaram em uníssono, circulando e se esfregando em suas pernas. Apesar das gracinhas deles, Núria se manteve firme, porque a última coisa que queria era mais um sermão do veterinário sobre o quanto eles estavam rechonchudos.

— Foi mal, pessoal. — Ela ergueu o celular e abriu a galeria de fotos. Lá estava. A selfie que tinha tirado com Omar, também conhecido como Charles. Com toda a correria e o dia cheio no trabalho, não teve tempo de enviá-la para a mãe. Agora, estava em casa. Havia alimentado os ingratos *e* a si mesma. Tudo que restava fazer era encontrar a coragem para enviar a maldita foto e se preparar para as perguntas inesgotáveis da mãe.

Ele é porto-riquenho? Dominicano?

Quantos anos ele tem?

Ele é mesmo um carteiro ou isso é um daqueles visuais moderninhos?

Você já conheceu os pais dele?

Ele tem todos os dedos das mãos e dos pés?

Ele é Democrata ou Republicano?

E, o mais importante…

Quando é que ele vai te pedir em casamento?

Núria foi até a geladeira para pegar uma cerveja. Precisaria do álcool para acalmar os nervos. Assim que enviasse a foto, tinha cem por cento de certeza de que a mãe ligaria em dois minutos ou menos. Inquestionavelmente.

Ela voltou a se sentar e virou metade da cerveja. Então inspirou profundamente, uma inspiração que encheu seus pulmões até a capacidade máxima, e soltou todo o ar.

— Certo, aqui vamos nós — ela murmurou. Antes que pudesse mudar de ideia, digitou no celular:

Oi meu e do Charles.

Ela anexou a selfie e apertou Enviar. Pronto. Estava feito e não podia voltar atrás. Núria pousou o celular e esperou, encarando as paredes, o teto, o próprio colo, as mãos, os gatos que mordiscavam os dedos de seus pés como se fossem sobras de pipoca.

Plim-plim… Plim-plim. Um minuto e quarenta e oito segundos. Nem sequer dois minutos inteiros haviam se passado. Núria deixou que o celular tocasse um pouco mais, a coisa mais torturante que podia fazer à mãe. Se ela seria alvo de um interrogatório, a mãe com certeza também podia aguentar um pouquinho de tortura.

Finalmente, ela atendeu:

— *Hola, mamá.*

— *Oyé*! Por que demorou tanto? — ela indagou em um tom tão estridente que Núria precisou afastar o celular da orelha.

— Desculpe. Estava ocupada.

— Ocupada fazendo o quê?

Núria correu os olhos pela quitinete.

— Ah, sabe, jantando, limpando as caixas de areia, lendo revistas de noiva…

Silêncio.

— Não gosto das suas piadas, *mija* — sua mãe a censurou, a voz vários oitavos mais grave.

Núria se deixou afundar no assento.

— Tá bem.

Ela ouvia a mãe tentando controlar a respiração do outro lado da linha. Ou ela estava *muito* furiosa, ou *muito* eufórica.

— Então, *dígame*. Esse Charles... Ele é carteiro de verdade ou isso é um daqueles visuais moderninhos? — ela perguntou.

Núria precisou segurar a respiração para se impedir de cair na gargalhada. Deus do céu, a mãe era tão previsível.

— Ele é carteiro, sim — ela respondeu. Pelo menos *essa parte* não era uma mentira.

— *Humpf.* — Houve uma longa pausa. — Bom, ao menos ele recebe benefícios — ela acrescentou, a voz seca.

Era óbvio que ela teria preferido um médico, um advogado ou um corretor de Wall Street. Mas, no ritmo atual, não estava em posição de ser muito exigente.

— Ele é um ótimo carteiro, e é *muito* gentil, e... e ele adora gatos — Núria falou, sem saber o que mais dizer a respeito de um homem que mal conhecia.

— Bom, glória a Deus por isso! — a mãe falou, dramaticamente. — Esses gatos parecem repelentes de homens.

Núria franziu a testa.

— Não são, *não.* Para sua informação, tem um monte de cara que gosta de gatos.

— *Humpf.* — Mais uma pausa. Núria tinha certeza de que a mãe havia afastado o telefone para poder dar mais uma olhada na foto. — Ele é bem bronzeado, *mija*. E esse cabelo enrolado... Ele é dominicano? Ele ao menos fala espanhol?

— Ele não é bronzeado. Ele é moreno, tá bem? E, sim, ele é dominicano, *e* fala espanhol, *e* faz o *mofongo* mais delicioso do mundo — Núria disse, mordendo o lábio.

— *Mofongo* é feito com carne de porco — a mãe respondeu, sem emoção.

Núria revirou os olhos.

— Tá bom, tá bom. Ele faz o mofongo *vegano* mais delicioso do mundo.

— Bom, é verdade que gosto de homens que sabem cozinhar. Mas fique atenta, *mija*. Ouço muitas histórias no noticiário sobre gente que trabalha no serviço postal. Estupradores, ladrões, assassinos... Eles têm todo um histórico com essas questões, sabia? — ela alertou.

Núria conseguia sentir o rosto esquentando de raiva.

— Preciso desligar agora, *Ma*. Nos falamos outra hora, talvez. A não ser que eu seja assassinada pelo meu namorado.

Então ela desligou e bebeu o resto da cerveja de uma só vez.

22

Collin

Collin estava em seu escritório. O cômodo estava escuro, exceto pela luz da tela de seu computador. Ele deveria estar fazendo uma lista de ideias de histórias para seu agente, mas, não, estava assistindo a tutoriais no YouTube sobre como construir uma casa para gatos.

Seria mais uma forma de procrastinar? Talvez. Mas, para Collin, não parecia. Sua inspiração estava fluindo, mas de uma maneira completamente nova e diferente. Ele tinha uma missão e não conseguiria dormir até tê-la completado.

Ahá! Finalmente encontrou um modelo que conseguiria executar com suas habilidades limitadas nos trabalhos manuais. Era uma estrutura simples, feita de uma caixa grande com um telhado triangular, algumas janelas recortadas, canteiros desenhados com caneta e espaço de sobra para a caminha de gato que havia comprado. Collin sabia que uma casa feita com caixa de papelão não duraria muito tempo ao ar livre, mas seria fácil demais comprar pela internet, algo que a mãe teria feito. Para ela, tudo *precisava* ser de grife, de edição limitada, exclusivo. Ela não pisaria em um mercado como Target ou Walmart nem se a pagassem. Aquilo talvez fosse parte do motivo de Collin se sentir tão atraído pela mulher que alimentava o gato. Ela era o completo oposto da mãe. Não que Collin não amasse a mãe. Ele amava, mas era um amor repleto de delimitações. Quando o assunto era romance, contudo, ele ansiava amar sem limites. Era algo que havia procurado durante toda a sua vida adulta, mas sem sucesso até então. Talvez teria chance com a mulher que alimentava os gatos…

Plim!

Collin olhou de relance para o relógio. Eram oito da noite. Seria coincidência que estivesse pensando na mãe naquele momento? Talvez não. Óbvio que a mente estava treinada para esperar o contato semanal dela, que chegava à sua caixa de entrada todas as sextas-feiras, às oito. Em outros tempos, ela enviava cartas manuscritas em papel de cor creme com borda verde-limão. No entanto, havia migrado para e-mails quando percebeu que era mais provável que ele lesse e respondesse dessa forma.

Embora tivesse preferido continuar seu projeto artesanal, Collin clicou na caixa de entrada para acabar com aquilo o quanto antes. Não havia nada mais excruciante do que ler as críticas que ela disfarçava como trivialidades e cortesias em uma noite de sexta-feira. Ele inspirou fundo ao abrir o e-mail, cujo assunto dizia *Para Cima e Avante.*

> Meu querido e amado Collin,
>
> Esta noite, enquanto bebia meu chá de camomila, peguei-me relembrando de você e de sua irmã, particularmente os dias da juventude de vocês, nos quais absolutamente tudo parecia possível. Eu fantasiei muitas vezes a respeito da vida de vocês dois; Caroline se formaria como oradora da turma e, então, faria faculdade na Brown, onde conheceria um jovem de uma boa família: um homem que, um dia, se tornaria senador dos Estados Unidos, talvez até mesmo presidente, ao passo que você cursaria Medicina em Harvard, onde sua pesquisa sobre câncer ou Alzheimer o levaria a receber um prêmio Nobel de medicina um dia, o qual você devidamente dedicaria a mim e a seu pai. É claro, sempre idealizei ao menos quatro ou cinco netos; mais do que isso seria considerado deselegante pelos padrões da atualidade. Mas vocês dois

escolheram trajetórias diferentes. Infelizmente, a vida é assim. Eu fiz as pazes com tal questão. A vida de vocês pertence a vocês, afinal de contas. E, portanto, nesta noite de sexta-feira, digo para cima e avante com o que você deseja alcançar, o que quer que seja.

Com afeto,
Mamãe

P.S.: Seu pai quer saber se você tem algum interesse nas abotoaduras de platina e madrepérola dele, pois criou desapreço por elas.

Collin soltou a respiração, relaxando os ombros. Conseguia quase visualizar a mãe, com as unhas perfeitas, digitando no teclado do notebook, repousando a mão no tampo da escrivaninha vintage de nogueira polida, ou na echarpe de seda da Hermès que envolvia seu pescoço, à medida que pensava nas palavras. Seus lábios de tom escarlate teriam se curvado em um leve sorriso enquanto ela digitava a frase "para cima e avante", já que estaria orgulhosa do incentivo que estava partilhando. Ela, com certeza, não era a mais afetuosa das mães, nem de longe. Mas era a mãe *dele*. Collin havia feito as pazes com esse fato anos atrás.

Mais tarde, redigiria sua resposta. No momento, estava empolgado demais para finalizar seu singelo projeto. *Para cima e avante,* como a mãe havia proclamado.

Collin ligou as luzes suspensas e ficou alguns segundos piscando, os olhos voltando a se acostumar com a claridade. Ele puxou a maior das duas caixas de papelão, cola, canetas, fita adesiva, alguns prendedores de papel e um estilete que ficava na gaveta de sua escrivaninha, para abrir embalagens.

No chão de madeira no meio do cômodo, ele dispôs sua estação de trabalho. Sentou-se e começou a cortar, aparar e dobrar a caixa conforme o vídeo instruía. Quando a base da casa ficou pronta, incluindo a porta e as janelas que ele havia feito com o estilete, Collin aplicou cola nas peças que formavam o telhado, usando alguns prendedores para mantê-los unidos até estar tudo seco. Enquanto esperava, recortou várias telhas arredondadas com o papelão sobressalente e usou as canetas para desenhar alguns canteiros com margaridas sob as janelas, além de uma placa em cima da porta que dizia LAR DOCE LAR. Com isso feito, ele se recostou e avaliou seu trabalho. *Nada mal.* Desenhar não era algo em que Collin se destacava, mas pelo menos parecia relativamente melhor do que o que uma criança teria feito. O toque final foi colar as telhas cobrindo o telhado, dando ao projeto um toque de casa de campo rústica.

Mas calma aí! Ele havia se esquecido completamente da cama do gato. Engatinhou até a sacola do mercado e puxou o travesseiro fofo. Deixou a casinha de papelão cair por cima e, então, fechou as abas de baixo com fita adesiva. Pronto. Estava finalizada. Ele havia conseguido. Por um momento, ficou sentado no lugar, sorrindo. Suas bochechas e seu peito estavam quentes de orgulho. Era o mesmo sentimento das duas vezes em que digitara *Fim* depois de concluir um manuscrito. Com a exceção de que aquilo havia tomado menos de uma hora. Talvez, se acabasse se tornando um autor decadente, poderia se transformar no *rei* de casas de caixas de papelão para gatos. A ideia arrancou uma risadinha dele.

Em sua mente, Collin disse a si mesmo que estava fazendo aquilo para impressionar a mulher. Mas enquanto carregava a casinha escada abaixo até o beco, não pôde deixar de notar o quanto se sentia feliz, como se o peso de todo o estresse que andava sentindo tivesse se dissipado. Talvez a chave para uma vida mais feliz fosse fazer coisas pelos outros. Outras pessoas. Outros seres. Talvez fosse isso que estivesse faltando em sua vida monótona. Talvez ele simplesmente estivesse focado demais em si mesmo.

Para cima e avante, de fato!

Do lado de fora, o beco estava quieto. Nenhum sinal do gato. Collin se perguntou se o bichano sequer entenderia que aquela casinha era para ele. Talvez devesse pegar as tigelas de comida e água e deixá-las lá fora também. O cheiro da comida para gatos enlatada com certeza o atrairia. Ele posicionou a casinha perto da área de compostagem, embaixo de um carvalho grande e folhoso, e então voltou para dentro para encher as tigelas com água e comida.

O patê sabor salmão tinha um cheiro horrível, nem remotamente parecido com os filés de salmão selvagem do Alasca que Collin cozinhava para si mesmo. Não importava. O gato certamente teria outra opinião. Ele tornou a sair e deixou as tigelas ao lado da casinha. Então virou-se para entrar. Mas, antes de fechar a porta, fitou por cima do ombro a casa de papelão que tinha construído. De repente, um arrepio de emoção — expectativa e esperança — fez sua pele formigar da melhor maneira possível.

23

Gato

Gato estava enroscado em seu espaço habitual sob a cerca viva, onde ninguém o incomodava. Ele ouviu movimentações: um farfalhar e passos. Ergueu a cabeça para conseguir escutar melhor. Não parecia nada perigoso. Depois de alguns minutos, ele sentiu o cheiro de peixe, algo que fez sua boca salivar.

Comida?

Será que tinha alguém pela rua a essa hora da noite? A Moça Arco-íris geralmente vinha apenas de manhã, exceto por uma ou outra ocasião em que aparecera à tarde, murmurando pedidos de desculpa e oferecendo a ele uma porção em dobro. À noite, ele combatia a fome vasculhando latas de lixo, a não ser que algum infeliz azarado tivesse derrubado por acidente metade de um sanduíche, pizza ou sorvete na calçada. As ruas eram como um bufê misterioso; nunca se sabia quais seriam as dádivas da noite.

Aquele cheiro, contudo, não era de algum lanchinho qualquer da calçada. Era exatamente o mesmo cheiro da comida enlatada que a Moça Arco-íris costumava lhe dar. Gato enfiou a cabeça por entre a folhagem, olhando para a direita e para a esquerda. Não havia ninguém por perto. Ele rastejou para o lado de fora e voltou a farejar o ar. Uma brisa suave soprou, e foi quando ele entendeu que o cheiro de delícia de peixe vinha do beco daquele cara: o Vizinho Desajeitado.

Gato ficou intrigado, porque tinha quase cem por cento de certeza de que o Vizinho Desajeitado não tinha nenhum gato de estimação, ou ele o teria visto pelas janelas. Ele caminhou devagar até lá, passando por entre as barras do portão exatamente como tinha feito na noite anterior. Ainda não via ninguém por perto. O cheiro estava mais forte.

Humm. Tudo parecia estar mais ou menos igual. Ou será que não? De repente, Gato notou algo irrompendo de detrás de uma das lixeiras. Ele avançou alguns passos, o corpo próximo ao chão. Então mais alguns. Até que viu. Atrás de uma das lixeiras estava uma casinha feita com caixas de papelão, com duas tigelas de metal ao lado.

Isso é pra mim?

Mais uma vez, ele olhou para a direita e para a esquerda e, por fim, diretamente em frente, para garantir que não havia outro gato por perto. Mas *realmente* não havia. Gato quis agir com desinteresse. Era um gato, afinal. Qualquer um que tivesse a mínima noção de gatos sabia que não eram animais que se impressionam com facilidade. Mesmo com muita vontade de empinar o nariz com desagrado e dar as costas como se aquilo não fosse nada, não conseguiu evitar uma sensação quentinha e acolhedora. Começou a vibrar por dentro, e um desejo intenso de se esfregar na casinha de papelão tomou conta dele.

Purr... Purr... Purr...

Ele foi até lá e cheirou um dos cantos. Havia camadas de cheiros: poeira, chips de tortilha, cola e tinta de caneta, e algo limpo, algo sutilmente cítrico e herbáceo, talvez o sabonete do cara. Além de todos esses cheiros, ele também sentia calor, gentileza e desejo de conexão. Gato conseguia sentir coisas assim. Era parte de seu instinto natural: o instinto que o havia mantido vivo nas ruas por tantos anos.

O Vizinho Desajeitado podia não estar no mesmo nível da Moça Arco-íris, mas estava tentando se esforçar. E um esforço era *muito* mais do que a maioria das pessoas oferecia a ele. Então, em um gesto de valorização, ele ondulou a cauda e esfregou o rosto, o pescoço e a lateral do corpo no papelão, reivindicando aquela mansão felina para si. Fez o mesmo com cada cantinho dela, até que seu cheiro estivesse disseminado por todos os lados. Depois que se satisfez, apressou-se até as tigelas, primeiro farejando a comida para garantir que não estava batizada com veneno. Ele podia estar faminto, mas ainda se precavia da malícia das ruas. O cheiro estava bom. Bom *mesmo*.

Será que era tudo real? Estava sonhando? Seria uma pegadinha?

Mais uma vez, por desencargo, ele olhou ao seu redor. A barra estava limpa. *Uhul!* Gato se agachou em frente à tigela de comida e devorou a delícia de peixe, pausando de poucos em poucos segundos para gemer de satisfação. Conforme sua barriga se enchia, ele não pôde deixar de pensar em quanta sorte estava tendo nos últimos tempos. Não apenas estava sendo alimentado pela Moça Arco-íris, como também com os petiscos do Carteiro Animado, o Tristonho da Mercearia e, agora, o Vizinho Desajeitado. Claramente, seus dias de moradia precária na cerca viva haviam acabado.

Quando toda a comida se fora, ele bebericou um pouco de água fresca e, então, espreguiçou-se. Era hora de conferir o lado de dentro da casa. Gato foi até lá, enfiando primeiro a cabeça, depois o restante do corpo, e, por fim, virou-se e tornou a sair. Então era assim que funcionava a porta. *Hum*. Hora de conferir mais uma vez. Cabeça. Pescoço. Torso. Flanco. Cauda. Dessa vez, ele entrou por completo. Era mais espaçosa do que tinha imaginado. Havia até uma cama almofadada com uma estampa xadrez de bom gosto. Mesmo com muita vontade de se atirar nela e tirar um cochilo depois da deliciosa refeição que tinha comido, alguns testes precisavam ser feitos primeiro. Uma pata, depois a outra. Amassar um pouquinho aqui e ali. *Ótimo. Bem macio*. Uma terceira pata. A quarta. Gato estava em pé na cama. Um último teste. Ele deu voltas e mais voltas até encontrar o ponto certo. *Ploft*. Ele se curvou até virar uma bolinha de frente para uma das janelas recortadas. Aquela cama era provavelmente a coisa mais confortável que já tinha experimentado na vida.

Era assim que gatos domésticos viviam? Refeições regulares em tigelas de metal brilhante, paredes que os faziam se sentir seguros? Era uma revelação e tanto, na verdade. Gato sempre tinha presumido que gatos domésticos viviam como prisioneiros. Mas talvez tivesse se enganado o tempo todo.

Antes de baixar a cabeça para fechar os olhos, olhou pela pequena janela, observando a casa do Vizinho Desajeitado. Havia uma luz acesa no segundo andar. Talvez ele ainda estivesse acordado, perguntando-se se Gato havia encontrado seu presente.

24

Omar

Omar havia começado o expediente mais cedo do que o normal. Não porque estivesse todo empolgado para fazer seu serviço, mas porque não tinha conseguido dormir bem pensando que Bong não havia ligado. Enquanto jantava, conferiu o celular. Enquanto assistia TV, conferiu mais uma vez. Enquanto tentava dormir, sem sucesso, verificou uma última vez.

Será que Bong estava bem? Estaria deprimido? Tendo pensamentos suicidas? Omar poderia ajudar de alguma maneira?

Sua *abuela*, Rosalinda, sempre havia dito que sua empatia era uma de suas maiores qualidades. Carl, por outro lado, sempre dizia que ele se importava em *excesso* com os outros. Que as pessoas se aproveitariam de sua gentileza. Mas Omar estava apenas sendo quem era. Não sabia ser de nenhuma outra maneira.

Então, às quatro e meia da manhã, ele se arrastou da cama em silêncio, para não acordar Carl, e começou seu dia com uma xícara forte de café e um banho frio. Precisaria da cafeína e do sangue fluindo com força pelas veias para sobreviver ao dia depois de praticamente não ter dormido. Decidiu que talvez pudesse pedir algum conselho à sra. Lewis. Afinal, ela era viúva. Com certeza teria algumas dicas valiosas para lhe passar.

Quando chegou ao sobrado dela, abriu o portão não-mais-estridente e estacionou seu carrinho de transporte ao lado dos vasos com temperos plantados. Esticando-se, pressionou um dedo em uma folha de manjericão e sentiu o cheiro. O aroma o fazia lembrar de sua *abuela* e da abundância de manjericão que ela havia cultivado e usado para fazer molhos pesto e de tomate para dividir com os vizinhos. Quase conseguia sentir o gosto dos *kipes* que ela preparava para o lanche quando ele voltava da escola, o toque de manjericão sempre perdurando em sua língua.

Omar afastou a lembrança. A última coisa de que precisava era se afogar na própria tristeza enquanto tentava ajudar outra pessoa. Ele subiu os degraus da sra. Lewis e tocou a campainha.

Au! Au!

A sra. Lewis abriu a porta e Sinatra saiu correndo pela fresta.

— Bom dia, Omar. — Ela estava com um daqueles turbantes clássicos estilo Hollywood, de tom rosa-claro para combinar com o robe de seda com estampa de cerejeiras.

Omar se abaixou para pegar Sinatra no colo.

— Bom dia a vocês dois — ele disse com um sorriso.

A sra. Lewis abriu a porta um pouco mais.

— Já que veio tão cedo hoje, gostaria de entrar e tomar um chazinho? Tem aqueles bolinhos de mirtilo fresco de que você tanto gosta.

— Claro, eu adoraria. — Ele entrou e a seguiu até a sala de estar, onde a mulher já havia disposto o chá e os bolinhos com dois conjuntos de mesa, como se soubesse que ele teria tempo para conversar naquela manhã. Às vezes, Omar pensava que a sra. Lewis tinha um pouco de *brujería* dentro de si. Ela com certeza tinha um dom para saber o que ele diria e faria antes que ele mesmo soubesse.

Colocando Sinatra no colo, ele se sentou enquanto a sra. Lewis servia o chá. Ficou contemplando todas as lindas peças antigas ao redor do cômodo, cada uma com uma história única, algumas das quais Omar havia escutado ao longo dos anos. O sr. Lewis fora um antiquário e, na juventude, ele e a esposa haviam viajado pelo mundo, vasculhando mercados de pulgas e vendas de espólio, em busca dos itens mais especiais. O favorito de Omar era o imaculado conjunto de chá Sèvres, de porcelana verde e dourada e pintado à mão, que fora encontrado na garagem poeirenta de uma velha senhora no sul da França. Com certeza não era o item mais valioso ali, mas as lembranças ligadas àquele conjunto de chá, todas as histórias e conversas que havia compartilhado com a sra. Lewis, o tornavam inestimável aos seus olhos.

— Parece estar um pouco preocupado, Omar — ela falou, colocando dois cubos de açúcar em seu chá e mexendo com a colher.

Omar não pôde evitar um sorriso com a observação perspicaz.

— A senhora não deixa passar *nada*.

Ela serviu a ele um bolinho de mirtilo, o indício de um sorriso nos olhos.

— Não é bruxaria, meu querido Omar. O nome disso é envelhecer. — Ela riu e, então, deu uma piscadela. — Sou calejada, se é que me entende.

Omar riu. Sentado em seu colo, Sinatra o fitou, incomodado por sua cama de cachorro humana ter se movido.

— Um dia desses, a senhora vai precisar escrever de uma vez aquela autobiografia.

— Talvez... Então o que te aflige, Omar? Você sabe que não acontece nada de muito interessante por aqui, a não ser que contemos Sinatra fazendo xixi nas minhas pantufas.

— Menino danado, muito danado — Omar falou, acariciando a cabeça do cãozinho. — Bom... é verdade que estou um pouco aflito. Mas não se preocupe, a questão não sou eu... Tem um homem na minha rota de entregas que perdeu a esposa há vários meses. E, pelo que vejo, ele continua arrasado com a situação. Não que eu espere que ele supere de uma vez ou algo assim. Mas... não sei. Só sinto que talvez tenha algo que eu possa fazer por ele. Mas não faço ideia do quê.

A sra. Lewis pousou a xícara e se esticou para colocar a mão sobre a dele.

— Omar, meu querido. Você se lembra de quando Stanley faleceu? Minha filha estava aqui para me ajudar com todas as providências. Mas quando ela voltou para Boston, foi aí que minha ficha caiu de verdade. Eu me sentia muito sozinha, mesmo com amigos vindo visitar, trazendo travessas de comida, bolos e buquês de flores. Era um lembrete constante de que Stanley tinha partido. Eu tinha virado viúva e às vezes me parecia que não era nada além disso. Mas quer saber o que me ajudou *mesmo*?

Omar se inclinou para mais perto dela.

— Você, meu querido! Suas visitas eram uma bênção! Todos os minutos em que conversamos, tomamos chá e limonada, todos os doces que comemos, todas as vezes que você me ajudou a terminar as palavras-cruzadas do *New York Times*, todas as vezes que cuidou do Sinatra pra eu poder ir visitar meus netos. Você nunca me tratou como uma viúva. Nunca ficou pisando em ovos quando estava comigo. Não tinha medo de fazer piadas, de me fazer rir, de me fazer lembrar que eu ainda era capaz de me divertir, mesmo sem Stanley por perto.

Omar estava aturdido. Por um momento, simplesmente ficou parado, tentando ignorar a ardência em seus olhos.

— Obrigada por tudo que faz por mim, meu querido Omar — ela falou, apertando a mão dele.

— Sempre que precisar, sra. Lewis.

— Bom, sei que você vai precisar ir daqui a pouco, mas espere um minuto. — Ela se ergueu e foi até o corredor que levava à cozinha, então voltou com uma caixinha marrom. — Quero que dê alguns dos bolinhos ao homem. Uma pitada de açúcar sempre deixa o dia um pouco mais bonito — ela disse, colocando com cuidado quatro dos doces na caixa. Ela a fechou e entregou-a a Omar. — Vai lá, Omar. Vá e faça a sua mágica.

Omar sorriu de orelha a orelha, não por causa do elogio que a sra. Lewis havia acabado de tecer a ele, mas porque, de repente, já sabia. Sabia exatamente o que fazer.

25

Núria

A mercearia estava fechada de novo. Ao menos dessa vez, Núria se preveniu, trazendo algumas vasilhas plásticas de reserva. Ela cruzou o quarteirão com tanta rapidez que a blusa amarelo-fluorescente e a calça de ginástica em tie-dye pareciam um borrão.

Quando chegou à cerca viva de Gato, o coque frouxo em que havia prendido o cabelo no topo da cabeça estava ainda mais frouxo, pendendo para o lado feito um cacto esgotado. *Pssspssspsss*, ela chamou, abaixando-se para servir a ração enlatada em um dos potes de plástico.

Miiiaaaauuuu!

Núria olhou para a cerca viva por cima do ombro, mas Gato não estava lá.

Miiiaaaauuuu!

Ela se virou para o outro lado e lá estava ele, esgueirando-se entre as barras de metal do portão do beco. *Ué?* Era a primeira vez que o via surgir daquela direção.

— O que você andou aprontando, diabinho? — ela perguntou a Gato, que estava observando-a com os olhos verdes arregalados. Geralmente, estaria circulando as pernas dela com a cauda agitada. Mas, hoje, ficou simplesmente sentado no lugar, calmo.

Núria serviu um pouco de água fresca na segunda tigela, então se endireitou e se afastou alguns passos. Tinha certeza de que o bicho se lançaria na comida e a abocanharia, como costumava fazer. Em vez disso, contudo, ele se aproximou rebolando e comeu graciosamente, como se fosse um cavalheiro desfrutando de um tira-gosto em um chá da tarde da era vitoriana.

Outra pessoa estava o alimentando? Tinha que ser isso. Mas quem?

Por curiosidade, Núria foi até o portão do beco e espiou entre as barras. Não havia nada ali além de algumas latas de lixo orgânico e material reciclável, uma área de compostagem e alguns vasos de plantas. Nada fora do comum, na verdade. Por um segundo, ela considerou tocar a campainha e se apresentar. Aquele segundo passou bem rápido.

— Oi! Como foram as coisas com a sua mãe?

Núria virou a cabeça de supetão. Era Omar, com seu sorriso luminoso, o carrinho de transporte e uma caixinha equilibrada precariamente na mão esquerda.

— Ah! Fiquei pensando se voltaria a topar com você — ela falou.

Ele pousou a caixinha em cima de uma pilha enorme de envelopes pardos e catálogos.

— E aí? Vai contar o babado ou não?

— Bom, não tem muito babado pra ser contado — ela respondeu, franzindo a testa.

— Como seu namorado de mentira, acho que mereço *todo* o babado, mesmo que seja só uma rendinha.

Núria mordeu o lábio.

— Hum... Acho que foi tudo bem. Digo, ela ficou feliz a seu respeito e tudo mais. Mas não ficou muito empolgada com sua escolha de carreira. Sem ofensas. E... bom... é possível que eu tenha inventado um punhado de coisas sobre você. Tipo que você fala espanhol, e que faz o melhor mofongo vegano do mundo.

Houve um momento de silêncio enquanto Omar absorvia tudo que ela havia dito.

A expressão em seu rosto meio que fazia parecer que ele tinha chupado limão. Mas então o franzido sumiu de sua testa, o maxilar relaxou e ele riu tanto que precisou apertar a barriga para não se descontrolar.

— Garota. Não esquenta. É coisa de mãe. Não tem nada de errado em ser carteiro. Mas eu entendo. Não é exatamente o sonho de toda mãe para o futuro genro. Digo, se eu conseguisse descobrir o que mais poderia fazer da minha vida, provavelmente pediria demissão... Mas, olha só, você acertou tanto no espanhol *quanto* no *mofongo*. Minha *abuela* me ensinou muito bem.

— Sua *abuela* era vegana?

Omar deu uma risadinha.

— Não. Ela era doida por um *chicharrón*. Mas eu mando bem. Meu namorado, Carl, trabalha como assistente para um daqueles designers de interiores chiquetosos, então de vez em quando cozinho para os colegas chiquetosos dele. Vegano, sem glúten, cetogênico, o que você imaginar, eu já fiz.

— Olha, estou impressionada — Núria respondeu.

Miiiaaaauuuu!

Gato afiou as unhas na bolsa do carrinho de transporte de Omar, como se estivesse irritado por ficar de fora da conversa.

— Tá bom, meu chapa. Podemos ir agora — Omar falou.

Núria olhou para Gato, depois para Omar. Para dizer a verdade, ficava um pouco enciumada de como Gato parecia ligado a ele. Mais do que isso, ficava fascinada, porque Omar nem sequer estava se esforçando; seu magnetismo parecia espontâneo, natural. Ela entendia completamente por que Gato gostava tanto do carteiro. Ela mesma se viu atraída para ele. Era exatamente o tipo de pessoa que ela ansiava ter como amigo.

— Certo, bom, foi legal ver você de novo — Núria disse, acenando. Ela se virou para seguir na direção oposta.

— Espera, calma aí.

Núria se deteve.

Omar procurou no bolso e puxou seu celular.

— Quer ir jantar lá em casa? Acho que é justo que o Carl conheça minha namorada de mentira — ele provocou.

O rosto de Núria esquentou; ela tinha certeza de que suas bochechas estavam tão vermelhas quanto a famosa sopa de gaspacho de sua mãe.

— Sério?

— Sim. Por que não? Aí posso fazer um *mofongo* vegano para você de verdade. Você pode até mandar umas fotos pra sua mãe — ele disse, dando uma piscadinha. — Me passa seu número e eu te mando os detalhes.

— Está bem. — Ela avançou e salvou o próprio número no aparelho dele.

E, então, os dois seguiram por seus respectivos caminhos, não mais como conhecidos, mas como amigos.

26

Collin

Assim que acordou, Collin saltou para fora da cama. Geralmente teria levado de trinta minutos a uma hora para se convencer a se arrastar de seu ninho de cobertores. Mas, hoje, não. Estava empolgado demais para ver se o gato tinha dormido na casinha de papelão que construiu. A expectativa era tão grande que ele se esqueceu completamente dos chinelos, correndo pelas escadas com os pés descalços.

Quando chegou à porta dos fundos, abriu-a tão silenciosamente quanto possível, caso o gato ainda estivesse por ali. Collin só percebeu que estava descalço quando seus pés tocaram o chão de concreto morno do lado de fora. Tudo bem. Voltar para dentro para buscar seus chinelos confortáveis só estragaria o momento. Como autor, ele conhecia a regra essencial de "fazer o enredo avançar". Então, foi o que fez, indo de fininho até a casinha de papelão, tão gracioso quanto uma girafa recém-nascida.

Até onde via, o gato não estava lá dentro. Já conseguia enxergar pelas janelas recortadas. A cama estava vazia. Por um instante, ficou desapontado. Então, avistou as tigelas vazias de comida e água. O gato *esteve* ali, afinal. Collin sorriu, a decepção rapidamente esquecida.

Ele se apoiou nas mãos e nos joelhos para conseguir espiar pela porta da casinha de papelão, o que era desconfortável para dizer o mínimo, sendo ele tão alto e a casa tão pequena.

Humm... Tinha pelo na cama? Collin se aproximou ainda mais, a cabeça inteira atravessando a porta. Podia praticamente contar os fios de pelo preto grudados no tecido xadrez. O gato havia dormido na cama. Sem pensar, ele se ergueu, ávido para dar alguma espécie de soco no ar em comemoração, mas, em vez disso, ergueu a caixa inteira uns trinta centímetros do chão. Ele a tirou e a ajeitou de novo.

De repente, ouviu vozes por perto.

— Me passa seu número e eu te mando os detalhes.

Collin franziu a testa. Aquele era o carteiro? Ele se esgueirou para mais perto do portão, mas não perto o bastante para que alguém o visse. Era *mesmo* o carteiro. E, infelizmente, estava falando com *ela*. A mulher que alimentava o gato. A mulher que fazia os corações de espuma de café mais lindos do mundo. A mulher que, de alguma forma, havia conseguido despertar o caleidoscópio de borboletas dormentes em sua barriga.

Aquela mulher pegou o celular do carteiro e, presumidamente, salvou seu número na lista de contatos *dele*. Collin deixou o corpo cair contra a cerca de metal às suas costas. O maxilar ficou tenso. Havia uma agitação em seu peito que ele estava tentando muito ignorar. Queria muito desviar o olhar. Mas não conseguia. Não iria. Se ao menos tivesse tido a coragem de falar com ela antes. Uma onda de arrependimento irradiou de seu rosto, chegando até os dedos dos pés.

O carteiro. Por que ele? Agora que Collin pensava no assunto, ele na verdade não era um cara mal-apessoado. Simpático. Confiável. Empregado. Talvez até mesmo charmoso, de certa forma. Aquelas eram características atraentes para mulheres. Então por que *não* o carteiro?

Seria tarde demais? Tinha perdido sua chance com ela?

Merda.

27

Bong

Bong havia perdido a hora. De novo. Pelo menos havia conseguido rolar da cama a tempo de abrir a mercearia às nove da manhã. Perdeu um pouco do movimento inicial, mas não a manhã toda. Depois, naquela tarde, fecharia a loja mais uma vez por uma ou duas horas para poder visitar Conchita no Cemitério da Cruz Sagrada.

Antes, ele tinha um funcionário chamado Jun, com quem dividia os turnos, mas Jun havia pedido demissão alguns meses atrás, e Bong não encontrou tempo para contratar um substituto. Parecia um aborrecimento encontrar outro funcionário quando podia simplesmente fazer boa parte do serviço por conta própria. Sim, sacrificava um pouco os negócios quando precisava se ausentar da mercearia, mas pelo menos não tinha que depender de ninguém além dele mesmo. Era mais fácil assim. Mais trabalho também significava que ele tinha menos tempo para remoer a tristeza. Ao menos a ideia era aquela, embora Bong não estivesse certo de que estava funcionando muito bem. Tudo ao seu redor o fazia se lembrar de Conchita. Não apenas a água com gás saborizada, mas também os pacotinhos de amêndoas defumadas e sementes de girassol salgadas que ela amava ficar mastigando, as gotas de esmalte vermelho no balcão, de quando ela tinha tentado retocar as unhas justo quando o alarme de incêndio disparou, e as prateleiras de revistas e tabloides de fofocas, com os quais ela suspirava e arquejava diariamente. Até mesmo o odorizador que Bong usava, baunilha e hibisco, foi Conchita que havia escolhido. Quando ele o borrifava no ar, quase conseguia ouvi-la dizer: *"Viu? Não parece o mesmo cheiro daquela padaria de que a gente tanto gostava em Honolulu?"*.

Tudo que Bong queria de verdade era ficar sentado ao lado do altar de Conchita e, então, ir para a cama. Mas ele sabia que sua amada o observava, e que não aprovaria aquilo. A vida era mais do que apenas lamentar a perda daqueles que haviam partido. Padre Luis, em sua igreja, gostava de lembrar a Bong que Deus tinha planos maiores para ele, que ele ainda não havia cumprido o que precisava fazer neste mundo. Ainda assim, para ele, ficava cada vez mais difícil seguir em frente.

Se Deus *de fato* tinha um plano para ele, então qual era?

— Bom dia, Bong.

Bong se sobressaltou, arrancado de seus devaneios, e então ergueu os olhos para a entrada. Era Omar. De repente, ele se lembrou do colapso que o homem havia testemunhado e do bilhete que deixou para ele com o número de telefone. Seu rosto ardeu de constrangimento. Estar exposto daquela maneira em frente a um relativo estranho o fazia se sentir profundamente envergonhado.

— Ah. Olá. Bom dia — ele respondeu, forçando um sorriso.

Omar se aproximou do caixa com alguns envelopes e uma pequena caixa marrom.

— Como está hoje? — ele perguntou, entregando a correspondência.

Bong se contorceu, remexendo nos botões da camisa.

— Bem. Quero dizer, muito melhor. Obrigado.

— Fico feliz em saber.

Bong percebeu que Omar não estava convencido disso. Seus olhos castanhos vagaram, buscando por indícios: lágrimas secando no rosto de Bong, olheiras escuras sob os olhos, pálpebras inchadas, ombros caídos. Quando o olhar de Omar pousou no meio de seu peito, onde ele tinha errado ao fechar os botões, as bochechas de Bong ficaram vermelhas. *Ótimo.*

— A propósito, você gosta de bolinhos de mirtilo? — ele quis saber.

— Bolinhos? — Bong ficou desconcertado, erguendo as sobrancelhas de surpresa. — Gosto, sim. Gosto de bolinhos.

Omar colocou a caixa marrom no balcão e a deslizou em sua direção.

— Uma amiga minha, a sra. Lewis, faz os melhores bolinhos com manteiga francesa e mirtilos do Maine. Ela me deu um pouco pra eu dividir.

Bong baixou os olhos e fitou a caixa.

— Não. Eu não posso...

— É claro que pode. — Omar abriu a caixa para que Bong pudesse ver os bolinhos mais perfeitos do planeta. O aroma de creme, manteiga e mirtilo se espalhou pelo ar.

Bong salivou. Ele ainda não tinha tomado o café da manhã.

— Está bem. Obrigado. Estão mesmo com uma cara boa — ele disse, assentindo.

Omar sorriu.

— Bom, você pode comer com café. Mas sugiro que combine com um pouco de chá, de preferência, Earl Grey.

Earl Grey?

— Que tal chá Lipton?

— Tudo bem. O Lipton serve. — Omar deu uma risadinha e voltou a fechar a caixinha. — Ah. E tem mais uma coisa.

Bong franziu a testa. Não gostou da sonoridade de "tem mais uma coisa", como se os bolinhos estivessem sendo usados para o bajular.

— Se estiver livre no domingo, eu preciso de uma ajuda.

Em um instante a expressão de Bong foi de surpresa a confusão, então de curiosa a desconfiada.

— Ajuda? Com o quê?

Omar se aproximou mais.

— É meio constrangedor. Então, tudo bem se eu te explicar no domingo? Juro que é algo completamente inocente. Não vamos roubar um banco nem nada do tipo.

— E-eu não sei. — Bong olhou de relance para a caixa com os bolinhos, então para suas mãos no balcão e, por fim, encontrou o olhar firme de Omar.

— Pode confiar em mim — Omar garantiu.

Rasc. Rasc. Rasc.

Bong e Omar desviaram o rosto para a vitrine da frente da loja. Itim estava no banco do lado de fora, em pé nas patas traseiras e arranhando o vidro com as garras.

— Por que aquele gato fica sempre te seguindo por aí? — Bong perguntou.

Omar deu de ombros.

— Acho que ele é um amigo, sabe? E amigos gostam de passar tempo juntos.

Um amigo.

Pela primeira vez em muito tempo, Bong abriu um sorriso verdadeiro. Ele endireitou as costas, ergueu os ombros e foi até os fundos da loja. Quando voltou, estava trazendo meia dúzia de petiscos cremosos na mão.

— Para o seu amigo — ele disse, entregando-os a Omar.

— Obrigado. Te vejo no domingo, então? Posso dar um pulo aqui umas dez da manhã, se não tiver problema pra você.

— Sim. É claro. Vou ajudar.

Conchita havia mandado um sinal a ele.

E havia sido Itim a trazer a mensagem.

28

Lily

Lily estava atrasada para o turno da manhã. *Bem* atrasada. Ainda assim, percorreu o quarteirão em ritmo vagaroso, parando para espiar pelas vitrines das lojas, para cobiçar todas as roupas e joias caras e doces caros que não podia bancar. Em segredo, ela torcia para acabar demitida um dia desses, mas, lá no fundo, sabia que era improvável. Bill, o gerente da loja, era encantado demais por ela. Todas as vezes em que ela se atrapalhava no trabalho, ele relevava e dizia algo como: “Todo mundo comete erros” ou “Da próxima, você consegue”.

Sempre que ele falava aquelas coisas, ela o flagrava encarando seus lábios cor-de-rosa e brilhosos, como se estivesse salivando por um pirulito brilhante e docinho. Muitas vezes, tinha se sentido tentada a entregar a ele um guardanapo, caso precisasse enxugar a baba.

Um pouco à frente, Lily avistou a cafeteria onde Núria trabalhava. Por diversas vezes, sentiu vontade de entrar e pedir um café durante o expediente de Núria, mas sempre perdia a coragem. Além do mais, as bebidas caras de lá não cabiam em seu orçamento. Seu aluguel já estava atrasado e, se não pagasse logo, os colegas de apartamento a expulsariam. Infelizmente, eles não se deixavam seduzir por sua beleza como Bill.

Sempre que passava pela cafeteria, ela se demorava por alguns minutos do lado de fora e, se Núria estava lá, Lily a observava.

Analisava suas expressões faciais e maneirismos, tentando encontrar algo que a lembrasse de seu pai, ou até de si mesma. Tentava ler os lábios dela quando falava.

Sendo sincera, espionar a própria irmã daquela maneira fazia Lily se sentir horrível. Ainda assim, até que conseguisse juntar coragem o bastante para confrontá-la e dizer quem era, a espionagem teria que bastar.

Quando Lily chegou à cafeteria, parou no exato ponto onde sabia que teria uma visão panorâmica das máquinas de expresso. Já havia uma fila de clientes esperando para pedir: a multidão costumeira de pessoas exagerando no esforço para serem descoladas enquanto ostentavam sapatos de quinhentos dólares, tatuagens de dezesseis mil e cortes de cabelo de duzentos.

Não havia sinal de Núria.

Lily se afastou um pouco mais rápido dessa vez, já que seu estômago estava roncando tão alto que parecia criar um eco. Ela comprava a maioria de suas refeições no trabalho, porque ficava mais barato com o desconto de funcionária. Desde que tinha se mudado para o Brooklyn, estava sobrevivendo basicamente à base de sanduíches de atum pré-prontos, potes de salada, burritos congelados, pizzas e frango assado, com uma banana aqui e ali. Era patético, mas, bom, pelo menos ela estava se virando.

A mãe havia jurado que ela duraria no máximo uma semana na *Big Apple*, e então voltaria rastejando para casa. Lily sorriu. Não apenas havia conseguido sobreviver por mais tempo, como também não precisou implorar à mãe por dinheiro. Podia até estar vivendo de maneira meio precária, mas ao menos seu orgulho estava intacto. E aquilo valia de algo.

Um dia, com sorte, no futuro não-tão-distante, quando finalmente tivesse alcançado algum sucesso, ela iria para casa e esfregaria isso com *força* na cara da mãe. A mãe que tinha dito a Lily várias e várias vezes que tudo que ela tinha a seu favor era sua beleza. A mãe que nunca tinha acreditado que ela seria alguém na vida.

Lily sentia as lágrimas arderem. *Ótimo.* Tudo de que precisava era dar as caras no trabalho com o rímel escorrido e as pálpebras inchadas, dando aos seus colegas munição para fofoca. Todos a odiavam, exceto Bill. Ela parou e procurou um guardanapo dentro da bolsa para secar os olhos. *Nada. Merda.* Em vez disso, usou o dedo anelar para limpar as lágrimas gentilmente. Quando enfim se recompôs, inspirou fundo.

Ela fechou o zíper da bolsa e se pôs a andar mais uma vez, mas algo chamou sua atenção. Em frente à mercearia do outro lado da rua, estava um gato preto, de pé nas patas traseiras, arranhando o vidro da vitrine da frente. Em meio aos arranhões, ele encarava o interior da loja ardentemente, como se estivesse desesperado. Lily franziu a testa. Era essa a impressão que ela passava quando ficava contemplando a janela da cafeteria? O gato, ao menos, tinha coragem para arranhar a janela e chamar a atenção de quem quer que estivesse lá dentro. Tudo que ela fazia era ficar olhando.

Dali em diante, ela prometeu a si mesma que não fugiria mais.

De algum jeito, encontraria coragem para finalmente conhecer a irmã.

29

Núria

Núria não podia deixar de se perguntar por que Omar a chamara para jantar.

Será que ele tentaria atraí-la para um culto?

Será que tinha um esquema de pirâmide precisando de mais vítimas?

Será que tentaria drogá-la para vender seus órgãos no mercado paralelo?

Ou simplesmente estava com pena dela?

Desde pequena, Núria sempre teve dificuldades para fazer amigos. Não era exatamente introvertida. Mas, por alguma razão, abrir-se com outras pessoas sempre foi difícil para ela. Passara praticamente toda a infância sozinha. Almoçava sozinha na escola. Não teve ninguém com quem brincar de boneca em casa. Ficava sentada no quintal enquanto as crianças da vizinhança brincavam de amarelinha, pega-pega e esconde-esconde. Pouca coisa havia mudado desde que ela se tornou adulta. Não houve um momento Cinderela: nenhuma fada madrinha para transformá-la em uma linda princesa, com um reino cheio de amigos e um príncipe bonitão para deixá-la perdidamente apaixonada. Em vez disso, ela tinha gatos. E Rocky. Em geral, era o suficiente.

Enquanto Núria perambulava pelas ruas, alimentando gatos desabrigados, podia se sentir quase flutuando. A frase "caminhando nas nuvens" veio à sua mente. Ela não se sentia daquela maneira havia um bom tempo. Não desde que Rocky entrara marchando na cafeteria certo dia e decidido que Núria, a barista que havia preparado o chai latte extradoce dela, se tornaria sua nova melhor amiga. Naquela época, Núria também teve suas dúvidas. Por que uma mulher extrovertida, bem-sucedida e linda como ela queria ser sua amiga? À medida que foi conhecendo Rocky, ela entendeu que as duas *tinham* algo em comum. A vocação de Núria era cuidar de gatos desgarrados. E a vocação de Rocky era cuidar de pessoas desgarradas.

Talvez ela simplesmente estivesse pensando demais na questão.

Núria parou em frente à cerca viva de Gato. Seus pés, de repente, voltaram a parecer sólidos e ancorados. Decidiu se jogar e parar de se preocupar tanto. Ela se arrumaria e iria ao jantar de Omar, levaria uma garrafa de vinho e se divertiria um pouco, para variar.

Fodam-se todas aquelas crianças que a ignoraram.

Fodam-se todas as pessoas que a achavam esquisita.

Fodam-se todos os caras que a tinham chamado de "doida dos gatos" e saído correndo.

Ela ergueu os braços para ajustar o coque desgrenhado no topo da cabeça e, pelo canto do olho, detectou uma nota adesiva rosa-néon enfiada dentro do pote plástico de alimentação agora vazio. *Ué?* Com tudo que tinha acontecido, ela quase se esqueceu do estranho misterioso. Agachou-se para pegar o bilhete e lê-lo.

Já ficou imaginando se o gato sente sua falta quando você não está aqui?

Núria sorriu. Mas, então, cobriu a boca rapidamente, caso a estranha e misteriosa pessoa estivesse observando. Era uma pergunta esquisita. No entanto, ela precisava admitir que aquilo já tinha passado por sua cabeça. Se ela parasse de aparecer um dia, será que os gatos também sentiriam falta dela? Ou só sentiriam falta da comida? As pessoas sempre brincavam que se uma pessoa com gatos de estimação fosse assassinada, os gatos não se importariam; o cadáver simplesmente viraria outro móvel, ou poste de arranhar ou, ainda pior, comida. Mas Núria discordava. Gatos criavam vínculos, sim. Todas as vezes em que ela ficava sem voltar para casa, mesmo que por um ou dois dias, seus gatos corriam até ela assim que passava pela porta.

Até onde ela via, aquela pessoa aleatória não era muito chegada a gatos. O que não era um problema, claro. Com certeza a deixava ainda mais curiosa a respeito das intenções do indivíduo. Apesar da provocação de Rocky, ela ainda não tinha certeza de que era um gesto romântico. Um, porque ela sempre saía de casa para fazer suas rondas feito uma completa desleixada. Dois, porque homens geralmente não são tímidos abordando mulheres em que estão interessados. Ao menos era o que dizia a experiência dela nos bares para os quais Rocky a tinha arrastado. Será que poderia ser uma mulher? Ou uma pessoa não binária? *Hum.* A possibilidade não havia cruzado sua mente até aquele momento.

Núria encarou a caligrafia no bilhete, tentando analisar cada letra: suas curvas, linhas e pontos. Bom, não eram realmente pontos, já que aquele em cima do "i" parecia mais um acento. Além disso, as letras eram mais elegantes do que a da maioria dos homens, mas também não irradiavam "menininha". Pensando bem, talvez estivesse estereotipando. Quanto mais fitava o bilhete, porém, mais confusa ficava. Sequer importava quem seria essa pessoa? Será que Núria estava interessada, para começo de conversa?

Mesmo querendo atirar o bilhete no lixo e se esquecer completamente dele, ela não podia deixar de se sentir intrigada. Talvez até mesmo lisonjeada. Não era todo dia que alguém se interessava por ela daquele jeito. Os poucos relacionamentos que teve no decorrer da vida terminaram desastrosamente. Pensando bem, não tinham nem sequer sido relacionamentos de verdade, sem nenhuma relação de troca mútua. Núria fazia toda a parte de dar, e os homens, toda a parte de receber. Era provavelmente esse o motivo de ela preferir a companhia dos gatos. Não havia dissimulação alguma quando o assunto era suas companhias felinas. Quando eles estavam sendo amorosos, eram amorosos. Quando estavam sendo cuzões, eram cuzões. Quando queriam ignorá-la, a ignoravam. Gatos não tinham intenções ocultas.

Núria suspirou e guardou o bilhete no bolso. Precisava de um expresso duplo e algumas palavras de reafirmação de Rocky antes de decidir se deveria responder.

30

Collin

Collin era um depravado. Ao menos, era como se sentia, ao observar a mulher pela janela no segundo andar. Daquele ângulo, não conseguia enxergar o rosto dela, apenas o coque no topo de sua cabeça, que parecia um rolinho de canela gigante. Mas, à distância, ele estava mais seguro. Quase tinha perdido as estribeiras mais cedo, quando estava a pouco mais de um metro de distância. E se ela o tivesse visto e se dado conta na mesma hora de que era ele o autor dos bilhetes? Era muito cedo. Cedo demais. Ele precisava de tempo para observá-la, conhecê-la de longe antes de pular de cabeça.

A mulher guardou o bilhete no bolso, limpou as tigelas de comida e seguiu rua afora. Ele esmagou a bochecha no vidro para não a perder de vista e, quando a mulher tinha quase desaparecido, abriu a janela e colocou a cabeça e o torso para fora, observando-a até que ela virasse a esquina.

Collin estava sem fôlego. Seu coração palpitava. Mesmo tentando muito negar para si mesmo, ele claramente estava encantado por ela: uma mulher cujo nome ele nem sequer sabia. Observá-la o fazia voltar a se sentir um estudante do fundamental, desajeitado e meio nerd. Pouco importava que agora tivesse um metro e noventa, quarenta anos de idade, e fosse um escritor de sucesso. Era como se os anos tivessem retrocedido e ele estivesse de volta aos doze, sentado na sala de aula da sra. Colby, encarando o rabo de cavalo ondulado de Selena Martinez à sua frente. Ela o fazia pensar em uma queda d'água cascateando, as mechas na nuca dela como delicadas folhagens. Ele a admirara de longe, escrevendo poeminhas fofos sobre ela em seu caderno. Infelizmente, ela nem sabia de sua existência. Bem, pelo menos até que Rob, o valentão da classe, roubou seu caderno e leu cada um dos poemas em voz alta no meio da cantina. Só de pensar naquilo, sentia o rosto corar.

Collin estava ávido para continuar a ver a mulher, mesmo sentindo que voltava a se tornar aquele garoto desajeitado. Ele fechou a janela e suspirou. Ele deveria era estar escrevendo. Mas lhe faltava inspiração. Talvez o que ele precisasse fosse uma mudança de cenário. *Sim.* A cafeteria. Seu notebook. Café. A mulher. Mesmo odiando aglomerações, e muitas vezes zombando de escritores que trabalhavam em cafeterias, talvez fosse daquilo que ele precisava. Talvez a inspiração estivesse lá fora, e não em seu escritório. Não custava tentar, certo?

Assim, lá se foi ele para o quarto para tirar o pijama e vestir algo despojado, despretensioso: calça de moletom cáqui, camiseta branca e tênis Vans de estampa xadrez. Ele queria se integrar, não chamar atenção para si mesmo enquanto a observava. Correu os dedos pelo cabelo e voltou ao escritório para guardar o notebook, o caderno e as canetas em sua bolsa estilo carteiro, muito embora tivesse certeza de que não conseguiria trabalhar muito.

Collin estava nervoso. Nervoso *mesmo*.

Era só uma cafeteria de bairro, mas, por algum motivo, a sensação era a de estar entrando em um voo de dezoito horas para um país longínquo.

A cafeteria estava ainda mais lotada do que antes. Ainda assim, Collin conseguiu arranjar um lugar em um longo balcão de madeira de frente para a janela, o que estava longe de ser ideal, já que precisaria olhar por cima do ombro para enxergar o balcão dos baristas. Ele deixou um moletom na cadeira e entrou na fila para fazer o pedido. Havia cinco pessoas na sua frente, e conforme ele se aproximava lentamente, começava a enxergar fragmentos da mulher: uma sobrancelha arqueada enquanto ela ficava na ponta dos pés em frente à máquina de expresso para alcançar uma xícara, um cotovelo pontiagudo enquanto fazia espumar uma porção de leite, um olho castanho-esverdeado quando passou uma bebida pronta para um cliente. Quanto mais perto chegava, mais nervoso ficava. Será que ela se lembraria dele do dia anterior? Será que enfeitaria seu café com mais corações?

— E aí, o que vai querer? — O cara atrás do caixa ergueu uma sobrancelha adornada com um piercing para Collin.

Collin tinha ficado quase dez minutos na fila esperando e ainda assim não considerou nem uma vez o que pediria.

— Hmm... — Ele olhou de relance para o menu na parede. As palavras viraram um borrão, pulando de uma linha para a outra. Apesar do ar-condicionado em níveis glaciais, ele sentiu uma gota de suor cair de sua testa até a bochecha.

— Quer o mesmo de ontem?

Era ela. A mulher. Falando com ele. Ele se virou em sua direção, focando o olhar nas sardas dela em vez de nos olhos.

— Sim, obrigado. E... e...

— Um croissant de amêndoas? — ela adivinhou mais uma vez.

Dessa vez, o olhar de Collin foi até o dela. Ela o fitou, intrigada, como se ele fosse um cubo mágico vivo.

— Sim. Perfeito. Obrigado — ele respondeu.

A mulher assentiu e começou a preparar sua bebida. Collin pagou e foi para o lado esperar. Ele se esforçou para não ficar encarando-a, mas descobriu que era impossível. Ela trabalhava com tanta precisão, agilidade e elegância que poderia facilmente ser uma atleta, cientista ou bailarina. Era o completo oposto de como se mostrava enquanto estava alimentando os gatos. Collin estava fascinado pela transformação. Tão fascinado que nem sequer reparou que ela estava parada à sua frente com o café e o croissant.

— Mais alguma coisa? — ela perguntou.

Ele baixou os olhos para a bebida. Em vez de corações, ela havia desenhado um trevo de quatro folhas.

— Para dar sorte — ela disse, o lábio curvando-se em um sorriso quase inexistente.

— Obrigado. Estou bem — ele respondeu.

Obrigado. Estou bem? Pelo amor de Deus. Isso era o melhor que ele conseguia pensar em dizer?

Por um segundo, a mulher observou enquanto Collin erguia o café e o croissant com as mãos trêmulas. Ele tentou evitar os olhos dela mais uma vez. Em vez disso, seu olhar pousou na plaquinha de identificação do lado esquerdo do peito dela. Seu nome era *Núria*, com um acento no "u".

Collin voltou para seu lugar ao lado da janela, quase derramando o café enquanto se desviava dos clientes. O balcão estreito era uma piada, mal oferecia espaço suficiente para a xícara, o pires, o prato e o notebook. Sem mencionar que seus joelhos acertavam o vidro da janela todas as vezes que ele se ajeitava na cadeira alta e desconfortável. Mas estava disposto a sofrer. Simplesmente estar no mesmo ambiente que ela o fazia se sentir energizado, como se já tivesse bebido meia dúzia de doses de expresso.

Depois de um gole no café, que estava ainda mais delicioso do que se lembrava, e uma mordida no croissant, ele ligou o notebook e abriu um documento em branco. A tela vazia o encarou. De modo bem desagradável, na verdade. Tão desagradável que ele abriu o Google para escapar dela. Seus dedos pairaram sobre o teclado. Alguns segundos se passaram e então ele digitou rapidamente "Núria origem do nome". De acordo com o site *Tudo sobre nomes de bebês*, "Núria" tinha origem espanhola, mais especificamente, catalã, e, com base nas raízes latinas do nome, significava "fogo" ou "luminoso". *Hum*. Muito apropriado. Ele olhou por cima do ombro, girando o torso para conseguir enxergá-la direito. Não havia mais uma fila de clientes. Núria estava em pé, bem próxima da máquina de expresso, usando a superfície brilhante dela para prender um cacho rebelde dos cabelos no coque. Era ridículo, mas, ao mesmo tempo, encantador. Naquele momento, cada pessoa dentro da cafeteria desapareceu, exceto por ela, Núria, luminosa feito uma vela acesa em um quarto escuro.

Bip! Bip! O celular de Collin vibrou, quase caindo do balcão. Ele o pegou e checou a tela, estreitando os olhos. Era sua irmã, Caroline.

Bip! Bip! Era tentador não atender. Tinha certeza de que ela estava ligando para reclamar do e-mail da mãe deles, o mesmo que Collin havia recebido, porque a mãe não se daria ao trabalho de escrever mensagens individuais. Na maior parte do tempo, Collin não sabia o que dizer quando a irmã descarregava os sentimentos em cima dele. Mesmo nunca tendo se entendido com a mãe por completo, ele, de alguma forma, tinha encontrado uma maneira de coexistir com ela. Ela e Caroline, por outro lado, eram como dois ímãs, repelindo-se.

Ele inspirou fundo, preparando-se para a conversa desagradável que estava prestes a começar.

— Oi, Caroline — ele disse. — Desculpe por quase não ter visto a ligação. Estou trabalhando em uma cafeteria. Está meio barulhento aqui.

— Mas que porra foi aquela, Collin? — ela grunhiu.

Ele se contorceu.

— Hã. Bom, oi pra você também, mana. — Ele olhou de relance por cima do ombro para Núria, que estava novamente ocupada preparando bebidas. Ele abriu a boca para falar mais alguma coisa, mas Caroline foi mais rápida.

— Para cima e avante é *o caralho.* Você sabe muito bem que se eu ligasse pra ela e dissesse que vou largar a Alesha porque me apaixonei por algum engomadinho, ela ia se mijar de empolgação. Ia até sujar os sapatos da Ferragamo.

— Pelo jeito você leu o e-mail dela, não é? — ele disse, tentando manter a voz tão neutra quanto possível.

Caroline suspirou.

— É. Desculpe. É só frustrante, entende? Quer dizer, por que ela não pode simplesmente superar de uma vez?

— Bom, você conhece a mamãe. Ela leva um zilhão de anos para superar qualquer coisa. Não acho que ela tenha me perdoado por não ter cursado medicina ainda. — O maxilar dele ficou tenso com a ideia. — Mas, olha só, pelo menos ela está *ponderando* superar? Talvez daqui a uma década ela tenha nos perdoado por completo. Algo de bom no futuro, não é?

— Acho que sim. — Ela parecia abatida. — Só que não é a mesma coisa. Digo, um pai ficar desapontado com a escolha de carreira de um filho, tudo bem, mas ficar desapontado com quem o filho *é*, é outro nível. Como se o fato de eu ser lésbica fosse algo que eu escolhi para mim.

Os ombros de Collin caíram. Ele sentiu o peito apertar. A situação o entristecia. Só conseguia imaginar quanto Caroline ficava magoada.

— Eu sei. Sinto muito. Mas estou sempre do seu lado, tudo bem?

Por um momento, houve silêncio, os dois irmãos envoltos nos próprios pensamentos. Collin abriu a boca e voltou a fechá-la. Como conseguiria fazer sua irmã se sentir melhor, mesmo que só um pouco?

— Obrigada, Collin. Obrigada por me ouvir — ela disse, a voz suave.

Ele relaxou no assento, aliviado.

— Não há de quê, Caroline. Quando precisar, é só me ligar.

Ela inspirou e expirou asperamente, como se estivesse esforçando-se ao máximo para não chorar. Então, pigarreou algumas vezes e disse:

— Certo, chega de autopiedade. Preciso voltar ao trabalho, e você também. Quanto tempo ainda preciso esperar por esse seu próximo livro?

— Hum. Não muito tempo, espero — Collin murmurou.

— Que bom. Por que não vem jantar aqui um dia desses?

— Claro — Collin falou. — Se cuida, irmãzona.

— Você também, irmãozinho.

Collin continuou segurando o celular junto à orelha, ouvindo o silêncio. Embora temesse essas conversas com Caroline, também sentia muita saudade dela. Desde que ela deixara a cidade e se mudara para Hudson, em Nova York, com sua companheira, Alesha, ele quase nunca a via. Mesmo que preferisse a própria companhia, havia uma partezinha ínfima dele que desejava alguém ao seu lado, alguém com quem desabafaria tudo o que sentia, alguém que escutaria todos os seus disparates, que partilharia conselhos quando fosse necessário. Hoje em dia, parecia que a irmã estava ocupada demais para qualquer coisa assim. E, bom, ele já não tinha mais nenhum amigo próximo. Um por um, todos se casaram e desapareceram de sua vida.

Quando, afinal, chegaria a vez dele de encontrar aquela pessoa especial?

Ele fitou Núria mais uma vez por cima do ombro, flagrando-a no meio de uma risadinha. Era óbvio que o caixa tinha dito algo engraçado. Collin apenas esperava que a piada não fosse às suas custas. Rapidamente, ele voltou a se virar e encarou a tela em branco do computador à sua frente. Talvez fosse o fato de ter ouvido a voz de sua irmã. Talvez fosse o vislumbre do rosto bonito de Núria. O rosto que o fazia se sentir tão vivo.

Collin estendeu as mãos e digitou:

Sem título
Por Collin Thackeray

Eram cinco palavras. Cinco palavrinhas de merda. Mas era um começo.

31

Bong

Era uma tarde quente e úmida, mas ao menos a ferocidade do sol estava começando a esmorecer. Em vez de pegar o ônibus, Bong preferia caminhar até o cemitério. O calor não chegava a incomodá-lo. Na verdade, ele até gostava. Fazia-o se sentir vivo, limpo, como se o suor em seus poros fosse, na verdade, água benta vinda diretamente da bacia de sua igreja.

Quando chegou, ficou aliviado ao ver a entrada, o arco duplo com seu telhado verde e a cruz posicionada no topo. Fazia uma semana inteira desde a sua última visita, e a culpa o corroía. Ele se sentia um marido ruim, porque, de sua perspectiva, a parte do "até que a morte nos separe" dos votos de casamento era totalmente incorreta. O casamento era para sempre, estando vivo ou morto.

Ele passou devagar pelas diversas lápides, mausoléus e estátuas, pelas árvores frondosas e o gramado verde e um ou outro buquê murcho deixado por visitantes. Bong não era de trazer flores. Ele as guardava para o altar em sua casa. Em vez disso, trazia um punhado dos aperitivos preferidos de Conchita, porque sabia que ela gostaria de compartilhá-los com os esquilos.

Depois de quinze minutos, chegou ao seu destino: o bloco de mármore branco simples onde sua amada repousava. Ficava sob um enorme bordo que, no outono, transformava-se de amarelo vivo para laranja e, depois, para vermelho, exatamente como os maravilhosos pores do sol nas Filipinas. Ele tocou o mármore frio antes de se ajoelhar na grama.

— *Kumusta na, mahal ko?* — Bong disse em voz alta.

Fechando os olhos, ele imaginou Conchita sentada na grama ao seu lado, usando seu vestido de alças e o chapéu de palha azul de que tanto gostava. Ela sorriria para ele. Ele estenderia a mão e cutucaria a covinha do lado direito do rosto dela, como sempre fizera. Em troca, ela o beliscaria no braço ou, se estivesse especialmente galanteadora, no traseiro. Mas apenas quando não tinha ninguém por perto.

Bong deu uma risadinha e abriu os olhos. Um por um, ele tirou os aperitivos do bolso: as amêndoas defumadas, as sementes de girassol e os biscoitinhos Ritz. Ele limpou as folhas e os galhos secos do túmulo de Conchita ao mesmo tempo em que conversava sobre as coisas estranhas que estavam acontecendo em sua vida.

— *Alam mo, mahal?* No outro dia, o Itim, aquele gato preto de rua que você costumava alimentar, apareceu na loja. Eu o deixei entrar e dei a ele algo pra comer. E, nesta manhã, descobri que Itim é amigo do carteiro. Imagine só!

Bong abriu os aperitivos e fez pequenas pilhas ordenadas em frente a lápide.

— Mas tenho a sensação de que você já sabia disso. Você mandou Itim e aquele carteiro até mim por algum motivo. Ainda não sei bem qual, mas confio em você, *mahal*. Confio que isso faça parte do plano de Deus — ele disse, fazendo o sinal da cruz.

Ele se esforçou para ignorar a dor em seu coração, o eco de sua voz, o silêncio que perdurava depois que ele falava. Ajoelhando-se ainda mais, ele beijou a grama no ponto exato em que imaginava que estaria o rosto de Conchita.

— *Naniniwala ako na balang araw, muli tayong magkikita.*

"Acredito que nos encontraremos novamente um dia." Havia lágrimas em seus olhos, mas ele não se deu ao trabalho de enxugá-las. Bong sabia que veria Conchita de novo algum dia. Tinha certeza daquilo. Dizer as palavras em voz alta, contudo, o fazia sentir como se aquele momento estivesse em um futuro distante. Era simplesmente tempo demais para ele esperar.

Bong se ergueu do chão e limpou os resquícios de sujeira e grama da calça. Era hora de voltar ao trabalho. Ele se virou na direção do caminho pelo qual tinha vindo. Contudo, parada ali na trilha, encarando-o, estava uma garota. Ela não devia ter mais do que dezoito ou dezenove anos. A maneira com a qual o fitava o fez lembrar de um cervo filhote que Bong tinha visto certa vez no norte do estado de Nova York. O cervo havia perambulado ao longo da beirada da floresta, ao lado da estrada, parecendo perdido, até que a mamãe cervo surgiu de entre alguns arbustos.

Aquela garota era como o filhote de cervo. Perdida. Sozinha. Procurando por alguma coisa.

32

Lily

— Essa é sua esposa? — Lily perguntou ao senhor.

A princípio, ele pareceu confuso, como se não a tivesse escutado. Depois de um silêncio constrangedor, o homem olhou para a lápide por cima do ombro e disse:

— Sim. Minha esposa, Conchita.

Lily estava observando-o por uns bons dez ou quinze minutos. Escutara ele falar em um idioma que não reconheceu. Tinha o visto dispor as pequenas pilhas de aperitivos. Ela o viu se curvar e beijar a grama. Viu as lágrimas nos olhos dele.

Embora ele não se parecesse em nada com seu pai, alguma coisa no homem a fez se lembrar dele. Talvez estivesse só imaginando coisas, desejando algo que não estava ali.

Ele se aproximou dela, devagar, e parou a cerca de um metro e meio de distância.

— Veio visitar alguém aqui? — ele perguntou.

Parecia uma pergunta inocente, especialmente considerando que Lily já tinha enfiado o nariz onde não deveria. Ela tinha completa ciência de como podia passar a impressão de grosseira às vezes. Mas ela era da Geórgia, afinal, e os sulistas tinham o dom de serem enxeridos.

— Sim. Bom, não. Na verdade, não — Lily respondeu.

O senhor franziu a testa, mas não falou nada. Ela, então, sentiu a necessidade de se explicar.

— Meu pai morreu em um acidente de carro. Ele está enterrado lá onde nasci, na Geórgia. Às vezes, gosto de vir até aqui e fingir que ele está enterrado em um desses túmulos... Me faz sentir um pouco menos a falta dele.

— Entendo — o homem disse, assentindo com a cabeça.

Lily reparou que ele estava lacrimejando mais uma vez. Ela entendia quanto era difícil segurar as lágrimas uma vez que surgiam. Nos primeiros meses depois da morte do pai, ela começava a chorar em um piscar de olhos. Porque *tudo* a fazia se lembrar dele. As escadas acarpetadas de casa, que eles desciam montados em boias da piscina, como se fossem trenós. O carrinho de sorvete que passava por lá todos os dias; ela sempre pedia uma casquinha de baunilha com granulado arco-íris, e o pai pedia um *Choco Taco*. A xícara de café no armário com os dizeres "Pai para toda obra", que ela havia dado a ele como piada no Dia dos Pais.

— Você mora nessa região? — Lily perguntou, tentando mudar de assunto.

O senhor apontou na direção da entrada do cemitério.

— Sim, no apartamento que fica em cima da Mercearia Bong.

— Ah. Eu conheço o lugar. Moro alguns quarteirões a leste de lá — ela comentou.

O senhor sorriu.

— Ah. Bom, sou eu, Bong.

Lily deu uma risadinha.

— É seu nome? De verdade? Achei que o dono de lá devia gostar muito de fumar maconha, ou algo do tipo.

O rosto de Bong ficou sério. Por um instante, Lily achou que talvez o tivesse ofendido. Mas, então, ele sorriu e falou:

— Minha esposa dizia que as pessoas pensariam isso. Não acreditei nela. Mas ela tinha razão. Ela *sempre* tinha razão.

— Eu sou Lily, a propósito — ela disse, estendendo a mão para apertar a dele. Então, algo curioso aconteceu. Conforme Lily e Bong conversam, as pernas deles começaram a se mover, seus pés levando-os na direção do bairro em que ambos moravam.

Dessa vez, Lily estava certa. O velho senhor era bem parecido com o pai. Era gentil, atencioso e demonstrava interesse nela sem ser esquisito. Ela se sentia confortável falando com ele, muito embora tivessem acabado de se conhecer.

— E então, há quanto tempo você mora aqui no Brooklyn? — ele perguntou enquanto vagavam pela rua.

— Não faz muito tempo. Ainda sinto que não sei o que estou fazendo, nem pra onde estou indo... Aqui é *bem* diferente da minha cidade natal.

Bong concordou, balançando a cabeça.

— Ah, sim. Eu entendo. Quando Conchita e eu nos mudamos das Filipinas pra cá, foi um choque e tanto. Manila também é uma cidade grande, mas, ainda assim, muito diferente. O clima. O jeito como as coisas acontecem rápido aqui. As pessoas. *Especialmente* as pessoas. É muito difícil fazer amigos aqui. Todos querem saber apenas da própria vida, fingem não ver o resto. Nas Filipinas, somos simpáticos, calorosos, educados.

Lily sorriu. Finalmente alguém a compreendia. Sempre que ela dizia aquelas coisas aos colegas de apartamento, eles reviravam os olhos e a chamavam de "caipira" e "garota da roça".

— Pois é. Eu não tenho nenhum amigo aqui, na verdade. Meus colegas de apartamento me detestam. Meus colegas de trabalho também. Às vezes, tenho a sensação de que sou só eu contra o mundo — ela disse com um suspiro. — Quer dizer, não sou exatamente a pessoa mais fácil de se conviver, mas, ainda assim, era de se esperar que eu tivesse feito pelo menos um amigo aqui.

Os dois se detiveram no meio-fio, esperando que o farol de pedestres ficasse verde. Bong tirou um lenço do bolso e secou o suor da testa e pescoço. Lily não pôde deixar de notar sua testa profundamente franzida.

— Por que se mudou pra cá? Faculdade? Trabalho? — ele perguntou.

Ela riu.

— Hum, pela faculdade com certeza não foi. Eu quase não consegui me formar na escola. E, quanto ao trabalho, sou só uma funcionária de meio período no Foodtown. O emprego mal paga minhas contas. Tem uma boa chance dos meus colegas de apartamento me expulsarem no final do mês.

Quando chegaram ao outro lado da rua, Bong parou em frente a uma loja de sucos na esquina e falou:

— Quer uma limonada? — Lily olhou de relance para o menu na calçada. Como se lesse sua mente, ele puxou a carteira do bolso. — Por minha conta.

— Está bem, obrigada.

Bong entrou na loja para fazer os pedidos enquanto Lily guardava lugar para eles no banco do lado de fora. A caminhada, a conversa, e agora a limonada. Parecia realmente que estava passeando com o pai, assim como faziam todas as tardes de domingo. Ela se viu querendo abrir o coração para ele. Desde que havia descoberto a existência da meia-irmã, morria de vontade de contar a alguém. Mas não havia ninguém para quem contar. Nem mesmo a própria mãe, que apenas teria deixado Lily mais insegura a respeito da missão, despejando negatividade entre goles de uísque. Portanto, o segredo havia ficado dentro dela, engarrafado feito o perfume barato que ela comprava no shopping.

Depois de alguns minutos, Bong reapareceu trazendo duas limonadas grandes. A que ele estava bebericando era uma normal, e a outra era de um tom rosa-claro que combinava com o vestido de Lily.

— Aqui está — ele disse, entregando-a a ela. — Achei que você fosse gostar da cor-de-rosa.

— Obrigada. — Ela bebeu um longo gole. A doçura ácida a levou de volta aos verões de sua infância na Geórgia.

— Então, por que veio para o Brooklyn? — Bong perguntou.

Lily bebeu mais um gole. Então sentou-se com as costas bem eretas e levou os ombros para trás, como se estivesse prestes a se lançar em uma manobra complicada de líder de torcida.

— Eu vim para cá para encontrar minha irmã... Só que, hum, bom, ela nem sequer sabe que eu existo.

Bong se virou para encará-la. Sem que Lily se desse conta, já havia lágrimas escorrendo por suas bochechas. Seu rosto estava dormente, mas o coração doía. Ela tinha certeza de que ele ofereceria algumas palavras de sabedoria, talvez uma ou duas frases para reconfortá-la. Em vez disso, ele se aproximou exatamente quando o corpo de Lily se dobrou de desespero. Ela enterrou o rosto na junção do ombro e peito de Bong, chorando todas as lágrimas que estava contendo havia meses.

33

Núria

Núria estava sentada na cama, com a toalha enrolada no corpo recém-banhado. Ela encarava o celular, esperando que Rocky respondesse à sua mensagem enquanto os ingratos cutucavam seus pés, sua toalha e seu cabelo ensopado. Já fazia horas que ela havia contado sobre a misteriosa pessoa dos bilhetes. Por que Rocky estava demorando tanto para responder? Núria estava *quase* ligando para ela, mas as duas tinham um acordo que proibia aquilo. Ligações eram para emergências.

Finalmente, seu celular vibrou. Ela tocou na notificação de mensagem.

> Garota... Nem sei por que você está pedindo a minha opinião. Pelo que parece, você já se decidiu. Continue respondendo ao seu admirador secreto. O que tem a perder? Vai saber, pode ser alguém tão doido quanto você. Feitos um para o outro! KKKK. Vai me atualizando, tá?

Núria sorriu. Rocky a conhecia *tããão* bem. Por algum motivo, Núria buscava a aprovação dela, muito embora, no fim das contas, fizesse o que bem entendia. Da próxima vez que saísse em suas rondas de alimentação, responderia. Mas o que diria? Flertar não era exatamente o seu forte. Na cafeteria, Anh às vezes a cutucava com o cotovelo e dizia que algum cara estava dando em cima dela, pois Núria estava sempre completamente alheia. A ideia de flertar com alguém a fazia querer engatinhar para debaixo do balcão e se esconder até que todos os clientes tivessem ido embora.

Havia algo diferente na pessoa que escrevia aqueles bilhetes. Algo que fazia Núria se sentir atraída. Talvez fosse alguém tão perdido quanto ela quando se tratava de relacionamentos. Será que existia mesmo uma pessoa por aí igual a ela? Perdida. Desajeitada. Solitária.

Falando nisso, estava na hora de se arrumar para o jantar na casa de Omar. Não era sempre que ela era convidada para comer na casa de alguém, então Núria foi um pouco além: tomou banho, se depilou e hidratou a pele, muito embora Omar e seu companheiro, Carl, provavelmente não dariam a mínima para suas pernas e axilas peludas. Ela se sentia uma nova mulher: suave, limpa e cheirando ao sabonete de lavanda que a mãe lhe dera de presente no último Natal.

Núria foi até seu minúsculo closet e examinou cada peça de roupa, que não eram muitas, na verdade. A maioria delas eram leggings coloridas, algumas calças de moletom, jeans surrados, camisetas largas de brechós e seu uniforme de trabalho. Lá no finalzinho, ao lado do caixote onde guardava as roupas de inverno, havia uns poucos vestidos. Um era uma peça de linho listrada e multicolorida, herdada de Rocky, e os outros dois eram monstruosidades floridas que a mãe a forçara comprar no shopping na última vez em que esteve na Flórida. Ela agarrou o vestido de linho e o estendeu na cama enquanto vestia uma calcinha e um sutiã que não combinavam. Não gostava muito de sutiãs, mas meio que se sentia obrigada a usar um em prol do vestido, que era um tantinho decotado.

É claro, no instante em que Núria desviou o olhar, Miel se jogou sobre o vestido de linho e rolou de um lado para o outro, deixando pelos por todo o tecido. Como não havia nenhum rolo de fiapos à vista, ela simplesmente fez o melhor que pôde para se livrar do máximo possível deles. *Tá bom assim.* Uma vez vestida,

Núria usou um pouco de leave-in para domar os cachos e secou o cabelo até que estivesse pulando feito macarrão *fusilli* recém-cozido. Um pouquinho de batom e máscara de cílios e estava pronta.

Miiiaaauuuu!

Os ingratos guincharam e seguiram Núria até a porta, quase fazendo com que ela tropeçasse e caísse de cara no chão. Era tudo de que precisava, aparecer no jantar com um olho roxo.

— Se comportem, está bem, pessoal? — ela disse, fechando a porta.

Tentou ignorar a leve culpa que ardeu em seu estômago. Quase nunca saía à noite, a não ser quando Rocky a forçava a acompanhá-la em uma de suas aventuras demasiadamente otimistas, do tipo não-esquenta-vai-ser-o-máximo. Adivinha: nunca era. Núria, porém, tinha que admitir que um jantar intimista na casa de alguém era muito mais interessante do que um bar lotado. *Quem sabe?* Talvez ela realmente se divertisse.

Ela cruzou a rua a passos rápidos, indo em direção à adega mais próxima, que ficava algumas lojas depois da mercearia. Não era uma daquelas novas casas de vinhos cheias de frufru que estavam brotando por todos os lados na vizinhança, mas ela sabia que tinham uma seleção decente de vinho espanhol.

Blim, blim. Os sinos sobre a porta anunciaram sua entrada. Não havia ninguém lá dentro, exceto Moshe, o dono da loja.

— Oi — ela o cumprimentou antes de ir direto ao corredor dos vinhos. Ele acenou com a cabeça, claramente não a reconhecendo sem o suor, a sujeira e a camada de pelos de gato nas roupas. Era meio divertido, na verdade. Ela podia fingir ser outra mulher: uma versão mais bonita e sofisticada de si mesma. Que tipo de vinho essa mulher compraria? *Humm...*

Talvez um espumante refrescante? Seus olhos examinaram os vinhos brancos espanhóis, garrafa após garrafa. Então, ela viu: um espumante de 2020, de nome Nieva York. O rótulo estava adornado com uma ilustração em preto e laranja da Ponte do Brooklyn. Núria tinha um fraco por uma garrafa de vinho com design bonito. Na verdade, era o método que ela geralmente usava para escolher a maioria daqueles que comprara ao longo dos anos. Só havia um problema: custava trinta e oito dólares, então era muito mais do que ela costumava gastar em vinho. Mas por que não? Esbanjaria uma vez na vida.

Blim, blim.

Instintivamente, Núria olhou de relance para a entrada da loja. Um homem alto entrava, vestindo o que pareciam ser calça de pijama, camiseta branca e tênis. Ela deu uma risadinha, porque era assim que sua aparência geralmente estava quando ela saía do apartamento.

Mas espera aí. Ele parecia meio familiar. Núria inclinou o pescoço e, com os olhos estreitados, observou-o ir até a seção de vinhos tintos. O cabelo desgrenhado e escuro. O andar desajeitado. O sorriso assimétrico. *Ahhh.* Era o autor de sucesso da cafeteria. Ele estava sozinho, comprando bebida de pijama. Uma partezinha de Núria sentiu alívio por não ser a única fracassada da cidade.

Ela levou o vinho ao caixa para poder pagar. Quando foi puxar a carteira, sentiu a presença do tal autor às suas costas. Era basicamente impossível não sentir. Havia certo calor envolvendo-o, e ele tinha cheiro de limão e sabonete. Núria olhou por cima do ombro, mais e mais e mais alto, até encontrar o olhar dele.

— Ah. Oi! — ela disse, sentindo-se anormalmente simpática.

O homem quase derrubou a garrafa de vinho que estava em sua mão. Por um momento, ele pareceu confuso, o que, pensando bem, não era tão estranho assim, considerando o quanto ela estava diferente.

— Eu trabalho na cafeteria — ela acrescentou.

O sorriso assimétrico estava de volta.

— Si-sim, é claro. Olá. Digo, boa noite — ele gaguejou.

— Mais alguma coisa? — Moshe disse, mal-humorado e impaciente como sempre.

Núria abriu a carteira para puxar duas notas de vinte, mas, antes de voltar a se concentrar em pagar e dar o fora dali, deu mais uma olhada no autor. Especificamente, no peito dele, onde ela podia jurar ter detectado um único fio de pelo de gato preto.

Hum. Interessante.

Se não estivesse com tanta pressa, talvez teria perguntado a ele sobre isso. Quem sabe em outro momento. Ela pegou o troco e a garrafa de vinho e fugiu feito a Cinderela. Só que, em vez de deixar para trás um sapatinho de cristal, deixou um homem bem crescidinho com o queixo no chão.

34

Gato

Gato observou a luz se esvair pela janela de sua casa de papelão. Suas pálpebras estavam pesadas. Cada centímetro de seu corpo estava relaxado. Esse período do dia era sempre o mais silencioso. Havia menos movimento nas ruas. Sempre que ele espiava o interior das casas, via pessoas preparando comida enquanto crianças assistiam a imagens em movimento na caixa plana na parede. Muitas vezes, havia um gato ou um cachorro cochilando por perto, alheio à sua presença.

Mas hoje ele estava cansado demais para fazer aquilo. Em vez disso, decidiu fingir que era um daqueles gatos domésticos, enroscado em uma caminha acolchoada. Talvez fosse o fato de estar ficando mais velho, mas era cada vez mais exaustivo para Gato ficar perambulando pelas ruas à noite. Muitas vezes, limitava-se a deixar que o estômago roncasse até a manhã seguinte. Nunca tinha sentido vontade de ter um dono de verdade, mas precisava admitir que estava começando a contar com a caixa de papelão e com as refeições da Moça Arco-íris, do Carteiro Animado, do Tristonho da Mercearia e do Vizinho Desajeitado. Gato estava tornando-se menos selvagem com a idade, embora ainda fosse difícil admitir aquilo para si mesmo. A negação não era uma emoção exclusiva a seres humanos.

Ahhh… Ele apoiou a lateral da cabeça na almofada e se curvou até o corpo formar um círculo, como aqueles pães que via exibidos na janela da padaria do bairro. Pelo que parecia, a maioria das pessoas amava pão, mas Gato não era desse time. Bom, exceto pela ocasião em que encontrou um sanduíche de atum meio comido no banco de um parque. Aquele certamente havia sido um belo dia. Conforme adormecia, imaginava o atum cremoso, os pedacinhos crocantes de salsão e o pão empapado que havia absorvido o recheio. Quase conseguia sentir o aroma delicioso.

Nhec. Blam.

Gato ergueu a cabeça de supetão. Pelo som, a porta de seu vizinho havia sido aberta e fechada. Ele ouviu passos, não o tipo pesado, feito por sapatos de sola dura, mas o tipo mais suave, que parecia folhas secas arrastando-se na calçada. Ele esticou o pescoço o máximo que conseguiu e espiou pela janela. Pelo canto do olho, enxergou calça de pijama xadrez e chinelos. Era mesmo o vizinho.

O Vizinho Desajeitado pigarreou.

— E aí, carinha? Está com fome?

Gato podia jurar ter sentido o cheiro pungente de patê de salmão. *Comida?* Ele foi agachado até a porta e colocou a cabeça para fora. Alguns passos além, o Vizinho Desajeitado estava em pé segurando duas tigelas, uma com comida, a outra com água. Alguma coisa no jeito dele fazia Gato se lembrar de algumas das crianças com quem cruzava; elas queriam tanto se esticar para afagá-lo, para fazer amizade com ele, mas havia um tantinho de incerteza refreando-as. Talvez fosse o medo de serem arranhadas ou mordidas. Mal sabiam elas que a Moça Arco-íris havia dado um jeito de capturá-lo um dia, levando-o até um lugar com várias gaiolas e uma pessoa de jaleco branco, que o tinha cutucado e espetado até ele cair no sono e acordar com um cortezinho na orelha e um músculo dolorido. Tinha ouvido a pessoa de jaleco branco explicar algo à Moça Arco-íris, usando palavras como "raiva", "vermifugação" e "vacina quíntupla". Alguns dias depois, ele foi devolvido aos arbustos, como se nada tivesse acontecido.

Mas Gato sabia que alguma coisa estava diferente. Seus desejos haviam mudado. Ele se tornou mais calmo. Perambular já não parecia uma necessidade.

— Vamos lá. Não tem como você *não* estar com fome — o Vizinho Desajeitado disse.

Gato saiu devagar da casinha, o olhar fixo no homem. Ele parecia gentil e tudo mais, mas nunca se podia ter cem por cento de certeza a respeito das intenções de alguém.

Miau. Gato não queria se mostrar carente demais. Não queria que o cara pensasse que estava no controle da situação. Quando olhou para cima, viu o vizinho baixando as tigelas. O aroma de salmão flutuou até seu nariz.

Miiiaaaauuu!

Gato abandonou toda a sutileza, rondando as pernas do Vizinho Desajeitado e sacudindo a cauda. Assim que as tigelas tocaram o chão, ele se lançou sobre elas. Entre mordidas, dava olhadas para cima, garantindo que o Vizinho Desajeitado se mantinha a uma distância segura, e se assustou quando viu o homem se sentar no chão, com os joelhos dobrados contra o peito. Por um segundo, Gato considerou disparar de volta para dentro da caixa. Então reparou que os olhos do homem lacrimejavam, notou a suavidade em seu maxilar, o modo como o fitava.

— Por que eu simplesmente não falei com ela? Tipo, falar com ela *de verdade?* Ela estava bem ali na minha frente, e eu estraguei tudo — ele choramingou.

Gato sentiu o impulso súbito de se aproximar e se esfregar nas pernas do homem. Mas a sensação não passava disso: um impulso. Ele não era *esse* tipo de gato. Preferiu voltar a se concentrar em abocanhar sua comida enquanto escutava.

— Você acha que existe alguma esperança? Ou será que estou em um mato sem cachorro? — O Vizinho Desajeitado suspirou. — Foi mal, me desculpe pela referência canina. O que eu deveria ter dito é… Será que ela pode me achar um gatão algum dia? Ou estou só perdendo tempo?

Gato terminou de comer. Ele endireitou o corpo e lambeu os pelos ao redor da boca. O Vizinho Desajeitado apoiou a cabeça nos joelhos, frustrado, agarrando tufos do cabelo desgrenhado. Gato não fazia ideia do motivo de ele estar tão aborrecido, mas de alguma forma sentiu que o cara precisava de um pouco de conforto. Como podia fazer aquilo de uma distância segura? Como poderia se expressar sem tocar o homem?

Humm... Gato ponderou sobre a situação. Ele deu lambidas para beber a água da tigela e ponderou mais um pouco. Então lembrou-se de um cachorro que tinha visto certa vez no parque, um daqueles de cara achatada, com rolinhos de pele em torno do pescoço e das costas. Aquele cachorro de aparência ridícula tinha se jogado na terra, esticando as pernas e rolando de um lado para o outro, cobrindo-se de poeira, folhas e pedacinhos de grama enquanto o dono gargalhava e sorria. Fora uma manobra genial para um cachorro tão idiota.

Antes que pudesse mudar de ideia, Gato se aproximou alguns passos. Quando estava a um braço de distância, o que era bastante coisa, já que o cara tinha braços bem compridos, ele se atirou no chão. Na imitação mais convincente possível de um cachorro idiota, ele se sacudiu de um lado para o outro, fazendo seu melhor para ser fofinho.

Será que estava funcionando?

Ele arriscou um olhar rápido para o rosto do Vizinho Desajeitado. O que viu quase o fez voltar a se erguer e se esfregar nas pernas compridas e protuberantes dele. Porque aquele cara — seu vizinho, seu colega de casa, seu recém-designado garçom noturno — estava sorrindo, o rosto inteiro iluminado, da testa até o queixo.

35

Omar

Omar adorava um desafio. E preparar versões veganas das especialidades de sua família com certeza era um deles. As bananas-da-terra já estavam fritas e prontas para serem trituradas em seu pilão, junto de um pouco de alho, cebola, bacon vegano e um pouco de cogumelos, para um umami extra. No fogão, havia uma caçarola de molho de cogumelos para ser servida sobre o *mofongo* e uma panela de ferro fundido com *habichuelas guisadas*. Também tinha uma panela elétrica cheia de arroz branco soltinho e, na geladeira, um flã vegano que ele fez com pó de agar.

Carl ficou um pouco confuso por Omar convidar uma mulher aleatória que tinha conhecido na rua para o jantar, mesmo que fosse a namorada de mentira dele. Depois que Omar lembrou a Carl que *ele* já tinha convidado vários colegas de trabalho pseudoaleatórios ao longo dos anos, às vezes sem avisar com muita antecedência, Carl deu de ombros, deixando que Omar cuidasse dos preparativos enquanto ele tomava uma ducha. Esse sistema não era fora do comum. Os dois dividiam as tarefas igualmente: Omar cozinhava e cuidava das compras, Carl cuidava da limpeza e de lavar roupas. Em geral, funcionava, embora Carl resmungasse baixinho sobre a quantidade de panelas e frigideiras que Omar usava para cozinhar.

— Ai, ai. Estou morrendo de fome — Carl disse, seu braço aparecendo do nada para surrupiar uma banana frita.

Omar bateu nele com uma espátula.

— Sai! Vai arrumar a sala enquanto eu termino.

Carl revirou os olhos azuis cintilantes, que Omar achava irresistíveis.

— Você escolheu a profissão errada. Deveria ser sargento do exército, juro.

— Rá!

Carl sabia que o *rá!* era como um ponto final encerrando uma frase. Omar queria ser deixado em paz para se concentrar na comida. Então foi o que Carl fez.

Assim que se viu mais uma vez a sós, Omar não pôde deixar de se demorar no comentário de Carl sobre ter escolhido a profissão errada. Ultimamente, andava pensando muito no que mais poderia fazer de sua vida. Enquanto triturava as bananas fritas e misturava os outros ingredientes e temperos, ficou refletindo se *existia* alguma outra vocação para ele. Ser carteiro havia sido divertido no começo. Os benefícios também eram bons. Se fosse completamente franco consigo mesmo, contudo, eram das pessoas e dos bichinhos delas que ele realmente gostava, não do trabalho em si. Ele não sentia um enorme prazer em entregar contas, catálogos e um ou outro pacote. As coisas não eram como nos dias em que as pessoas escreviam cartas e cartões-postais umas às outras. Grande parte daquele charme tradicional não existia mais.

Então o que mais ele poderia fazer da vida?

Carl o pressionava o tempo todo para que fizesse um curso de culinária. Mas quanto mais Omar considerava, mais se convencia de que era uma ideia terrível. Ele amava demais cozinhar para seus amigos e sua família. Afligia-lhe pensar que toda a sua alegria se transformaria em frustração e estresse se precisasse fazer aquilo em troca de um salário. Além do mais, um curso de culinária não era nada barato.

Biiiip! A campainha escandalosa deles tocou.

— Eu abro! — Carl gritou da sala de estar.

Omar colocou a mistura de banana-da-terra triturada nas forminhas para entorná-las ao servir. Então, limpou o suor da testa e lavou as mãos antes de sair da cozinha para cumprimentar sua convidada. Quando entrou na sala, Núria já estava lá. Estava maravilhosa com cachos densos e soltos, maquiagem discreta e um vestido que realçava sua silhueta na medida exata.

— Núria! Que bom ver você em algum lugar que não o meio da rua — Omar falou.

Ela sorriu e estendeu uma garrafa de vinho para ele.

— Obrigada pelo convite. Espero que um espumante caia bem.

— É perfeito. Anda mais quente do que o colo do capeta nos últimos dias. Vou colocar na geladeira para bebermos depois do jantar e da sangria.

Ela deu uma risadinha com o comentário dele.

— Precisa de ajuda na cozinha?

Omar franziu a testa e a dispensou.

— Não. Você é nossa convidada. O Carl vai te levar até o terraço, na nossa área de jantar ao ar livre. Chego com a comida em um instante.

E lá se foi ele para a cozinha, para terminar de empratar o *mofongo*. Como se fosse um garçom profissional, ele foi até o terraço com três pratos nos braços, posicionando-os na mesinha que tinham disposto do lado de fora, cercada por diversos vasos de plantas e árvores pequenas. Então voltou à cozinha mais algumas vezes para trazer a panela de *habichuelas*, uma tigela de arroz e uma molheira com o molho escaldante de cogumelos.

— Adorei o arranjo de vocês aqui fora. Dá a impressão de que estamos nos Hamptons, se ignorar o barulho da rua — Núria comentou.

— Bom, é tudo obra do Carl. Se não fosse por ele, essa casa ia parecer um dormitório universitário — Omar falou.

Carl riu.

— Amém! Isso é bem verdade.

Omar revirou os olhos.

— Bora! Vamos comer antes que esfrie.

Núria tirou o celular do bolso, posicionando-o acima da comida para tirar uma foto.

— Para a minha mãe — ela disse, envergonhada.

Omar se ergueu da cadeira e se ajoelhou ao lado do prato dela.

— A gente consegue ir além. Vamos dar a ela algo pra admirar *de verdade.* — Ele se inclinou para mais perto e abriu um enorme sorriso.

Núria tirou algumas fotos antes de guardar o celular.

— Obrigada. Você é a minha salvação, sério.

Carl serviu um copo de sangria gelada de um jarro para cada um deles.

— E, então, essa sua mãe aprova *mesmo* o Omar? Estou morrendo de curiosidade — ele disse.

— Bom, para ser sincera, ela é o tipo de mulher que tem algo de ruim a dizer sobre qualquer pessoa. Mas ela aprova a existência dele — Núria responde, com um sorriso fraco.

Carl franziu a testa.

— Caramba. Situação complicada. E eu que pensava que as coisas eram fáceis para as mulheres nesse ponto. Namorar, achar um bom partido, noivar, se casar e se mudar para os subúrbios para parir uns pirralhos.

— Meu Deus, não. Nada de parir coisa nenhuma no futuro. Mas não seria nada difícil me convencer a arranjar mais um ou dois gatos.

— Dá no mesmo. — Omar se serviu de um pouco de arroz, feijão e molho. — Bichos de estimação também são filhos… mas não conte àquelas mães de Park Slope, com carrinhos de bebê de mil dólares, que eu disse isso — ele pediu, cobrindo a boca para rir.

— Pode crer! Elas sempre ficam *fulas* da vida comigo por alimentar os gatos — Núria falou.

Omar abanou a mão no ar.

— Só releve e ignore, querida. Você está fazendo o bem nessas ruas.

— Obrigada.

Ele empurrou as tigelas de comida para Núria e Carl.

— Vão comer ou não?

Núria corou.

— Sim, claro. Estou morrendo de fome, na verdade. É que não ando acostumada a conversar hoje em dia. A minha melhor amiga, Rocky, diz que falar com gatos não conta.

— Bobagem — Omar falou.

Finalmente, ela se serviu de um pouco de arroz e feijão, e então deu uma enorme mordida no *mofongo*. Seus olhos se arregalaram.

— Cacete. Está incrível. Você poderia abrir um restaurante ou alguma coisa assim.

Carl cutucou Omar.

— Viu? Eu te disse! Você podia dar uma chance para a ideia de estudar culinária. Aí, poderia abrir seu próprio restaurante, e eu cuidaria da decoração, *é claro*. Seria absolutamente perfeito! Poderíamos ser um daqueles casais famosos do Brooklyn…

Omar abriu a boca, como se fosse dizer alguma coisa. Ele parou e olhou de relance para Núria, depois para Carl, depois para o prato de comida à sua frente. O que queria era soltar algum tipo de alfinetada à fantasia ridícula de Carl, mas eles não estavam a sós. Omar não estragaria a energia boa provocando uma discussão. Então, depois de hesitar alguns segundos, ele se esticou e colocou a mão sobre a de Carl.

— Bom, você vai ficar feliz em saber que estou pensando em agendar um horário para conhecer a Escola de Artes Culinárias do Brooklyn.

Os olhos azuis de Carl brilharam.

— Ah, fico *realmente* feliz em saber disso. Tenho *certeza* de que você vai amar.

— Calma aí. Não se empolgue demais. Eu só disse que estou pensando — Omar falou, seu pomo de adão balançando, como se tivesse acabado de engolir algo. — Porque, lá no fundo, eu ainda meio que sinto que cozinhar é minha paixão, *não* minha carreira.

Núria se ergueu da cadeira abruptamente.

— Vamos brindar a isso. — Ela ergueu o copo de sangria. — À paixão e a não saber que caralhos fazer da vida!

Eles tocaram os copos. Carl, porém, não bebeu logo em seguida. Em vez disso, inclinou-se para trás e deu um suspiro que pareceu durar uma eternidade.

Omar tentou não reparar, concentrando a atenção em Núria.

— Então, você também?

— Eu também o quê? — ela perguntou, franzindo o cenho.

— O que você falou. Sobre não saber o que fazer da vida...

Núria relaxou o rosto e voltou a deixar o corpo cair na cadeira.

— Ah. *Isso*. Bom, acho que estou só imitando o que minha mãe sempre gosta de me dizer. Ela não acha que ser barista é uma grande carreira, mesmo que eu esteja trabalhando com isso praticamente desde sempre.

— Fale mais. Quanto tempo é "praticamente desde sempre"? — Carl interveio.

Antes de responder, ela ergueu o copo e tomou um gole grande de sangria.

— Digamos apenas que trabalho como barista há mais tempo do que a maioria dos casamentos dura.

Carl a encarou.

— Dez anos?

Núria estreitou os olhos.

— Quinze?

Ela cobriu o rosto com as mãos.

— Vinte?

Ela soltou a respiração.

— *Quase.*

— Ah, pare de perturbá-la, Carl — Omar falou, batendo nele com um guardanapo por cima da mesa.

Núria sorriu.

— Não tem problema. Falando sério. Eu não me incomodo.

Omar levou uma colherada generosa de arroz e feijão à boca, encarando o nada pensativamente enquanto engolia.

— Existe alguma outra coisa que você gostaria de fazer da vida? — ele perguntou, aliviado pelos holofotes estarem em outra pessoa que não ele.

— Para ser sincera, não penso em nada de que gosto além de café e gatos... Embora, na época em que comecei, costumava sonhar em abrir minha própria cafeteria. Com alguns gatos resgatados para conviver com os clientes, sabe...? Mas é besteira. Não tenho dinheiro pra nada disso — ela disse, o rosto ficando rosa-escuro.

Omar se esticou e apertou o braço dela.

— Não é besteira. Quem sabe? *Poderia* acontecer. Talvez você ganhe na loteria ou algo assim.

Núria deu uma risadinha.

— Só que eu não jogo na loteria.

— Bom, que seja. Algum milagre poderia acontecer. Estamos em Nova York, afinal, onde os sonhos mais loucos podem se realizar!

Por um momento, os três ficaram sentados em silêncio, presos nos próprios pensamentos. Omar apertou a mandíbula. Sentia-se péssimo por ter soltado aquela mentirinha para aplacar Carl. Ele olhou de relance para Núria, imaginando se ela teria engolido toda a sua ladainha sobre milagres e sonhos. Ela estava encarando o prato de comida, os olhos ficando marejados, como se estivesse recordando uma memória triste e distante.

— Ei, o que houve? — Omar perguntou.

Ela piscou e pareceu acordar.

— Não é nada. Estou bem... Só estava pensando no meu pai... Quando eu era nova, a gente passava horas devaneando em voz alta juntos. Ficávamos só falando um cenário mais fantástico do que o outro, sabe? A maioria era coisa bem boba. Mas tinha uma ideia à qual ele sempre voltava, de que, um dia, queria se aposentar da polícia e abrir uma pousada com gatos resgatados para ficarem junto dos hóspedes... Meio que uma versão em menor escala do Museu de Hemingway, em Key West.

— *E aí?* Ele conseguiu abrir a pousada? — Omar perguntou.

Núria deu de ombros.

— E-eu não sei. Ele abandonou minha mãe e a mim quando eu era criança. Nunca mais vi nem ouvir falar dele.

— Ah, meu bem. Sinto muito. — Omar se aproximou e a abraçou de lado.

— Acho que só não tenho devaneado muito desde então — ela disse, secando os olhos com o guardanapo.

Carl pegou o jarro de sangria e reabasteceu os copos de todos.

— Querida, a gente vai precisar mudar isso — ele disse, erguendo o copo. — Um brinde aos sonhos e a aproveitar ao máximo os anos que nos restam nessa porra de planeta!

Mais uma vez, eles tocaram os copos. E continuaram brindando até altas horas da madrugada.

36

Gato

Bang! Bang!

Gato enfiou a cabeça para fora de sua casa de papelão. Ainda estava escuro lá fora, faltavam ao menos algumas horas até amanhecer. Então o que poderia ser aquela algazarra? Pelo som, parecia um bando de ratos vasculhando as latas de lixo. Se *fosse mesmo* um bando de ratos, talvez ele devesse investigar e se divertir um pouquinho. Fazia um tempo que não brincava de jogar-o-ratinho-para-o-alto.

Ele saiu da casa esgueirando-se, tomando o cuidado de se manter próximo ao chão, caso houvesse algum perigo. Seu olhar disparou até as latas de lixo. Nada parecia fora do lugar. Talvez não houvesse rato nenhum por ali, afinal. Que decepção.

Bang!

O barulho estava vindo da calçada. Ele olhou de relance para a esquerda e viu alguém apoiado no portão do beco. Julgando pelo cabelo longo e comprido e o vestido, supôs que fosse uma mulher. Gato empinou o focinho e farejou. *Estranho.* O cheiro dela era muitíssimo parecido com o da Moça Arco-íris: o aroma de pelos de gato, a intensidade defumada de pó de café e o perfume do xampu dela, que lembrava as ervas veranis que as pessoas cultivavam em vasos em suas varandas. Mas também havia um outro cheiro, que parecia ser de fruta podre ou algo parecido. Vendo de costas, a aparência não tinha nada a ver com a dela. E a forma com que a pessoa estava agindo certamente também era diferente. Ela se movia do mesmo jeito que as pessoas que ele via cambaleando pelas ruas, como se não tivessem controle nenhum do próprio corpo. Às vezes, ele chegava a testemunhá-las vomitando dentro de latas de lixo ou até em si mesmas.

A mulher voltou a se mover, revirando a bolsa até que algumas coisas começaram a cair no chão. Então ela puxou um pedaço de papel amassado e uma caneta e rabiscou algo no papel apoiado na palma oscilante de sua mão. Quem quer que fosse aquela pessoa, claramente estava um caos.

Sorrateiro, Gato foi silenciosamente até o lado do portão, encoberto pela sombra da cerca viva. Ela não conseguiria vê-lo ali, mesmo estando bem próxima. De repente, a mulher voltou a se afastar do portão com dificuldade. Dessa vez, ela conseguiu ficar em pé sem cambalear para trás. Por um momento, ela virou o rosto, e Gato conseguiu dar uma boa olhada. Era *mesmo* a Moça Arco-íris!

Ele a observou cambalear até o vaso de flores de seu vizinho e puxar uma pedra dele. Então retrocedeu na direção da cerca viva, colocando um papel na calçada com a pedra por cima. Depois de alguns minutos, partiu devagar rua afora, feito uma daquelas baratas feridas com que Gato brincava de vez em quando.

Conforme a observava se afastar cada vez mais, Gato não pôde deixar de se preocupar com ela. Obviamente, a mulher estava em um estado vulnerável. Ele precisava garantir que ela ficaria bem. Então decidiu segui-la, ao menos até a esquina onde ficava a mercearia. Depois de lá, ela atravessaria a rua e chegaria ao apartamento onde morava. Gato tomou cuidado para ficar longe de carros. Já tinha visto criaturas demais serem atropeladas ao longo dos anos: outros gatos de rua, ratos, pombos, baratas e, certa vez, até mesmo um esquilo que tinha se afastado do parque de alguma maneira.

Ele se pôs a andar em meio aos arbustos, mantendo-se próximo aos prédios para tirar vantagem das sombras. Não queria que ela o visse. Só queria era que ela voltasse à segurança da própria casa, para poder dormir e acordar normalmente. A Moça Arco-íris estava a uns bons quatro metros à sua frente. Era melhor assim. Daquela distância, ele conseguiria ficar de olho nela sem ser detectado. A maneira com que ela estava andando era preocupante, ziguezagueando de um lado para o outro, cambaleando e quase tropeçando nos próprios pés. Não havia quase ninguém na calçada, mas em certo ponto um entregador se aproximou dela e disse algo. Talvez também quisesse confirmar se ela estava bem. Mas ela murmurou algo e o dispensou. O cara deu de ombros e voltou a cuidar da própria vida.

Quando alcançaram a mercearia, a Moça Arco-íris ainda não estava agindo nem perto do normal. Ficou parada na esquina, confusa, olhando para um lado e para o outro, como se tivesse esquecido como atravessar a rua. Gato pulou sobre o banco. Depois do que pareceu uma eternidade, ela finalmente colocou um pé na rua, vacilando um pouquinho antes de se equilibrar. Os olhos de Gato se arregalaram, seu coração acelerado dentro do peito. Quando ela chegou ao meio da rua, parou de andar, quase derrubando a bolsa. Um táxi deu uma guinada em torno dela, apertando a buzina odiosamente. Ela nem sequer notou. Mais três, quatro passos e ela estaria do outro lado. Um furgão apareceu, acelerando na direção dela. No último instante, o veículo parou, os freios guinchando quando ela deu o último passo.

— Presta atenção, moça! — o motorista gritou, furioso.

O pé dela tocou o meio-fio. Ufa. Estava segura. Exceto pelo fato de ainda não estar prestando muita atenção. Ela pisou em uma grade de ventilação, e o salto do sapato ficou preso em uma das aberturas. Imediatamente, ela perdeu o equilíbrio, despencando para frente com os braços erguidos. *Plaf!* A Moça Arco-íris caiu de cara no chão. Infelizmente, não havia nada que Gato pudesse fazer para ajudá-la. Será que ela estava bem? Estaria machucada?

Gato nunca tinha se sentido tão impotente. Tudo que podia fazer era vigiá-la e esperar que alguém viesse ao resgate. *Ah, espera aí!* Um cara estava se aproximando. Ele usava aqueles moletons e jeans pretos que alguns dos jovens da vizinhança vestiam. Quando chegou ao ponto onde estavam os pés dela, ele olhou de um lado para o outro e então, para trás, parecendo um daqueles corvos suspeitos do parque que estavam sempre tramando alguma coisa. Gato saltou no banco e correu até o meio-fio exatamente quando o homem se abaixou e colocou a mão na coxa nua dela, onde o vestido havia levantado.

Não! Não! Não!

Esse cara, esse homem, esse canalha não estava ali para ajudar. Ele ia machucá-la, ia se aproveitar dela. Gato não poderia deixar que aquilo acontecesse. Não com a *sua* Moça Arco-íris. Sua amada pessoa. Suas patas tremiam quando ele desceu do meio-fio, olhando para os dois lados. Não havia nenhum carro à vista. *Vai, Gato! Vai!*, ele encorajou a si mesmo, pulando na rua como uma onça perseguindo sua presa. Ele correu, e correu, e correu; tudo de um lado e do outro era um borrão. Seu coração batia tão rápido que parecia que explodiria e sairia do peito.

Biiiiii!

Um carro parou a menos de um metro de Gato, os freios guinchando. Instintivamente, ele disparou para o lado e rolou no chão.

Biiiiii! O carro buzinou mais uma vez.

Gato se ergueu aos tropeços, as patas deslizando por alguns segundos até ele conseguir ímpeto o bastante para voltar a correr. *Rápido, Gato!* Não era mais apenas questão de salvar a Moça Arco-íris. Era também para salvar a própria vida. *Corra. Corra. Corra*. O meio-fio do outro lado estava próximo; quase conseguia tocá-lo. Apenas mais alguns passos e ele saltou com todas as forças quando uma bicicleta passou zunindo, raspando a ponta de sua cauda. Finalmente, Gato aterrissou na calçada.

Mesmo querendo muito parar e descansar depois de seu suplício traumático, a Moça Arco-íris estava em perigo. A mão do homem estava subindo cada vez mais pela perna dela.

É agora ou nunca...

Gato grunhiu e chiou com todas as forças antes de investir na direção do homem com as costas arqueadas, as presas expostas, as garras estendidas e os pelos em pé, preparando-se para lutar. O homem afastou a mão do corpo da Moça Arco-íris e virou a cabeça de supetão, justamente quando Gato se lançava sobre ele, arranhando a lateral de seu rosto.

— Que porra é essa?! — O homem estendeu o braço defensivamente, empurrando Gato de lado.

Mas Gato tinha adrenalina demais percorrendo seu pequeno corpo. Ele voltou a saltar no homem, sibilando ainda mais alto ao mirar no punho dele, mordendo-o até sentir gosto de sangue.

— Caralho! — o homem gritou novamente, agarrando Gato pelo pescoço com a outra mão e apertando com força.

Apesar de querer manter as presas afundadas na pele daquele homem ruim, Gato sentia seus olhos ficando salientes, sua respiração se esgotando. Ele afrouxou a mandíbula e soltou. *Paf.* O homem o deixou cair no concreto duro. Gato estava zonzo demais para correr, algo que precisava ser feito o mais rápido possível, pois, em sua visão periférica borrada, conseguia ver um tênis vermelho e branco prestes a pisoteá-lo.

— Pare! Agora mesmo! Vou chamar a polícia! — a voz de uma mulher gritou.

O homem recuou a perna e olhou por cima do ombro para a garota que estava em pé ali, o celular à orelha.

— Socorro! Tem uma agressão acontecendo na Avenida Saint Marks, perto do Neptune Diner... Venham rápido! — ela falou no celular em voz alta.

O homem saiu correndo sem dizer uma palavra. Gato se ergueu da calçada com as patas bambas, a visão voltando a entrar em foco. A jovem com o celular avançou alguns passos, hiperventilando. Então olhou ao redor, como se estivesse procurando ajuda, mas não havia ninguém por perto. Era apenas ela, a Moça Arco-íris e Gato. Ela olhou de relance para a Moça Arco-íris e, então, para Gato. Mesmo na escuridão, ele enxergava que os olhos dela eram azuis, conseguia ver que estavam assustados, conseguia vislumbrar gentileza neles. Essa garota, essa jovem, ajudaria a Moça Arco-íris.

Gato tivera o suficiente de heroísmo. Tudo que queria era atravessar a rua e voltar para sua casa correndo, onde se esconderia até que o sol nascesse. Ele olhou de relance para a Moça Arco-íris mais uma vez antes de fugir para o meio-fio.

— Espera! Você está bem? — a jovem gritou enquanto ele fugia.

Mas Gato não estava a fim de conversa, nem mesmo com uma garota gentil como ela. Ele olhou para os dois lados mais uma vez, dessa vez garantindo que não havia *nenhum* carro, caminhão ou bicicleta, antes de disparar de volta para a segurança de sua rua.

37

Lily

Em noites em que Lily não conseguia dormir, ela saía para caminhar. Sabia que não era a melhor das ideias, já que estava em Nova York e provavelmente havia ladrões, estupradores e sequestradores em cada esquina. Ela tentava não pensar nisso. Em vez disso, imaginava que tinha voltado para casa, que estava passeando em sua cidadezinha, banhada pelo luar enquanto ouvia o farfalhar das árvores de magnólia perfumadas. Mesmo estando feliz morando em outro lugar, parte dela sentia falta de sua vida antiga: o conforto, a familiaridade, a segurança. Acima de tudo, ela sentia saudade do pai. Conhecer Bong no cemitério a tinha feito perceber o quanto sentia falta de uma figura paterna. Precisava de alguém em quem se apoiar, alguém que lhe desse conselhos, alguém que a ouvisse sem julgamentos.

A última coisa que esperava era topar com um crime em andamento durante uma de suas caminhadas à noite. Mas lá estava ela, absolutamente atordoada, fitando uma mulher caída de bruços em uma grade do metrô. Um homem estava ao lado dela, com sangue pingando do rosto. E um gato preto se encolhia abaixo dele.

Sem nem sequer pensar, ela gritou:

— Pare! Agora mesmo! Vou chamar a polícia!

Então, tudo meio que virou um borrão. Suas mãos estavam trêmulas; trêmulas demais para digitar o número da emergência, mas ela precisava fazer alguma coisa.

— Socorro! Tem uma agressão acontecendo na Avenida Saint Marks, perto do Neptune Diner... Venham rápido! — ela disse como se falasse ao telefone, blefando.

O homem saiu em disparada rua afora. *Graças a Deus.* A mulher se mexeu um pouco. Ainda estava viva. O gato se ergueu da calçada. Ele a encarou e Lily devolveu o olhar. Antes que pudesse fazer ou dizer qualquer coisa, o bicho correu para o meio-fio para fugir.

— Espera! Você está bem? — Lily gritou sem pensar.

O gato não respondeu. É claro que não. Era um gato.

Ela o observou atravessar a rua correndo, desaparecendo de vista na metade do quarteirão. Claramente, ele estava bem. Ela recuperou o fôlego, os ombros relaxando. Seu coração continuava batendo rápido demais, e a ponta dos dedos estavam dormentes de tanto apertar o celular. Desde que tinha começado a morar no Brooklyn, nada parecido com aquilo havia acontecido. É claro, Lily tinha consciência de que *poderia* acontecer, mas nada preparara para aquele momento. Por um instante, sentiu-se um pouco fraca. Mas ainda havia a mulher. Precisava garantir que ela estava bem.

— Hm... moça. Vo-você tá machucada? — ela perguntou.

A mulher resmungou.

— Devo ligar pra emergência? Você precisa de uma ambulância?

A mulher se mexeu e voltou a grunhir.

Lily se virou ao redor, procurando alguém para lhe ajudar. Não havia ninguém. Ela se ajoelhou na calçada e se esticou para tocar o ombro da mulher.

— A-acho que tô bem... Tá tudo bem... Só preciso de ajuda pra levantar — a mulher disse, virando-se para ela com mais um grunhido.

Lily arfou, porque a mulher não era uma estranha qualquer. Era sua irmã, Núria! Um momento se passou enquanto ela se recuperava do choque.

— Tem certeza de que você está bem? Aquele cara... ele te machucou?

Núria se retraiu e, mesmo em meio às sombras, Lily via que suas bochechas estavam em um tom escarlate.

— Não, na verdade. Mas fico feliz por você ter aparecido e espantado ele.

— Bom, pra ser franca, acho que não fui eu que salvei o dia... Tinha um gato aqui. O rosto e o braço do homem estavam cheios de arranhões e...

Núria ergueu o peito, desajeitada.

— Um gato? Que gato? Onde?

— Era um gato preto. Ele correu para o outro lado da rua. Não se preocupe, acho que ele não estava machucado.

— Tem certeza?

Lily assentiu.

— Tenho, sim.

Núria soltou o ar.

— Não acredito nisso...

— Vem cá. Vou te ajudar a se levantar. — Lily segurou as axilas de Núria. — Vou contar até três, tá? Um. Dois. Três. — Ela tensionou o torso e as pernas e puxou com toda a força que tinha. É verdade que era um pouco baixinha, mas também era surpreendentemente forte. Os anos como líder de torcida haviam lhe concedido a força abdominal de um atleta de elite. Com a ajuda de Lily, Núria se ergueu do chão devagar.

— O-obrigada... meu sapato ficou preso na grade e... Eu bebi um pouquinho demais — Núria admitiu, o rosto corado e suado.

Lily continuou segurando o antebraço dela, caso ela tombasse de novo.

— Está tudo bem, todo mundo já passou por isso.

Mas era mentira. Para o desgosto de seus colegas de apartamento, Lily não bebia. Nas festas do colegial, ela bebericava refrigerante ou água de um copo plástico, fingindo beber álcool como todos os outros. Desde que se entendia por gente, a mãe era uma alcoólatra funcional, e Lily não queria correr o risco de ficar igual a ela.

— Bom, acho que é melhor eu ir para casa agora e dormir pra me recuperar — Núria disse com um sorriso acanhado.

— Espera. Acho que não é uma boa ideia você voltar andando sozinha. — Lily examinou o rosto dela. — Além do mais, acho que você está sangrando — ela disse, apontando para a testa de Núria.

Núria ergueu uma das mãos e tocou a testa com os dedos, fazendo careta com o contato.

— Argh. Ótimo.

— Acho que eu deveria ficar com você até que esteja em segurança.

— Está tudo bem. Sério. Eu dou conta.

— Não. Eu insisto.

Núria relaxou, deixando que Lily a sustentasse.

— Certo. Obrigada. Acho que só não tô acostumada à gentileza de estranhos — ela falou.

Lily se encolheu. Queria tanto dizer a Núria que não era uma estranha. Que era sua irmã mais nova. Mas não podia fazer isso. Não ainda.

— Ei. Eu não te conheço? — Núria encarou Lily, os olhos estreitos.

A rua estava tão silenciosa que Lily teve medo de que Núria ouvisse que seu coração estava acelerado.

— Sim. E-eu trabalho no Foodtown. Acho que passei suas compras algumas vezes — ela murmurou. — É você quem compra um monte de comida pra gato, não é?

— Aham. Eu mesma.

— Mundo pequeno — Lily falou.

De fato, era um mundo pequeno. Quais eram as chances de Lily estar naquela rua, naquele exato momento, para ajudá-la? Seria a maneira do universo de uni-las? Ou apenas uma coincidência estranha?

Elas caminharam devagar pela rua. De vez em quando, Núria cambaleava um pouco. Depois de dez minutos andando, parando, andando e parando, detiveram-se em frente a um prédio de quatro andares.

— É aqui que você mora? — Lily perguntou.

— É. No segundo andar.

Lily espiou através do vidro da entrada.

— Tem elevador?

— Não. Mas tá tudo bem. Consigo subir sozinha. Já te incomodei o bastante — Núria disse.

— Não tem problema. Sério. Eu não me incomodo. — Lily estendeu a mão. — Passa as chaves pra cá.

Núria puxou as chaves da bolsa, um molho tilintante unido por um chaveiro de um gato que parecia um naco de pão. Lily destrancou a porta e as guiou pela entrada.

As escadas eram quase estreitas demais para duas pessoas lado a lado, mas elas deram um jeito de subir cambaleando, com Núria segurando o corrimão com a mão direita e apertando o braço de Lily com a esquerda.

— É aqui — Núria disse, indicando uma porta de cor azul-cobalto.

Lily a destrancou e abriu com um empurrão. Imediatamente, foi abordada por três gatos gigantes.

— Ah. Olá — ela cumprimentou enquanto eles se esfregavam e pulavam em suas pernas. — São sempre simpáticos assim?

— Basicamente, qualquer um que apareça já tá valendo. Entregadores, o pessoal da manutenção do prédio, funcionários do censo, testemunhas de Jeová, ladrões, assassinos... o que for — Núria falou.

Lily via que ela estava mais alerta, menos instável. Contudo não queria deixá-la ainda. Queria ver o que havia dentro do apartamento, aprender mais sobre a irmã.

— Vamos lá. Me deixa dar uma olhada na sua testa. Eu fiz um curso de primeiros socorros no colegial — ela disse.

— Ah, minha nossa. Meu apartamento está uma bagunça. E eu já te incomodei o bastante por uma noite — Núria respondeu.

— Sério. Não tem nenhum problema. Nunca me diverti tanto desde que me mudei para cá. — Lily apertou o interruptor ao lado da porta e as conduziu para dentro, como se morasse ali.

Não demorou para passarem pela entrada minúscula que levava à quitinete. Por um momento, ficaram hesitando ao lado da geladeira enquanto Lily assimilava o cômodo.

— Eu te avisei — Núria disse com um sorriso constrangido.

— Não. Eu achei legal. Adorei sua colcha. E suas janelas. Deve bater bastante luz aqui. — Lily apontou para o sofá de dois lugares. — Vá se sentar. Vou buscar alguns materiais de primeiros socorros no banheiro.

Núria mancou até o sofá, os três gatos aglomerando-se em torno de suas pernas como piranhas famintas. Ela se deixou cair com um resmungo.

— Deve ter um pouco de água oxigenada, algodão e curativos debaixo da pia — ela falou.

Mas Lily já estava no banheiro, agarrando os itens mencionados. Quando voltou a se endireitar, não conseguiu evitar dar uma olhada ao seu redor. Havia frascos de xampu e condicionador com cheiro de alecrim nas prateleiras do chuveiro, bem como um barbeador velho e enferrujado e um sabonete. Na pia, um frasco de sabão de Castela líquido para mãos, uma escova de dentes de madeira e um tubo de pasta de dentes de óleo de coco. Ela abriu o armário espelhado, esperando encontrar um punhado de remédios, mas só viu fio dental, um frasco de melatonina e alguns óleos essenciais.

— Achou as coisas? — Núria perguntou do outro cômodo.

— Achei! Só estou usando o banheiro. — Lily acionou a descarga do vaso, mesmo não o tendo usado. Então voltou para a sala, segurando os itens. Infelizmente, os gatos haviam dominado o pequeno sofá. Ela ficou parada em pé, desajeitada, enquanto Núria os manejava para o chão.

— Foi mal. Tá na cara que este é o apartamento *deles*, não meu — Núria disse.

Lily se sentou.

— Não se preocupe. Eu entendo. Meu pai amava gatos. Mas minha mãe era alérgica, então nunca tivemos nenhum em casa. Mas de vez em quando ele me levava a um *cat café* na cidade.

Núria franziu a testa. *Merda.* Será que tinha falado demais? Lily não teve a intenção de mencionar o pai. O pai *delas*. Havia escapado de sua boca feito um espaguete rebelde.

Sem dizer mais nada, ela colocou um pouco de água oxigenada em um dos chumaços de algodão e se pôs a tocar a testa de Núria com ele. Lily olhou de relance para os braços e as pernas da irmã, conferindo se havia algum outro corte ou arranhão.

— Seu joelho — ela disse, apontando o joelho esquerdo de Núria.

Núria olhou para baixo e se assustou com o machucado que sangrava ali. Ela se moveu, aproximando-se da beirada do sofá para que Lily tivesse melhor acesso, e a observou aplicar a água oxigenada com gentileza.

— Você é boa nisso. Deveria ser enfermeira.

Lily deu de ombros.

— Não sou muito boa com os estudos. — Ela deixou os chumaços de algodão de lado e passou a aplicar os curativos nos pontos necessários. — Pronto. Deve ficar tudo bem agora, mas você provavelmente vai sentir dor amanhã. Se tiver uma bolsa de gelo, pode ser uma boa ideia usar — ela falou, ficando em pé e indo até a cozinha para lavar as mãos.

Núria sorriu.

— Obrigada… — Ela fez uma pausa, tentando lembrar se Lily havia falado o próprio nome.

— Lily.

— Obrigada, Lily. Eu sou a Núria.

Porém, é claro, Lily já sabia o nome da irmã.

38

Bong

Eram quase dez da manhã. Bong estava na frente da mercearia, esperando. Não soubera exatamente como se vestir para essa missão misteriosa em que ajudaria Omar, então optou por algo prático: camisa polo azul de tecido leve, bermuda cargo e seus fiéis tênis de caminhada. Também tinha um boné enfiado no bolso, caso fizesse sol.

Bong encarou um lado da rua, depois o outro. Ainda nem sinal de Omar. Será que tinha confundido o dia e horário? Sempre havia sido Conchita a monitorar seus compromissos. Ele era esquecido, o que já tinha se provado problemático em situações anteriores. Atualmente, contudo, mal tinha coisas a fazer além de trabalhar, ir à igreja e visitar o cemitério. Bong não sentiu nenhuma necessidade verdadeira de organizar algum tipo de agenda. Suspirando, enxugou o suor da testa com um lenço. Mais uma vez, conferiu o relógio de pulso. Eram dez e cinco. Mais cinco minutos e ele desistiria de esperar.

Bi! Bi!

Uma perua verde e antiga da Volvo parou à sua frente. A janela do passageiro foi abaixada, revelando um Omar de expressão jovial.

— Bom dia, Bong. Desculpe por te deixar esperando — ele disse.

— Sem problemas — Bong respondeu. Ele abriu a porta traseira e entrou no veículo.

Omar se esticou para apertar sua mão.

— Obrigado por vir. Agradeço *de verdade.* — Omar deu um sorriso caloroso.

— Não há de quê. Fico feliz em ajudar.

Omar pousou a mão no ombro do motorista.

— Este é o Carl, meu companheiro. Ele será nosso motorista hoje.

Carl revirou os olhos para ele antes de se virar para olhar Bong por cima do ombro.

— Não ligue pra ele. Eu só vim pelo…

— Xiiiiu! — Omar deu um tapinha na perna dele. — Nem uma palavra até a gente chegar lá.

Bong franziu a testa. Estava ainda mais confuso do que antes. Se iam transportar móveis, entregar alguma coisa ou fazer alguma outra tarefa braçal que exigisse três pessoas, por que tanto segredo? Contudo, mesmo confuso e inseguro, havia uma pequena parte dele que estava gostando daquilo. Era a primeira vez em muito tempo que Bong se sentia necessário. Quando as filhas ainda moravam por perto, ele costumava ir até a casa delas para ajudar com pequenos serviços: consertar vazamentos, aplicar óleo em uma porta ou janela que rangia, repintar uma parede aqui e ali. Ele se sentia útil. Mas, hoje em dia, não mais.

— Então, Bong, deixe-me fazer uma pergunta. Você é aventureiro? Alguém que adora adrenalina, talvez? — Carl deixou escapar.

Bong estava olhando pela janela. Assim que ouviu as palavras de Carl, contudo, desviou o olhar para a frente do carro, flagrando Omar olhando feio para o outro homem.

— Bom, hoje em dia, não muito. Mas, quando era mais jovem, eu escalava montanhas e ia pescar na província onde morava. Tinha até uma moto da Honda que usava em Manila para evitar o trânsito. Minha esposa, Conchita, odiava — ele disse, dando uma risadinha.

— Bom, você é um homem melhor do que eu. Minha maior aventura foi passear em feiras livres em Paris para um cliente. Foi *desgastante* — Carl disse, dramático.

Omar espiou por cima do banco para poder encarar Bong.

— O Carl é assistente de um dos maiores designers de interiores da cidade. Pra ele, se aventurar é pechinchar, mesmo que os clientes dele morem em casas milionárias — ele explicou, revirando os olhos.

— E daí? Tem algo de errado nisso? — Carl retrucou com um suspiro zangado. — Só porque alguém é rico, não quer dizer que deveria ser passado pra trás.

A última coisa que Bong queria era entrar no meio de uma discussão. Durante o restante do percurso de carro, ele se recostou no banco e observou a paisagem passar. Estava mais do que satisfeito em ouvir Omar e Carl discutirem. Não era uma discussão hostil, de modo algum. Era o tipo de toma-lá-dá-cá que Bong e Conchita faziam o tempo todo antigamente: desafiando, melhorando, ensinando um ao outro. Além do mais, suas brigas, se fosse possível chamá-las assim, sempre terminavam com um abraço e um beijo. Eram discussões saudáveis, algo que todos os casais faziam de vez em quando.

— Fique de olho pra achar uma vaga! — Carl falou enquanto manobrava a perua em meio ao trânsito.

Bong olhou pela janela, mas, em vez de uma vaga, notou uma roda-gigante despontando em meio aos prédios. Um quarteirão depois, viu uma montanha-russa de madeira antiga. Ele endireitou as costas.

— Isso é Coney Island? — perguntou.

— Pode apostar que sim — Omar respondeu.

Bong não conseguia parar de encarar todas as atrações e sinalizações coloridas, e a praia e o mar azul além.

— Hum… Em todos os anos em que morei no Brooklyn, nunca tive tempo de conhecer este lugar. Sempre quisemos trazer nossas filhas quando elas eram mais novas, mas por algum motivo simplesmente nunca aconteceu — ele contou.

— Bom, hoje é seu dia de sorte! — Carl exclamou, estacionando em uma vaga apertada.

Omar suspirou.

— Boa, estragou a surpresa, Carl.

— Surpresa? Quer dizer que é pra lá que estamos indo? — Bong perguntou.

Omar saiu do carro, abrindo a porta traseira para Bong.

— Sim. Me desculpe por não ter sido mais sincero. Mas achei que você poderia não vir se eu falasse a verdade — ele disse.

Bong se arrastou para sair do banco traseiro.

— Mas estou confuso. Você disse que precisava de ajuda.

— Essa parte não foi mentira. Eu *preciso* de ajuda. Só não é o tipo de ajuda que você imaginaria. Veja bem, o Carl… — ele indicou Carl com um gesto, que estava alisando os vincos da camisa listrada laranja e azul — … se recusa a me acompanhar em qualquer brinquedo. E não tem muita graça ir sozinho neles. Então achei que você poderia me ajudar com isso.

Carl olhou feio para Omar.

— Só venho aqui pelo algodão-doce e pelos caras com regatinhas.

— Tá vendo com o que eu preciso lidar? — Omar brincou, dando uma risadinha. — Mas, falando sério, espero que não esteja bravo, Bong.

— Não, é claro que não estou bravo. Talvez um pouco surpreso. Mas não bravo. — Bong deixou o olhar vagar ao longe e fitou a montanha-russa que lentamente subia nos trilhos, mais, e mais, e mais alto, até que *vuuush*, despencou rapidamente. As pessoas no carrinho gritaram, urraram e jogaram os braços para cima.

Depois de alguns minutos, ele se virou e encontrou o olhar de Omar.

— Tudo bem se nós… Digo, podemos ir à montanha-russa primeiro? — ele indagou com o sorriso de um garoto de nove anos empolgado.

39

Collin

Collin não havia pregado os olhos. Tinha se revirado a noite toda, incapaz de desligar os pensamentos que circulavam sem parar em sua mente. Por fim, bem quando a luz do início da manhã surgia entre as persianas de sua janela, ele adormeceu de pura exaustão. Passava das dez quando finalmente conseguiu se arrastar da cama para preparar um grande bule de café, do qual precisaria para aguentar o dia.

Enquanto se servia de uma xícara imensa, pensamentos da noite anterior ressurgiam em sua mente, criando uma súbita e devastadora dor de cabeça. Ele não conseguia parar de pensar no que tinha acontecido na adega. Núria o reconhecera dentre as centenas de clientes que tinha na cafeteria. Na verdade, ela havia até mesmo flertado um pouco com ele. Ou será que não? Collin sacudiu a cabeça, confuso.

Uma coisa, contudo, era certa. Ele havia agido como um completo idiota.

Ainda assim, o que tudo aquilo significaria? Sem dúvidas, o fato de ela ter puxado conversa foi um bom sinal, certo?

Mas havia uma coisinha incomodando-o. Bom, talvez uma coisa não tão pequena assim… Por que ela estava tão arrumada? Estava indo a um encontro? Com o carteiro, talvez?

Collin serviu um pouco de creme de coco e amêndoas em seu café e se sentou à mesa da cozinha. Ele encarou o líquido marrom na xícara, como se estivesse tentando fazer os corações de espuma de leite aparecerem com a força do pensamento. Ele precisava de um sinal. Qualquer sinal. Porém nada aconteceria se continuasse trancado em casa feito um bundão o tempo todo.

Ele ficou em pé de repente, quase derramando café por toda a mesa. Talvez devesse ir ver se ela estava na cafeteria. Talvez vê-la lhe trouxesse um pouco de lucidez. Se ela o tratasse como um cliente qualquer, Collin saberia que ela não estava nem um pouco interessada. Mas se sorrisse como havia sorrido para ele na adega, talvez ainda tivesse alguma chance. Talvez valesse a pena ir à luta e arriscar um coração partido. *Isso aí.* Era o que precisaria ser feito. Ele atravessou o corredor às pressas e subiu as escadas para poder se trocar, pisoteando os degraus.

E se ela estivesse *mesmo* lá, ele agiria com toda a tranquilidade. Pediria uma bebida, talvez um doce também, se sentaria em frente ao notebook e fingiria escrever. Com toda a certeza, não ficaria sentado admirando-a feito um adolescente apaixonado.

Quando estava vestido, pegou todos seus pertences e saiu de casa às pressas, como se estivesse atrasado para um compromisso. Ele destrancou o portão e virou à esquerda, dando passos extralongos para poder chegar mais rápido à cafeteria. Contudo, havia algo ao lado dos arbustos que chamou sua atenção. Ele se deteve abruptamente. Um bilhete! Ela tinha deixado mais um bilhete para ele! Collin se lançou aos tropeços até o papel meio amassado e o apanhou da calçada como se fosse uma nota de cem dólares. Ele o leu. Ou melhor, *tentou* ler. As palavras estavam tortas, irregulares e borradas. Mas anos decifrando a caligrafia ilegível de médico de seu pai lhe concederam a habilidade sobre-humana de ler quase qualquer tipo de coisa.

E você, sente a minha falta quando eu não estou aqui?

Collin sorriu. Núria não sabia, mas ele *realmente* sentia falta de vê-la quando ela não estava lá. Era isso. O sinal de que ele precisava. Aquele dia seria *o* dia. Se Núria estivesse na cafeteria, ele colocaria as cartas na mesa. Diria que era ele quem estava escrevendo para ela.

Apesar de estarem no fim de semana, a cafeteria surpreendentemente não estava lotada. Talvez a clientela habitual tivesse decidido dormir até mais tarde para curar a ressaca, ou talvez todos tivessem ido tomar o brunch em uma das novas lanchonetes do Brooklyn, que eram bem descoladas.

Collin empurrou a porta de vidro e entrou, quase tropeçando no piso de madeira irregular.

— Merda — murmurou consigo mesmo, relanceando os pés e encolhendo-se ao reparar que havia calçado sapatos de pares diferentes. Em seu pé esquerdo estava um Vans e, no direito, tinha colocado um mocassim de couro. Ele parou por uma fração de segundo, perguntando-se se deveria voltar para casa para trocar os sapatos e resolver a situação. Mas seguiu em frente, confiante de que Núria não se importaria nadinha com seus calçados descombinados. O que importava mais era finalmente abrir o coração sobre seu segredo. Era a única maneira de fazer as coisas andarem.

— Bom dia. O que deseja? — perguntou o homem que geralmente cuidava do caixa.

Collin olhou de relance para a direita, observando a máquina de expresso.

Núria não estava lá. Em vez disso, um cara alto e magrelo com um coque samurai fazia as bebidas.

— Hum. É... Bom... — Ele ergueu os olhos para o cardápio e desviou-os para a máquina de expresso mais uma vez enquanto o caixa sorria para ele, a sobrancelha furada erguida, como se soubesse de um segredo desconhecido para Collin. — A moça... aquela que geralmente trabalha aqui — ele conseguiu murmurar, embora suas bochechas estivessem quentes e as mãos feito tijolos balançando ao lado do corpo.

— Ah, a Núria? — o caixa indagou, dessa vez erguendo a segunda sobrancelha.

Collin forçou um sorriso.

— Sim. Ela sabe o que eu costumo pedir.

O caixa riu, parecendo achar Collin engraçado, de certo modo, o que o deixou ainda mais ansioso.

— É o dia de folga dela, mas posso dar uma ligada — ele disse, estendendo a mão para o telefone próximo do caixa.

Collin praticamente saltou por cima do balcão para arrancar a mão dele do telefone.

— Não! Está tudo bem. E-eu só quis dizer que ela geralmente sabe o que eu quero. Convenhamos que sou bem indeciso — ele tagarelou, tentando fingir indiferença, embora tivesse certeza de que suas bochechas estavam da mesma cor do pote de homus de beterraba em sua geladeira.

— Sem problemas. Tenho certeza de que o Chuck vai adorar ler sua mente e preparar a bebida dos seus sonhos pra você, não é, Chuck? — o caixa disse, olhando para o cara do coque samurai.

O cara virou a cabeça de supetão, fazendo o coque balançar de um lado para o outro.

— Hã? — ele perguntou, franzindo a testa.

O caixa sorriu.

— Uma bebida misteriosa e um brownie de chocolate triplo para o colega aqui — ele respondeu, indicando Collin. — Sem ofensas, mas, pela sua cara, você está precisando de açúcar. Oito dólares e setenta e cinco centavos, por favor.

Collin puxou a carteira e entregou a ele uma nota de dez dólares. Então tirou uma nota de cinco e a enfiou no pote de gorjetas, esperando que a quantia apagasse qualquer traço daquela lembrança da mente de todos.

Hum-hum. O cliente atrás dele pigarreou. Collin pulou para um lado para aguardar a bebida misteriosa. Depois de um ou dois minutos arrastando os pés nervosamente, colocando e tirando as mãos dos bolsos e espiando por cima do ombro, parte dele esperando que Núria adentrasse a cafeteria, mesmo sendo o dia de folga dela, o pedido finalmente ficou pronto.

— Bom apetite! — o cara de coque samurai falou, entregando a ele o que parecia ser um milk-shake de café coberto de chantili e farelo de biscoito. — É uma criação própria. Frapê de caramelo salgado com biscoito Biscoff! Combina muito bem com chocolate — ele informou.

Por um momento, tudo que Collin conseguiu fazer foi encarar aquela monstruosidade líquida. Sério mesmo que homens adultos pediam bebidas como aquela? Ela o fazia lembrar de sua infância, quando a mãe o levava à sorveteria Serendipity para tomar chocolate gelado batido, como um agrado por todas as notas dez em seu boletim.

— Hm... Obrigado. Parece ótimo. — Foi tudo que conseguiu dizer.

— Não há de quê! — disse o cara do coque samurai, com um aceno simpático.

Collin se virou para ir embora e poder chafurdar na própria humilhação em uma mesa bem, bem longe daquele lugar. Não havia dado nem três passos quando ouviu a voz do cara do coque samurai:

— Uaaaau! Adorei os sapatos... Supermoderno, mano!

Foi naquele momento que Collin perdeu o último pedacinho de orgulho que lhe restava.

Ele suspirou e foi até uma mesinha de canto que havia acabado de vagar. Núria não estava ali. Ele não teria chance de se declarar para ela, mas talvez pudesse salvar aquela manhã trabalhando um pouco, de verdade. Ele puxou o notebook e o posicionou na mesa ao lado de seu café-barra-milk-shake e o brownie de chocolate triplo, que, de fato, parecia muito bom. Quando estava prestes a abrir o manuscrito ainda sem título, sentiu o celular vibrar dentro do bolso. Ele o puxou e olhou para a mensagem com os olhos apertados.

COLLIN. PRECISO DE UM FAVOR. A ALESHA VIAJOU E MINHA BABÁ FICOU GRIPADA. TENHO UM JANTAR DE NEGÓCIOS NA CIDADE. UM BEM IMPORTANTE. SEI QUE ESTÁ EM CIMA DA HORA, MAS VOCÊ PODE FICAR COM A BERNIE? POR FAVOR? SÓ PRECISO DE DUAS HORAS, NO MÁXIMO. CONSIGO DEIXAR ELA AÍ ÀS SEIS. FICO TE DEVENDO UMA.

Ele sorriu. Sua irmã, Caroline, tinha a mania absurda de mandar mensagens em letras maiúsculas sempre que havia uma emergência. Ela e Alesha tinham uma filha de sete anos, Bernie, batizada em homenagem ao senador Bernie Sanders, pelo qual as duas haviam feito campanha ferozmente em 2016. Sua irmã sempre tinha emergências quando o assunto era arranjar babás para a filha. Caroline era diretora de desenvolvimento de habitação, então sempre havia algum jantar, evento beneficente ou reunião a que precisava comparecer com urgência. Alesha era estilista de celebridades, voando para lá e para cá para vestir cantoras e atrizes para sessões fotográficas de revistas e eventos.

Sempre que Caroline pedia a ele que ficasse de babá, Collin fingia que era um imenso incômodo, embora secretamente gostasse da companhia de Bernie. Não era um grande fã de crianças em geral, mas se deleitava no papel do estranho e, às vezes, rabugento tio Collin.

Collin respondeu à mensagem, pressentindo que não havia tempo a perder.

Claro. Sem problemas. Mas você já não está me devendo umas doze? Ou são treze? Perdi a conta. Te vejo às seis, irmãzona. P.S.: A Bernie já superou a fase de comida branca?

Seu celular vibrou quase imediatamente.

Obrigada. Prometo que dou um jeito de te compensar. A Bernie disse que quer pizza de pepperoni, mas só se for com borda crocante e queimada. Confio que você saiba o que isso quer dizer. Te vejo às seis!

De repente, não importava que não tivesse visto Núria, que seu desejo por café tivesse sido arruinado pela bebida misteriosa do cara de coque samurai, e que ainda tivesse apenas quatro meras palavras escritas em seu manuscrito. Collin guardou o notebook às pressas e enfiou metade do brownie na boca.

Uma visita de Bernie poderia ser a distração perfeita para tirar Núria e seu desejo súbito de revelar sua identidade misteriosa de sua mente. Ele e Bernie desenhariam, contariam histórias, assistiriam a alguns desenhos e comeriam uma pizza de pepperoni gloriosamente gordurosa, com borda queimada e crocante.

Mas, antes, ele escreveria outro bilhete para Núria. Talvez ela passasse por lá para alimentar os gatos mais tarde. Se fosse o caso, Collin não queria perder uma oportunidade de se comunicar com ela.

Ele puxou o bloco de notas adesivas que levava consigo na bolsa e encarou a primeira folha. Esses adesivos sempre haviam sido pequenos assim? Como ele poderia dizer tudo o que precisava com tão pouco espaço? Collin franziu a testa. Não, aquilo não serviria de modo algum. Ele vasculhou a bolsa do notebook, esperando que houvesse ali alguma outra coisa que pudesse usar. Uma, duas, três canetas de cores diferentes. Um marca-textos amarelo. Um pacote compacto de lenços para quando suas alergias causavam problemas. Os carregadores do celular e do notebook. Um frasco de spray limpa-telas. Quando estava prestes a desistir, ele agarrou algo que parecia um caderno bem no fundo de um dos bolsos laterais. Sorriu ao puxar o objeto para fora da bolsa. Não era exatamente um caderno, mas um maço de papéis de carta do hotel Four Seasons, que ele devia ter enfiado na bolsa na última vez em que se hospedou lá, em Chicago. Perfeito. Ele pegou da mesa sua caneta preta favorita e franziu as sobrancelhas. A caneta pairou por um bom minuto. Então mais um minuto. E mais um. Para alguém que supostamente tinha tanto a dizer, estava se vendo meio sem palavras. Será que o bloqueio criativo havia passado de sua vida criativa para sua rotina? Ele suspirou e olhou pela janela. Por um momento, imaginou que Núria estaria passando pela cafeteria, como a luz quente atingia seus cachos acobreados, fazendo-a parecer algum tipo de deusa dos dias modernos. Sua mão se contraiu. Por um breve instante, sentiu-se zonzo. E, então, *vuuush*: uma enxurrada de palavras voou dele para a página.

Você sempre amou gatos mais do que pessoas? Quer dizer, eu entendo. As pessoas conseguem ser horríveis: tão horríveis que, na maior parte dos dias, prefiro ficar sozinho em casa. Mas admito que, quando vejo você com o gato, mesmo que isso soe bem brega, sinto um calorzinho no peito. Mesmo de longe, consigo ver a adoração que irradia de seus olhos. Me faz sentir um pouco de inveja do seu amigo peludo. Confesso que só existe uma pessoa cujos olhos se iluminam daquele jeito quando me veem. Ela tem sete anos e é minha sobrinha. Eu sei, eu sei. É meio ridículo. Na verdade, ela está vindo ficar comigo hoje à noite para comermos pizza e assistirmos a desenhos. É o máximo de emoção que costumo ter nos fins de semana. Não me entenda mal, eu gosto da companhia dela. Mas, com toda a sinceridade, acaba sendo solitário. Não sou muito fã de bares e da vida noturna. E namoro virtual, Deus... Só de pensar nisso, sinto coceira. Não. Definitivamente não é minha praia. Se for para conhecer alguém nessa vida, terá que ser à moda antiga. Talvez seja por isso que gosto tanto de escrever bilhetes. Porque era o que as pessoas faziam antigamente, quando não existia internet nem celulares. Tem um quê mais intimista, entende? Sem mencionar que, bom, facilita para eu me abrir. A bem da verdade, acho desafiador conversar com outras pessoas na maioria das vezes. Para mim, é difícil entendê-las. Mas eu te vejo na rua e você me faz querer saber mais a seu respeito. Me faz querer sair da minha zona de conforto. Correr riscos. Só espero conseguir reunir a coragem para encontrá-la algum dia. Até lá, não vejo a hora de trocar muito mais palavras, mesmo que isso seja esquisito.

P.S.: É bobo de minha parte admitir que realmente sinto falta de te ver quando você não está por aqui?

Collin leu a carta uma, duas vezes, e então uma terceira, por desencargo de consciência, antes de dobrá-la em três partes. Escrever para ela de maneira tão pessoal era uma decisão ousada. "Collin" e "ousado" eram palavras raramente ditas na mesma frase. Mas, por alguma razão que não conseguia determinar muito bem, ele estava se sentindo um tanto ousado no momento.

Só esperava que valesse a pena.

Do contrário, talvez nunca mais voltasse a sair de casa.

40

Omar

Omar não conseguia acreditar no que via. Bong era um novo homem. Suas costas estavam mais eretas, os ombros encaixados no lugar. Olhos brilhando. Seu sorriso era contagioso feito um surto de sarampo em uma creche. Omar não conseguia deixar de sorrir também. Tinha imaginado que seria mais difícil arrancar Bong daquela melancolia. Quem diria que só precisava de um parque de diversões, do barulho de crianças berrando e do cheiro de salsichão e algodão-doce?

— Carl, você tem certeza de que não quer vir conosco? — Bong perguntou, colocando uma das mãos no ombro do homem mais jovem.

Carl franziu o nariz sardento.

— Nah. Podem ir em frente, garotos. Estarei bem aqui, assistindo aos salva-vidas se lambuzarem de óleo — ele disse, indicando o passadiço à beira da praia.

Bong sorriu.

— Bem, aproveite a vista!

— Não o encoraje, Bong. Você pode se arrepender — Omar alertou.

— Tchauzinho!

Os dois observaram Carl marchar na direção da praia. De tempos em tempos, ele parava e abanava o rosto para aliviar o calor.

Omar sacudiu a cabeça.

— Desculpe o Carl, por favor. Ele é meio dramático quando quer.

— Não. Não. Não se desculpe. Consigo ver que ele é um bom homem. Vocês dois parecem perfeitos um para o outro — Bong falou.

Assim que ouviu aquilo, Omar sentiu a culpa cutucando suas entranhas. Desde o jantar com Núria na casa deles, havia tentado muito ignorar a mentirinha que havia contado a Carl sobre ter agendado uma visita à escola de culinária. Contudo, não conseguia. A culpa estava comendo-o vivo. Mas o foco do dia não eram ele e suas emoções, mas, sim, fazer Bong se sentir melhor. Então Omar faria seu máximo para ignorar a culpa.

Os dois avançaram na fila, arrastando os pés, conversando fiado. Omar tomou cuidado para não mencionar a esposa de Bong. O propósito do passeio era dar ao senhor uma trégua de seu luto. A última coisa que Omar queria era que ele ficasse todo choroso e triste quando deveriam estar se divertindo.

— Ei, eu notei que não tem ninguém além de você trabalhando na loja atualmente. Está pensando em contratar alguém? Posso perguntar por aí. Talvez eu tenha alguns primos ou sobrinhos em busca de um trabalho de meio período — Omar falou.

Bong piscou. Por um segundo, Omar se preocupou que o outro estivesse pensando na esposa de novo. Estaria relembrando os dias em que ela trabalhava com ele na mercearia? Será que desmoronaria ali mesmo, no meio do parque de diversões lotado? Mas Bong ergueu as sobrancelhas e abriu a boca num círculo, como se tivesse acabado de ter uma ideia brilhante.

— *Na verdade*, agora que você comentou, acho que vou contratar alguém para ficar meio período. Um par de mãos a mais seria bom. Não faz bem para os negócios ficar fechando a loja todas as vezes em que preciso fazer alguma coisa.

Omar sorriu.

— Que ótimo, Bong! Fico muito feliz em saber disso. Então isso quer dizer que tenho um colega de parques de diversões agora? Porque estava pensando em ir ao Splish Splash, em Long Island, antes que o verão termine. Como você pode imaginar, o Carl também não aprova parques aquáticos.

— Como assim? Ele deve gostar de ver aquele monte de homens de sunga — Bong observou.

Omar gargalhou.

— Bom, para o azar do Carl, quase todo mundo no Splish Splash tem barriguinha de pai. Não tem colírios o bastante para mantê-lo entretido.

Bong inflou a barriga de propósito, fazendo parecer que estava grávido de oito meses.

— Isso aqui conta como barriguinha de pai?

— Receio que sim, amigo — Omar falou.

Bong deu de ombros.

— Acredito que com minha careca *e* minha barriga, eu provavelmente já evoluí pra barriguinha de avô a essa altura.

— Que nada. Você está ótimo pra sua idade. Não tem nada de errado com uma barriguinha e cabelo raleando. Nos torna mais humanos, não é?

Finalmente, os dois chegaram à entrada do *Cyclone*. Entregaram os bilhetes ao funcionário e se posicionaram nos primeiros assentos, já que ninguém os pegara ainda. Assim que começaram a se mover adiante, agarraram a barra à frente. As ripas de madeira abaixo deles rangiam conforme o carrinho vermelho-vivo retinia nos trilhos. Lentamente, foram subindo cada vez mais alto e, quando estavam quase no topo do ponto mais elevado, entreolharam-se; olhos arregalados, maxilares cerrados, juntas dos dedos embranquecendo de tanto apertar a barra.

E então, *vuuuuush!* A montanha-russa despencou. Rápido. Omar sentiu o estômago quase escapar pela boca. Seu medo se transformou em riso. Quando olhou para Bong, viu algo que não esperava. As mãos de Bong não estavam mais segurando a barra; estavam erguidas para o alto, balançando feito aqueles bonecos infláveis que dançam em frente às concessionárias.

— Ahhhh! — Bong gritava e guinchava. — Uhuuuul! — A expressão em seu rosto era de alegria completa e irrestrita, fazendo-o parecer dez ou quinze anos mais jovem. Talvez fosse a gravidade puxando para cima as linhas e rugas. Talvez o vento fizesse parecer que ele tinha mais cabelo. Talvez a luz do sol iluminasse sua pele.

Vuuuuushhh!

A montanha-russa chegou à base e então deu uma guinada brusca para o lado e subiu mais uma vez, com tanta força que a cabeça dos dois foi puxada para trás. Eles subiram cada vez mais alto e, quando voltaram ao topo, Bong cutucou o braço de Omar, apontando na direção do oceano.

— Olha! Não é o Carl lá?

Omar estreitou os olhos diante do pontinho em forma de humano com uma camiseta listrada e uma bermuda branca impecável.

— É ele *mesmo!*

Os dois riram feito hienas, balançando os braços no ar e gritando "Carl! Carl! Carl", como se, de alguma forma, ele fosse conseguir ouvi-los lá longe, no passadiço.

Vuuuuuushhh!

Eles caíram de novo, dessa vez ainda mais rápido. Quando o corpo de Omar se esborrachou no de Bong, ele sentiu de repente um desejo intenso de deixar uma parte de si para trás, exatamente como esperava que Bong talvez também largasse um pouco de seu luto. Porém Omar não tinha bem certeza de que parte de si queria perder. Mas sabia que algo precisava mudar.

Bong *precisava* se curar do luto e seguir em frente com a vida.

E Omar *precisava* descobrir o que o destino lhe reservava.

Vuuushhhh!

Depois de uma última queda, a montanha-russa desacelerou até parar. Os dois continuavam rindo, os rostos corados e úmidos de suor. Eles bateram as mãos espalmadas e trocaram tapinhas nas costas enquanto desciam do carrinho. Ao passarem pela fila de pessoas esperando para entrar na montanha-russa, Bong parou de andar e disse:

— Obrigado, Omar. Eu estava precisando mesmo disso.

Omar deu uma risadinha e sorriu.

— Quer ir de novo?

— Quero. Quero, sim.

41

Núria

A cabeça de Núria estava latejando. Ela conseguia até ouvir o martelar do próprio coração nos ouvidos enquanto encarava o rosto cortado e roxo no espelho. *Ótimo. Simplesmente ótimo.* Tinha sido imprudente demais. Não apenas havia se machucado, como também quase foi abusada na rua. Se não fosse por Gato e Lily, não poderia nem imaginar o que teria acontecido.

De repente, sentiu o estômago despencar. E se Gato estivesse ferido? Se algo acontecesse a ele, ela nunca se perdoaria. Ela empurrou o pensamento de lado e se abaixou para jogar um pouco de água fria no rosto. A cabeça parecia ter sido preenchida com cimento. Na verdade, seu corpo inteiro estava pesado, moroso e dolorido.

Plim-plim... Plim... Plim-plim...

Núria saiu do banheiro às pressas e procurou o celular desesperadamente. *Plim-plim... Plim...*

Ah! Ela o encontrou sob a barriga peluda de Miel.

— Hum. Alô? — ela atendeu, sem conferir quem estava ligando.

— Nú... — Era Anh, seu colega de trabalho.

Núria se atirou no sofá. Miel lançou a ela um olhar mortal por fazer as almofadas do sofá pularem.

— Ah. Oiê. E aí?

Ela ouviu o telefone se mexendo na mão de Anh e o barulho caótico da cafeteria ao fundo.

— Você *nunca* vai adivinhar o que aconteceu! — ele disse, meio que sussurrando e gritando ao mesmo tempo.

— O Harry Styles passou por aí de novo?

Anh riu.

— Bom, não é *tão* legal assim. Nem de longe *tão* legal assim. Mas você chegou mais ou menos perto.

— Hm... a vigilância sanitária apareceu enquanto tinha ratos correndo no balcão? — Núria sugeriu, tentando não rir, porque suas costelas doíam.

Anh suspirou como fazia sempre que estava perdendo a paciência.

— Vai lá, colega. Você não está nem se esforçando. — O telefone se mexeu de novo nas mãos dele. — Tá bom. Vou te contar. Está pronta?

Núria assentiu.

— Acho que sim?

Ele inspirou profunda e dramaticamente antes de soltar:

— O Collin Thackeray acabou de aparecer aqui procurando por você!

Houve um momento de silêncio. Núria escutava leite borbulhando e o tilintar de xícaras de café de cerâmica.

— Quem? — ela perguntou, por fim encerrando aquela pausa.

Anh suspirou de novo.

— Collin Thackeray? O escritor best-seller bonitinho? Aquele em quem você estava dando em cima?

Núria se engasgou com a própria saliva, tossindo por um bom minuto enquanto tentava assimilar o que Anh tinha dito.

— Eu? Dando em cima? Do que você está falando?

— Tá tudo bem, Nú. Não é proibido, tá? Ninguém vai te julgar — Anh falou.

— Não. É sério. Eu não estava dando em cima daquele cara! Ele só precisa de um pouco de incentivo para escolher o que vai pedir. Você sabe como é essa gente indecisa. É irritante, não é?

Ela quase conseguia ouvir Anh revirando os olhos.

— Certo. Tá bom. Pode negar se quiser. Enfim. Só queria que você soubesse. Mas acho que nem importa, já que ele é só mais um cliente irritante. Até, gata! Te vejo amanhã. — Ele desligou.

Núria ficou sentada, o celular apertado contra a orelha. Ela piscou. Então piscou de novo. O que ainda não tinha assimilado por completo enquanto insistia para Anh que, com toda a certeza, *não* tinha dado em cima do cara, era o fato de que aquele homem, Collin Thackeray, tinha realmente ido à cafeteria procurar por ela. Por quê? Ela o vira havia pouco tempo, na noite anterior, na adega. Pensou na questão. Tinha o observado entrar na loja; reparado no que ele estava vestindo; cumprimentado o homem, mesmo ele mal tendo falado com ela; Núria o encarou por tempo o bastante para reparar em algo que talvez parecesse um pelo de gato na camisa dele.

Será que *estava* dando em cima dele no fim das contas?

Merda.

Não importava. Ela tinha coisas mais importantes para cuidar. Mesmo querendo se entocar em seu apartamento pelas próximas vinte e quatro horas e ficar em estado de negação, *precisava* se certificar de que Gato estava bem.

42

Gato

Gato não havia saído de sua casa de papelão exceto para fazer as necessidades nos arbustos e beber um gole esporádico de água de sua tigela. Ainda se sentia traumatizado pelo que tinha acontecido na noite anterior. Era quase como se o medo e a adrenalina o tivessem enfraquecido. A energia foi roubada de seu corpo, e tudo o que ele queria fazer era dormir. Ainda assim, o sono também estava sendo um desafio. Cada vez que fechava os olhos, via o carro em alta velocidade que quase o acertara, o homem que quase tinha machucado a Moça Arco-íris, a garota que tinha gritado para ele enquanto escapava. Apenas pensar naquilo fazia o coração acelerar em seu peito peludo. Seu apetite desapareceu. Gato deveria estar faminto, mas as pontadas de fome mantiveram distância, como se também estivessem assustadas demais para dar as caras. Não importava muito, de toda forma. A Moça Arco-íris não tinha aparecido, o Vizinho Desajeitado havia saído de casa às pressas e era o dia de folga do Carteiro Animado. Ninguém foi alimentá-lo.

Em vez de vagar por aí, tentando achar algo para lanchar, Gato ficou imóvel. Os sons de diversos carrinhos de bebê passavam, demais para contar. Também havia skates, bolas de basquete sendo quicadas, tênis barulhentos e o *tap, tap, tap* de sapatos de salto alto. Finalmente, ele ouviu passos arrastados familiares. O Vizinho Desajeitado estava de volta. Mesmo querendo muito ficar enfiado dentro de sua casinha, Gato ansiava pelo conforto de um rosto conhecido. Ele deu uma espiada através da portinha e, então, foi devagar até o portão de ferro.

— Oi. Ah, meu Deus. Cacete. Você não comeu ainda, não é? — o Vizinho Desajeitado constatou, levando a mão à boca no mesmo instante em que viu Gato.

Se Gato pudesse falar, teria dito a ele que não esquentasse a cabeça, já que não estava com muito apetite, de qualquer forma. Em vez disso, ele se esforçou ao máximo para deixar seu rosto com uma aparência contente, os olhos iluminados, bigodes eretos, orelhas em pé, enquanto miava com educação. No entanto, não sabia exatamente o que seria um miado educado. Qualquer pessoa que tenha convivido com um ou dois gatos sabe. Existe todo tipo de miado: miados estridentes, miados baixinhos, miados curtos e gentis, miados famintos e por aí vai. Estava óbvio, contudo, que o Vizinho Desajeitado não sabia distinguir a diferença.

— Desculpe. Desculpe. Espera. Não saia daqui... — ele murmurou enquanto corria na direção da entrada da casa, até desaparecer porta adentro, ressurgindo alguns momentos depois no beco lateral, o cabelo bagunçado grudado no rosto suado. — Quer um pouco de salmão? — ele perguntou, abrindo uma latinha de comida e se abaixando para servi-la no prato.

Gato farejou o ar, sentindo o aroma de peixe. *Necas.* Nada de fome ainda.

— Aqui está. Pode comer — o Vizinho Desajeitado incentivou.

Gato soltou um miado agradecido e foi devagar até a tigela de comida. Se forçaria a comer para alegrar o Vizinho Desajeitado. Era o mínimo que podia fazer depois de o cara ter feito tamanho esforço para construir seus novos aposentos e tudo o mais. Gato devia aquilo a ele.

Nham. Nham. Nham. Gato abocanhou a comida, resmungando e grunhindo entre mordidas para mostrar sua estima. Mais ou menos na metade da refeição, o Vizinho Desajeitado tirou algo do bolso: um pedaço de papel branco dobrado. Ele suspirou e olhou demoradamente para o portão. Então voltou a encarar o papel.

Gato estava confuso. Por que o Vizinho Desajeitado estava tão nervoso?

— Dane-se — o Vizinho Desajeitado falou, de repente. Ele marchou até o portão, abrindo-o com tanta força que quase acertou a lateral da casa. A marcha continuou por todo o trajeto até os vasos de plantas ao lado dos degraus da frente da casa. Ele estendeu a mão para pegar uma pedra, então, retrocedeu até a cerca viva e ficou parado lá por um bom minuto, com uma expressão aflita no rosto. — É agora ou nunca — ele murmurou, abaixando-se e colocando o papel na calçada antes de colocar a pedra por cima.

O Vizinho Desajeitado foi até a porta dos fundos. Alguma coisa nele parecia atordoada, confusa, até mesmo em pânico. Talvez ele estivesse doente ou algo assim. Talvez só precisasse vomitar para se sentir melhor. Era assim que Gato geralmente agia quando uma bola de pelos ficava presa em sua garganta. Algumas tossidas e regurgitação deixava tudo melhor, de algum jeito. A porta se abriu e se fechou. Gato estava sozinho novamente.

A pequena porção de comida teve um efeito positivo. Ele estava um pouco revitalizado. Então, em vez de bater em retirada para o interior da casinha de papelão, ficou parado ao lado do portão — do lado de dentro, mais seguro — e continuou a lamber as patas. Não havia se limpado nenhuma vez desde a noite anterior, e precisava correr atrás do prejuízo. Gato tendia a perder a noção do tempo quando se limpava, quase como se as lambidas fossem meditativas. O que parecia apenas um ou dois minutos às vezes acabava tornando-se quinze, vinte ou até mesmo trinta minutos.

Pssspssspsssps! Pssspssspsssps! Pssspssspsssps!

Gato deteve as lambidas e arregalou os olhos verdes. Era a Moça Arco-íris?

Ele enfiou a cabeça pelo meio das barras de metal e esticou o pescoço o mais longe possível. Além da cerca viva, ele avistou o brilho de uma sandália dourada. Era ela *mesmo*! E estava bem, vivíssima, pelo que parecia.

Empolgado, ele pulou através do portão e saltitou até a cerca viva, agitando a cauda. *Miau! Miiiaaau!*

— Você está aqui! E está bem! Que bom! — a Moça Arco-íris falou ao vê-lo. — Fiquei tão preocupada! — Ela se ajoelhou na calçada, tentando dar uma boa olhada em Gato, que andava em círculos ao seu redor. Quando estava satisfeita com o que viu, ela voltou a se endireitar, mas não antes de Gato inesperadamente bater em seu joelho com a cabeça peluda. — Opa. Também estou feliz em te ver! — ela disse, dando uma risadinha.

Gato se afastou, quase surpreso com a própria atitude. Não era do feitio dele tocar nem ser tocado, mas tinha ficado tão extasiado em ver sua pessoa ilesa que perdeu a compostura por um momento. *Miau.* Ele retomou seu comportamento habitual e mais acanhado, circulando por ela a uma distância segura.

A Moça Arco-íris sorriu para ele.

— Sabe, você não precisava fazer o que fez... Mas fico grata. Ouvi dizer que você causou um estrago naquele cara. Bem-feito para ele — ela disse, puxando a mochila para o peito. — Trouxe comida e uns petiscos a mais para você. Você merece, meu heroizinho.

Mesmo querendo tirar proveito dos petiscos extras, Gato tinha acabado de comer *e* de se limpar. Além disso, em seu inconsciente, estava incomodado pela imagem do Vizinho Desajeitado, com seu olhar carrancudo e preocupado, mãos trêmulas e silhueta encurvada ao voltar a entrar na casa.

Miiiaaau! Gato ergueu os olhos para a Moça Arco-íris e agitou a cauda mais uma vez enquanto trotava até o ponto onde ela costumava alimentá-lo. Ela o seguiu com uma lata de comida para gato na mão, pronta para servi-la. Mas em vez de miar sem parar, implorando por comida como geralmente fazia, ele foi até o papel dobrado que estava sob a pedra e se pôs a bater ali com a pata, como se a pedra fosse uma das nozes caídas com que gostava de brincar. Só que a pedra era muito mais pesada, então ele precisou usar toda a sua força.

A Moça Arco-íris encarou o pedaço de papel branco com os olhos surpresos. Então ela olhou por cima do ombro antes de se agachar e pegar o papel. Por um segundo, pareceu que ela talvez o abriria e leria. Ela não o fez. Em vez disso, enfiou-o no bolso da frente da mochila. Como de costume, ela serviu a comida enlatada em um prato de papel, mas em vez da meia porção, despejou a lata inteira. Não apenas isso, como também espremeu alguns sachês de petisco cremoso ao lado da pilha de comida, como se fosse alguma sobremesa.

— Aqui está, amiguinho. Bom apetite — ela disse antes de se afastar para deixá-lo aproveitar o banquete em paz.

Não foi o que gato fez, contudo. O banquete continuou intocado. O que ele fez foi assisti-la ir embora até ela ter desaparecido de vista, perguntando-se o que raios estava escrito naquele maldito papel.

43

Lily

Lily estava em frente à mercearia de Bong, encarando o portão de metal. Ela estava lá há uns bons trinta, talvez quarenta minutos, esperando.

Por que estava fechada? Mercearias não deveriam ficar abertas o tempo inteiro?

Lily expirou, seus ombros caindo. Depois do que havia acontecido com Núria na noite anterior, estava desesperada para conversar com alguém. Falar com os colegas de apartamento era inútil. Eles não davam a mínima para ela nem para seus problemas. A única pessoa em quem ela real e verdadeiramente podia confiar era em seu pai. Mas ele não estava mais lá.

Lily estava sozinha.

Havia oito milhões de pessoas morando em Nova York e, ainda assim, de alguma forma, ela se via esperando por um idoso, dono de uma mercearia, alguém que só tinha encontrado uma única vez. Era esse o nível da melancolia de sua vida atualmente. Sem amigos. Sem família. Sem carreira.

Ela olhou de relance mais uma vez para o relógio. *Aff.* Talvez devesse desistir e tentar novamente amanhã. Mas se não falasse com alguém, os nós em sua garganta, em seu peito, em seu estômago iriam cutucá-la a noite toda, impedindo-a de dormir. E, todas as vezes que não dormia, Lily ficava com olheiras escuras e inchadas.

Ela voltou a olhar para o relógio. Esperaria mais dez minutos. O único problema era que os pés estavam acabando com ela, então foi até o banco em frente à loja e se sentou, tentando não parecer tão patética quanto se sentia.

Cada vez que um pedestre passava por ela, Lily conferia o relógio: uma criança andando de skate, *confere*; uma senhorinha com seu andador, *confere;* uma mãe exausta com duas garotinhas derramando sorvete na calçada, *confere*.

— Lily!

Ela ergueu a cabeça e encontrou diretamente os olhos castanhos e calorosos de Bong. No entanto, ele não era o mesmo velhinho asiático que ela tinha conhecido no cemitério. Dessa vez, parecia quase cômico, como se tivesse acabado de chegar de uma festa de aniversário infantil. Ele estava com um tipo de coroa de balões arco-íris na cabeça, e alguém havia pintado seu rosto, deixando-o com a aparência de um tigre animado. Sob o braço direito, Bong segurava um unicórnio de pelúcia cor-de-rosa. E sua camiseta estava manchada com o que parecia ketchup, mostarda e Deus sabe mais o quê.

O rosto de Lily provavelmente estava contorcido de choque, porque Bong deu uma olhada em si mesmo, como se tivesse se esquecido do quanto estava ridículo, e riu.

— Acabei de voltar de Coney Island — ele explicou, e se apressou até o banco para se sentar ao lado dela. — Já esteve lá?

Lily sacudiu a cabeça.

— Foi minha primeiríssima vez, acredite se quiser. Todos esses anos morando em Nova York, e Conchita e eu nunca tivemos muito tempo pra nada além do trabalho, a igreja e cuidar de nossos filhos. Uma pena. Acho mesmo que Conchita teria amado o lugar — ele disse.

Lily sorriu e deu uma olhadinha para Bong, tímida.

— T-talvez a gente possa, sei lá... Talvez a gente possa ir alguma hora?

Bong deu um tapinha nas costas dela.

— É claro! Devíamos ir antes que o verão termine. Talvez sua irmã possa vir junto. O que acha?

Lily ficou tensa à menção de Núria. A ideia de dizer a ela seu segredo a fez querer vomitar na lixeira enferrujada da esquina.

— Bom, é meio que esse o motivo de eu estar aqui — ela confessou baixinho, evitando os olhos de Bong.

— Ah. Aconteceu alguma coisa?

Lily encarou as mãos, focando o esmalte lascado que ela ainda não havia tido tempo de consertar.

— Eu trombei com ela na noite passada... e nós conversamos.

Bong sorriu.

— Que ótimo! Como foi? Qual foi a reação dela quando você contou?

Silêncio.

Uma criança passou por eles, quicando uma bola de basquete no chão enquanto andava. *Bump. Bump. Bump.*

A batida estava quase no mesmo ritmo do coração de Lily. Ela o sentia disparar no peito. O suor gotejava de suas têmporas e pescoço. Ela se sentia tão idiota. Tão inútil.

Lily ergueu os olhos para Bong.

— E-eu não contei para ela. Simplesmente não consegui, sabe? Ela estava bêbada, em apuros. Tinha caído na calçada. Aí, eu a ajudei a voltar para o apartamento. Só... só não pareceu o momento certo — ela disse, encolhendo-se com tanta força que até seus olhos viraram fendas.

— Não seja tão dura consigo mesma, Lily. — Bong afagou as costas suadas dela, exatamente como seu pai fazia sempre que Lily estava aborrecida. — Tenha paciência. Você vai encontrar o momento certo. Eu juro, as coisas acabam se encaixando quando menos se espera. Digo, olhe só... Nós dois estávamos no cemitério na mesma hora e agora somos amigos, não é?

Ela assentiu, balançando a cabeça, e o movimento de subida e descida forçou suas lágrimas a caírem dos olhos para as bochechas.

— Nós somos amigos? — ela perguntou.

Bong tirou a mão das costas de Lily e apertou o ombro dela.

— É claro que somos. Um estranho daria esse unicórnio magnífico para alguém se não fossem amigos? — ele indagou, colocando a pelúcia gigante no colo dela.

Lily secou as lágrimas do rosto e sorriu. O gesto tinha levado-a diretamente de volta para a infância, quando o pai trazia de vez em quando uma pelúcia bonitinha que tinha visto em algum lugar. Com o passar dos anos, seu quarto ficou repleto de ursos de pelúcia e gatos de todos os tamanhos e cores, junto de girafas, macacos, elefantes e até mesmo animais inusitados como tatus, preguiças e afins. Na verdade, ainda estavam todos em seu antigo quarto, juntando poeira. Bom, exceto por Ellie, o elefante, seu favorito, que Lily tinha espremido na mochila quando se mudou para a cidade grande.

— Sério? Tem certeza? Não tem algum neto ou neta pra quem você preferiria dar isso? — ela perguntou a Bong.

Ele sacudiu a cabeça.

— Nah. Acho que esse unicórnio adoraria ir pra casa com você.

Lily envolveu o unicórnio com os braços e o apertou.

— Obrigada.

Como por um milagre, ela realmente estava se sentindo um pouco melhor, como se o cor-de-rosa e os brilhos tivessem adentrado seus poros e a alegrado.

— Ah, e mais uma coisa. Tenho uma proposta pra você. Mas fique à vontade para recusar. É só uma ideia, e me ajudaria muito — Bong disse com um sorriso largo.

Ela franziu a testa, pois a palavra "proposta" parecia um tanto oficial.

— Estou planejando contratar alguém pra trabalhar aqui por meio período. E fiquei pensando se você estaria interessada, o que acha? A ajuda extra me cairia muito bem — ele afirmou.

O choque quase fez Lily derrubar o unicórnio. Havia acabado de conhecer aquele homem e ali estava ele, oferecendo um emprego a ela.

— Você quer que *eu* trabalhe aqui? — ela perguntou, levando a mão ao peito.

Por um segundo, Bong pareceu um pouco envergonhado, suas bochechas normalmente morenas tingidas de cor-de-rosa.

— Sei que não é grande coisa, mas, na medida do possível para mercearias, é bem especial. O lugar é limpo e organizado, e temos os melhores produtos. Ah, e eu sou um chefe bem legal, modéstia à parte — ele garantiu com um sorriso acanhado.

— Ah, não. Não. Não foi isso que eu quis dizer. Só estou surpresa por você estar me oferecendo um emprego. Só isso. Eu praticamente tive que implorar para o gerente do Foodtown me contratar — ela explicou.

— Bom, o emprego é seu, se quiser.

Lily olhou para Bong e depois para a entrada da mercearia. Era verdade que precisava da grana extra. Do contrário, seus colegas de apartamento iriam expulsá-la no fim do mês. Estavam há semanas ameaçando ativar o anúncio nos classificados se ela não arranjasse o dinheiro do aluguel a tempo. De repente, um emprego havia caído em seu colo, feito mágica. Ela ergueu os olhos para o céu e se perguntou se era a maneira do pai de olhar por ela. Tinha que ser. Não havia outra explicação razoável.

— Está bem. Quando quer que eu comece? — ela perguntou.

Dobrinhas surgiram nos cantos dos olhos de Bong.

— Amanhã. Venha às oito.

44

Núria

Núria conseguiu chegar até a entrada de seu prédio antes de ser vencida pela curiosidade. Era quase como se conseguisse sentir um calor irradiando cada vez que a mochila batia em suas costas. Ela abriu o zíper do bolso da frente e puxou o papel. Ali mesmo, parada em frente ao prédio, com o borrão de pedestres indo e vindo, ela desdobrou o papel de carta branco e o fitou.

A primeira coisa em que reparou foi o logo de uma árvore bem no topo, com *Hotel Four Seasons, Chicago* escrito abaixo. *Hum*. Seria algum tipo de pista? Ou será que a pessoa era simplesmente econômica demais para comprar os próprios papéis?

Ela franziu a testa e, então, pôs-se a ler o que estava escrito, os olhos demorando-se em cada palavra para conseguir captar o significado delas por inteiro. Sua cabeça ainda estava pesada, os pensamentos enevoados. Ela não se apressou, tentando compreender, assimilar, processar.

> *Você sempre amou gatos mais do que pessoas? Quer dizer, eu entendo. As pessoas conseguem ser horríveis: tão horríveis que, na maior parte dos dias, prefiro ficar sozinho em casa. Mas admito que, quando vejo você com o gato, mesmo que isso soe bem brega, sinto um calorzinho no peito. Mesmo de longe, consigo ver a adoração que irradia de seus olhos. Me faz sentir um pouco de inveja do seu amigo peludo.*

Ler todas aquelas palavras, algumas tão íntimas, tão doces, fez emoções rodopiarem dentro de Núria. Tinha passado tanto tempo desdenhando da ideia de se apaixonar. Era algo que só existia nas comédias românticas que ela assistia. Amor daquele tipo não existia de verdade na vida, existia? Na vida real, o que vale é o pragmatismo. As pessoas querem sossegar, se casar, ter filhos. Para alcançar esses objetivos, precisam encontrar o parceiro mais adequado. E para não se sentirem tão mal a respeito disso, iludem um ao outro, pensando que aquilo era amor. Núria tinha certeza de que era desse jeito que funcionava. Afinal, nunca testemunhara algo assim acontecer na realidade: nem entre seus pais, nem entre mais ninguém em sua família, nem entre seus amigos e conhecidos.

Mesmo assim, apesar de todos os pensamentos negativos enchendo sua cabeça já pesada, ela se viu querendo saber mais sobre a pessoa que era capaz de escrever tais palavras. Eram palavras que ninguém jamais tinha dito a ela, palavras que realmente a faziam pensar se o amor, de alguma forma, era possível no mundo frio e cruel em que vivia.

Ela dobrou a carta e puxou as chaves. A mão tremia ao destrancar a porta.

O que responderia?

Como parecer eloquente quando mal conseguia escrever uma lista de compras?

Mesmo intimidada, estava desesperada para subir as escadas e chegar ao seu apartamento, para encontrar um papel decente e uma caneta que funcionasse.

De alguma maneira, ela precisaria encontrar as palavras certas.

45

Gato

Gato estava cansado. Por algum motivo, sua saliva não parava de vazar da boca em fios finos e viscosos conforme lambia os pelos. Agora que sabia que a Moça Arco-íris estava bem, tudo que queria era se aninhar em sua cama de gato e tirar um cochilo. O estranho, contudo, era que estava agitado, como se a adrenalina da noite anterior continuasse em seu corpo. Estava inquieto. Nervoso. Seus pelos estavam desalinhados, mesmo depois de ter se limpado.

Ele decidiu que observar um pouquinho as pessoas era a maneira perfeita de passar o tempo. Talvez, depois de uma horinha assistindo a humanos passarem, ele se sentiria com sono o bastante para conseguir dormir. Infelizmente, fazia calor. Bastante calor. Estava tão quente que a calçada queimava as almofadas delicadas de suas patas. Havia uma pequena área de sombra ao lado da cerca viva, então ele se instalou lá, aguardando que algo acontecesse.

Uma mulher com cabelo cor de molho de pizza amanhecida passou por ele, empurrando um carrinho contendo um daqueles humanos pequenos e irritantes. O humaninho, que também tinha a cabeça cheia de cachos cor de molho de pizza, apontou diretamente para ele e disse:

— Mamãe! Mamãe! Gatinho!

A mulher parou por um momento e olhou de relance para Gato.

— Não, meu amor. Aquele gato é sujo. Amanhã podemos visitar a tia Alice e você pode brincar com o Dorito. Está bem?

O humaninho guinchou, entoando "Dorito! Dorito!" enquanto os dois se afastavam às pressas. *Humpf. Quem é que batiza um gato de Dorito, aliás?* Se Gato ganhasse uma daquelas notas verdes e amassadas de dinheiro a cada vez que uma pessoa o chamava de sujo ou doente, poderia comprar centenas, talvez até mesmo milhares de latas de patê de salmão.

Ele esticou o pescoço e ficou contemplando a rua. Skatista. Criança. Mais uma criança. Um entregador. Não, dois entregadores. Nada de muito interessante, na verdade. Bem quando Gato estava prestes a desistir e deslizar entre as barras do portão, viu algo rosa-choque e brilhante vindo em sua direção. *Ora, vejam só.* Finalmente algo digno de atenção. Quanto mais a pessoa rosa-choque se aproximava, mais fascinado Gato ficava. Havia alguma coisa de familiar naquele ser humano. Uma brisa morna soprou. Ele empinou o focinho e farejou demoradamente. Tinham até o cheiro parecido. *Humm... interessante.* Ainda assim, era um grande mistério, porque a tal pessoa tinha o rosto completamente oculto pela coisa rosa-choque que segurava.

Quem era essa pessoa vindo em sua direção?

Gato estava terrivelmente confuso. Será que seus sentidos estavam falhando por causa da idade?

A pessoa rosa-choque estava a poucos passos de distância. Ele tornou a farejar o ar. Seria a Moça Arco-íris? Será que ela já estava de volta? Se *realmente* fosse ela, com certeza pararia para procurar por ele. Contudo essa pessoa quase não parou.

Gato miou, mas o som saiu parecendo mais um grasnido rouco. A pessoa rosa-choque se deteve. A coisa cor-de-rosa e felpuda foi abaixada, e Gato finalmente conseguiu enxergar o rosto da pessoa.

— Ah. Oiê! É você! — a pessoa, que com toda certeza não era a Moça Arco-íris, falou.

Gato estreitou os olhos. Havia algo muito familiar nela. O cheiro de sua pele, o jeito como ela se mexia. De repente, ele se deu conta. Era a garota que tinha ajudado a Moça Arco-íris. A garota que gritou quando ele atravessou a rua correndo. Seu coração acelerou. Ele se encolheu, considerando correr para se esconder.

— Espera! Não vá embora! — A Pessoa Rosa-Choque sorriu e deu um passo para trás. — Eu fiquei preocupada com você quando saiu correndo... Você está bem? Se machucou?

Gato relaxou o corpo, baixando a guarda. Ela parecia inofensiva o bastante. Parecia até mesmo gentil. Ele ergueu os olhos para ela, de repente curioso em vez de assustado. Ela com certeza era a mesma moça da noite passada, com os mesmos olhos azuis bondosos. Mas havia alguma outra questão. Algo ainda mais familiar. Alguma coisa nela o lembrava da Moça Arco-íris. Como era possível? *Hum.* A Pessoa Rosa-Choque tinha o mesmo nariz da Moça Arco-íris. E a boca também. Os cheiros das duas eram parecidos, de certa forma, embora não cem por cento. Faltava o perfume de alecrim e coco; em seu lugar, havia uma nota de maçã e hortelã. Porém isso era tudo. Todo o resto era diferente. A Pessoa Rosa-Choque se virou e, por um momento, Gato achou que ela fosse embora. Em vez disso, ela se ajoelhou, esticando-se para afagá-lo. Instintivamente, Gato se afastou, sem saber se podia confiar nela. Em circunstâncias normais, não deixaria ninguém tocar nele, nem mesmo a Moça Arco-íris. No entanto, havia alguma coisa nos olhos daquela mulher que o hipnotizava. Ela parecia triste, solitária e perdida. Algo dentro de Gato se agitou. Afinal, ele também se sentia muitas vezes da mesma maneira.

Pela primeira vez na vida, ele permitiu voluntariamente que um estranho lhe fizesse carinho. Bem rápido, a mão dela resvalou sua cabeça, seu pescoço, e então ele se afastou alguns passos. O ponto onde a mão tinha o tocado estava quente e formigava.

— Eu posso te contar um segredo? — a Pessoa Rosa-Choque perguntou.

Gato encarou os olhos dela e esperou.

Ela sorriu. Então inclinou-se um pouquinho para a frente, franzindo a boca antes de sussurrar:

— A Núria é minha irmã.

46

Collin

Ding-dong.

Collin correu para abrir a porta de casa, sem querer fazer a irmã e a sobrinha esperarem nem um pouco a mais do que o necessário.

Assim que a porta se abriu, Bernie se atirou em frente, envolvendo a perna de Collin com os bracinhos minúsculos.

— Tio Collin!

Collin sorriu.

— Oi, Bernie. Bom te ver também.

Ela soltou sua perna e ergueu os olhos pra ele, os óculos novinhos de um tom verde-esmeralda.

— Você pediu a pizza certa de pepperoni?

— Espero muito que sim — ele respondeu.

Caroline avançou, entregando a ele uma mochilinha coberta de lantejoulas multicoloridas.

— Coloquei uma muda de roupas pra ela e alguns livros. Obrigada mesmo, Collin. Te devo uma *de verdade* dessa vez.

— Está tudo bem. É sério — ele disse, pegando a mochila.

Caroline expirou. Como de costume, ela estava vestida de maneira simples, em um vestido bordô de corte reto e o mesmo par de sapatilhas básicas que sempre usava. O cabelo escuro estava puxado para trás em um rabo de cavalo elegante, e as únicas joias que usava além da aliança de casamento eram brincos de diamante minúsculos e discretos. Se Collin não a conhecesse, nunca teria acreditado que ela era casada com uma das maiores estilistas de celebridades do país.

— Ah, e obrigada de novo pela conversa do outro dia. Precisava muito desabafar. A Alesha não estava em casa... e, mesmo se estivesse, bom, você sabe. Ela não entende direito a questão da mamãe — Caroline disse, apertando os lábios como fazia sempre que estava falando de algo desagradável.

Collin assentiu.

— Eu sei. Eu sei. Acho que não tem ninguém que entenda *mesmo* a questão da mamãe, exceto você, eu e talvez o papai. Ela é agradável e educada pra cacete com todo o resto do mundo.

Caroline revirou os olhos.

— Nem me fale.

Ele se esticou e apertou o ombro dela.

— Quer entrar um pouco? — ele perguntou.

— Não, preciso correr. Mas, sério, obrigada. Prometo estar de volta para buscá-la às oito.

— Certo. Sem pressa. Te vejo mais tarde — ele se despediu.

Bernie ergueu o rosto para a mãe, os olhos arregalados parecendo ainda maiores pela espessura de seus óculos.

— Acaba com eles, mamãe. Só vem me buscar depois que conseguir tirar dinheiro daqueles velhos — ela disse antes de passar por Collin e entrar rodopiando na casa.

Caroline deu uma risadinha e desceu as escadas aos pulinhos, na direção do carro de aplicativo que esperava por ela.

— Anda logo, tio Collin. Para de perder tempo. Tô com fome — Bernie gritou da cozinha.

Collin fechou a porta.

— Segura as pontas, já estou indo!

Quando chegou à cozinha, encontrou Bernie sentada à mesa, encarando a caixa de pizza.

— Espero *muito* que você tenha pedido a certa. A mamãe te falou, não é?

Collin pegou dois pratos e alguns guardanapos e os colocou na mesa.

— Sim, ela falou. Tenho quase certeza de que você será uma cliente satisfeita — ele disse, abrindo a caixa da pizza. — E aí, o que acha?

Bernie se aproximou para analisar a pizza, seu olhar indo do queijo que escorria até os pedaços reluzentes de pepperoni, e então para as manchas vermelhas de molho de tomate até, enfim, pousar na borda perfeitamente queimada.

— Aprovado — ela declarou, balançando a cabeça e fazendo os cachos na altura do queixo saltarem. Em vez de agarrar um pedaço, como qualquer outra criança de sete anos faria, ela puxou um caderno que estava segurando debaixo do braço e se pôs a desenhar a pizza, rabiscando observações por toda a página, como se estivesse tentando documentar o momento.

— Você vai desenhar ou comer? — Collin indagou.

Ela ergueu o olhar para ele por um breve momento.

— Desculpa, tio Collin. Só preciso acrescentar umas notas.

Ela voltou o olhar para a página do caderno, escrevendo algumas letras e números antes de deixá-lo de lado.

Collin colocou dois pedaços de pizza no prato dela.

— E aí, qual é a do caderno? É uma agendinha?

— Agendinha? — Bernie ecoou, franzindo o nariz. — Não é uma agenda. É um diário. Um diário de pesquisa. Eu desenho todas as coisas interessantes que vejo e faço anotações. Muitas anotações.

— Muito científico da sua parte, Bernie. Garanto que suas mães ficam muito orgulhosas — ele comentou, dando uma mordida na pizza.

Ela franziu a testa.

— A mamãe Caroline diz que preciso ser mais seletiva com minhas anotações. Mas eu acho que ela só está cansada de ficar comprando cadernos pra mim. Este aqui — ela bateu no caderno na mesa com a ponta do dedo — é meu quinto caderno em três meses.

— Bom, pelo menos agora eu sei o que dar a você no Natal — Collin falou.

Bernie sorriu com todos os dentes.

— Seria excelente! E eu gosto de canetas também. Aquelas de ponta dupla.

— Anotado. — Collin enfiou o último pedaço da borda da pizza na boca e pegou mais uma fatia.

Entre mordidas, Bernie encarou Collin, os olhos se estreitando e arregalando como se estivesse tentando chegar a algum tipo de conclusão. Quando restava a ela apenas um solitário pedaço de borda, ela apontou a extremidade carbonizada para Collin e disse:

— E aí, sua crise da meia-idade já acabou?

Collin quase se engasgou.

— Como assim?

Ela limpou as mãos com o guardanapo e se pôs a folhear o caderno até encontrar uma página específica.

— A mamãe Caroline e a mamis Alesha estavam conversando outro dia, e eu anotei bastante coisa. Até fiz um desenho seu. O que acha? — Ela apontou um rabisco de um homem com cabelo desgrenhado e pernas dez vezes mais compridas do que deveriam.

Collin se aproximou e analisou a página. No canto oposto, havia mais rabiscos que pareciam ser mulheres fugindo. No entremeio, Bernie havia feito diversas anotações em sua caligrafia rudimentar e quadrada. *Crize de meidade. Hemerita. Sosinho. Namarada? Precisa de um caxorro? Vai terminar prossimo livro um dia?* E, embaixo de tudo, Bernie tinha escrito CONCLUZAO em letras maiúsculas, seguido por: *tio Collin precisa de uma isposa, um caxorro e terminar prossimo livro.*

Collin piscou.

— São anotações bem abrangentes.

— Obrigada. Também achei — Bernie disse, sorrindo abertamente com o elogio.

Ele pigarreou e disse em uma voz calma e nem-um-pouco-hostil:

— É bom você saber que aconteceram algumas mudanças na minha vida, então talvez queira atualizar esse seu diário.

— Sério? — Bernie parou de mastigar, o lábio inferior se abrindo de expectativa.

— Hm-hum. Você vai ficar feliz em saber que eu, na verdade, tenho um bicho de estimação agora. Mais ou menos. *E* estou gostando de uma mulher. O nome dela é Núria. Ah, e eu comecei meu próximo livro, que está indo muito bem! — ele disse com uma tossida nervosa. Aquela última parte era meio que um exagero, mas que se dane, a essa altura, poderia muito bem tornar a história o melhor possível.

Bernie franziu a testa, as sobrancelhas densas unindo-se e virando uma lagarta desconfiada.

— *Você* tem um bicho de estimação? — ela perguntou, olhando de esguelha pelo cômodo como qualquer bom detetive faria. — E que tipo de nome é Núria?

— É espanhol. Mais especificamente, catalão — ele disse na defensiva.

Como as coisas tinham chegado a esse ponto? Ele estava sentado em sua cozinha, comendo pizza de pepperoni morna enquanto tentava se defender de sua sobrinha, que bem poderia ser a reencarnação de Ruth Bader Ginsburg.

Em vez de responder, ela abriu o diário em uma nova página e rabiscou furiosamente um amontoado de palavras, nenhuma das quais Collin conseguiu ler de cabeça para baixo. Ela fez uma pausa e o encarou com os olhos castanhos.

— E onde exatamente está esse seu bicho de estimação, tio Collin?

Collin limpou as mãos em um guardanapo e se levantou.

— Vem cá. Vou te mostrar.

47

Gato

Nem sequer havia escurecido, mas Gato já estava em sua casinha, descansando. Estava exausto. Preocupar-se com a Moça Arco-íris e interagir com aquela Pessoa Rosa-Choque havia drenado toda a sua energia. Lentamente, suas pálpebras caíram; pesadas demais. Assim como os membros, que estavam doloridos e pareciam ter sido revestidos de cimento.

Frush-frush.

Eram passos? Gato forçou as pálpebras a se abrirem de novo e espiou pela janela mais próxima. Havia pernas ali. Mais especificamente, as pernas do Vizinho Desajeitado, que estavam cobertas de jeans em vez do tecido xadrez habitual de seu pijama. *Espera. Calma aí.* Gato esticou o pescoço mais longe para conseguir enxergar melhor. Aquilo era um humaninho? O que um humaninho estava fazendo em *seu* beco? Tinha vindo vê-lo?

Gato nunca tinha sido muito afeiçoado a humaninhos. Mas estava curioso. Ele decidiu rastejar para fora de sua casa para ver o que se passava.

— Viu? Eu te disse — o Vizinho Desajeitado falou, indicando Gato com um gesto da mão.

Os olhos da Humaninha o estudaram das pontas de suas orelhas até a extremidade da cauda. Depois de ter dado uma boa olhada, ela se virou rapidamente para sua casa, depois para suas tigelas de comida e água.

— Foi você quem fez essa casinha, tio Collin? — ela perguntou, por fim, em uma voz nítida e aguda que lembrou Gato de passarinhos piando de manhã.

O Vizinho Desajeitado assentiu.

— Fiz, sim. O que achou?

— Eu gostei! Mas podia ser mais colorida. Acho que precisa ser mais animada, sabe? Posso pedir para a mamis Alesha ornamentar ela pra você, se quiser — ela disse, erguendo o rosto para ele.

Ornamentar? O que é que isso quer dizer? O que quer que fosse, parecia meio sofisticado.

— Acho que ele está bem feliz com ela do jeito que está — o Vizinho Desajeitado disse.

Gato voltou o olhar para sua casinha. Concordava plenamente. A casa lhe servia muito bem.

O rosto da Humaninha se franziu feito uma uva-passa.

— Mas, tio Collin... Por que é que ele não mora lá dentro com *você*? Não acha que ele fica se sentindo sozinho aqui fora, sem ninguém?

Mesmo não sendo tão afeiçoado a humaninhos, Gato precisava admitir que era bem gentil da parte dela se importar com aquilo. Talvez nem todos os humaninhos fossem irritantes, barulhentos e incontroláveis. Essa aqui, com certeza, parecia bem suportável.

Gato piscou para ela em um gesto de gratidão.

— Bom, acho que ele gosta de ficar aqui fora. Além do mais, ele tem amigos que o visitam. O carteiro e a... mulher, aquela de quem eu estava te contando — o Vizinho Desajeitado comentou, suas bochechas ficando rosadas de repente. Ele olhou de esguelha para o portão, como se estivesse procurando uma certa pessoa, muito provavelmente a Moça Arco-íris. Seus olhos se arregalaram. — Espera um pouco. Eu volto em um minuto — ele disse, indo até o portão e o destrancando.

Tanto Gato quanto a Humaninha o seguiram com o olhar. Quando ele chegou ao outro lado, agachou-se e pegou um papel amarelo-vivo que tinha sido dobrado ao meio. Ele o desdobrou e dobrou-o rapidamente e voltou até o beco.

— Que tal eu entrar e guardar o que sobrou da pizza? Aí faço um pouco de pipoca pra gente assistir ao filme. Pode ficar por aqui com o gato um pouquinho, se quiser — ele disse.

A Humaninha ficou em silêncio por um momento, considerando o que tinha ouvido. Depois de alguns segundos, ela puxou um caderno de debaixo do braço e olhou para o Vizinho Desajeitado com um sorriso que exibia um dente da frente faltante.

— Tudo bem se eu desenhar ele, tio Collin? Será que ele se incomoda?

O Vizinho Desajeitado devolveu o sorriso.

— É claro. Ele com certeza não vai se incomodar. Só tome cuidado pra dar espaço a ele. Ele não é acostumado com estranhos... Eu te chamo quando a pipoca estiver pronta, tá bom?

Ela se jogou no chão e cruzou as pernas, colocando o caderno no colo.

— Sim. E não esquece da manteiga na pipoca, por favor. *Bastante* manteiga.

— Pode deixar.

O Vizinho Desajeitado voltou a entrar às pressas. Apenas alguns segundos tinham se passado antes de Gato poder vê-lo observando os dois da janela da cozinha enquanto organizava as coisas.

Gato nunca tinha passado pela experiência de ser desenhado por alguém. Estava bem lisonjeado, na verdade. Então ficou sentado, *muito* imóvel e esticou o pescoço em uma tentativa de parecer o mais imponente possível. Seus olhos permaneceram bem abertos, para destacar o tom verde deles.

A Humaninha rabiscou em silêncio, a caneta fazendo barulhos ásperos contra o papel. De vez em quando, olhava de esguelha para ele, como se estivesse encarando diretamente a sua alma, o que, francamente, deixava Gato um pouco nervoso. Mas em nenhum momento ele sentiu medo.

Alguns minutos se passaram antes de a Humaninha erguer o rosto com um sorriso satisfeito. Ela virou o caderno para ele.

— O que acha? É você, eu, a mamãe Caroline, a mamis Alesha e o tio Collin no Dia de Ação de Graças. Está vendo esse peru? A mamis Alesha cozinha o melhor peru do mundo. Prometo que você pode comer o quanto quiser.

Gato encarou o desenho à sua frente. Havia uma mesa comprida e, sentadas ao redor dela, estavam duas mulheres e um homem alto que ele reconheceu como o Vizinho Desajeitado. Na extremidade da mesa, Gato estava em seu próprio assento, parecendo mais imponente do que jamais havia imaginado. Ele tinha até o próprio jogo de mesa. E ao seu lado estava a Humaninha, com um garfo na mão, esticando-se e colocando o que parecia uma enorme fatia de carne em seu prato.

A princípio, Gato não soube bem o que pensar. A ideia de compartilhar uma refeição com essa Humaninha e a família dela era um tanto absurda. Apesar disso, ele se viu engolindo um nó que tinha se formado em sua garganta de alguma forma. Estava comovido com a fantasia daquela pequena humana.

Seria mesmo *tão* absurdo assim? Gato tinha certeza de que havia muitos gatos domésticos que dividiam refeições com suas pessoas. Ainda assim, por algum motivo, ele nunca tinha se imaginado como um deles. Não até aquele dia.

— Quer saber de uma coisa? — a Humaninha falou, inclinando-se para mais perto dele, com um ar travesso.

Gato ergueu as orelhas e estufou o peito, esperando que ela desembuchasse.

— *Você* e *eu* vamos ser melhores amigos — ela revelou, finalmente.

— Bernie! A pipoca está pronta! — Ele ouviu o Vizinho Desajeitado gritar de dentro da cozinha.

Antes de ele sequer ter consciência do que estava acontecendo, a Humaninha o abraçou. O corpo de Gato ficou tenso. Mas a tensão só durou uma fração de segundo. De repente, ele estava quente por dentro, rapidamente irradiando para o exterior até ele estar se sentindo derretido, como aquela barra de chocolate meio comida que tinha encontrado certa vez na calçada.

A Humaninha se afastou. Ela se ergueu do chão com um pulo e acenou para ele antes de sair saltitando na direção da porta dos fundos e desaparecer. Tinha ido embora. Algo dentro de Gato se agitou.

De um jeito estranho, ele se pegou imaginando quando voltaria a vê-la.

48

Collin

Milho de pipoca, óleo, manteiga... Collin se atrapalhou com os ingredientes, quase derrubando a embalagem de milho aberta sobre o balcão. Ele olhou rapidamente pela janela da cozinha para conferir se Bernie estava bem, então baixou os olhos para o papel amarelo dobrado por sobre a mesa. Não se tratava de uma folha de papel de um bloco de notas, mas, sim, um pôster de um gato perdido que Núria havia reciclado, escrevendo no verso em branco.

A última coisa de que ele precisava era que Bernie desenhasse outro registro no diário mostrando-o com bochechas rosadas e corações flutuando dos olhos, então tinha decidido ler o bilhete dentro de casa, onde poderia saborear as palavras de Núria sem medo do constrangimento.

> *Oiê. Vou ser sincera. Ainda não decidi muito bem se você é um doido. Bom, dá pra me julgar? Essa cidade é lotada de maníacos. Inclusive, na noite passada, um desses quase... deixa pra lá. Não vou entrar em detalhes sórdidos. Mas preciso dizer: aquele gato preto que eu alimento é a porra de um herói. E é exatamente por isso que meus olhos se iluminam por gatos de um jeito que nunca vão se iluminar por outro ser humano. Gatos são cem por cento honestos quanto a quem são. Se querem te amar, eles vão te amar. Se querem ficar sozinhos,*

vão ficar sozinhos. Se querem morder seu pé, com certeza vão morder seu pé. Não existem joguinhos psicológicos com gatos. Com pessoas, por outro lado...

POP! POP! POP-POP-POP!

Collin olhou de relance para a pipoqueira, para garantir que nada estava queimando.

Então voltou a ler as palavras de Núria.

Não me entenda mal. Eu sei que existe gente boa por aí. É claro que sim. É só que parece trabalhoso demais separar o trigo do amontoado de joio que é a vida. Entende o que quero dizer?

POP-POP-POP-POP-POP-POP-POP-POP!

Ele precisava se apressar. A pipoca estava quase pronta.

Porém, uma coisa é certa. As qualidades que mais valorizo nas pessoas são lealdade, honestidade, bondade e autenticidade. Se você está de posse dessas coisas, talvez seja uma pessoa digna do meu tempo... Agora, preciso perguntar, porque, bom, estou curiosa. O que exatamente em uma mulher louca por gatos, apaixonada por café, não-tão-bem-regulada e de quase quarenta anos de idade é tão atraente pra você? Estou doida pra saber. Sério.

POPPP!

Collin se encolheu e pulou da cadeira para poder desligar a pipoqueira antes que a pipoca cheia de manteiga queimasse. O coração estava batendo tão rápido que ele precisou levar a mão ao peito para se acalmar. Ler as palavras de Núria o fazia se sentir aturdido, zonzo. Se mal conseguia manter a compostura depois de ler uma carta dela, como esperava conhecê-la sem desmaiar no processo?

Deus do céu, eu sou um caso perdido.

Mas não podia se preocupar com tudo aquilo agora. Collin despejou a pipoca na tigela gigante que havia adquirido para ocasiões como aquela, foi até a janela e gritou:

— Bernie! A pipoca está pronta!

Mais tarde, pensaria em como responder.

49

Omar

Era segunda-feira. Normalmente, Omar estaria com toda a energia depois do fim de semana, como se estivesse caminhando ao ritmo de uma de suas canções de merengue favoritas. Não era o caso hoje. Carl praticamente precisou arrastá-lo da cama. Em seguida, os dois tiveram outra discussão sobre os motivos de Omar *dever* ou *não* pedir demissão imediatamente para poder se matricular de uma vez no curso de culinária. Embora tivesse sido a oportunidade perfeita para admitir sua mentirinha inofensiva a respeito da suposta visita à escola, Omar havia se visto incapaz. A exaustão e a frustração tinham feito a verdade ficar presa em sua garganta, como se ele tivesse engolido um comprimido grande e amargo sem beber água.

Carl bateu a porta quando saiu para trabalhar, o que fez Omar querer se arrastar de volta para a cama e ficar emburrado. Mesmo depois de dois cafés, ainda estava se movendo feito um bicho-preguiça, o que não era muito positivo para um carteiro de Nova York. Ainda assim, podia contar com a visita de costume com a sra. Lewis.

Antes de bater à porta dela, Omar ouviu Sinatra ganir do lado de dentro. Sinatra poderia ter o tamanho de um frango de rôtisserie, mas certamente era capaz de fazer alvoroço.

— Omar! Meu querido. Achei que você já estaria aqui há meia hora — a sra. Lewis falou assim que abriu a porta. Ela parecia mais cansada do que de costume. Seu cabelo prateado, tipicamente trançado ou preso com elegância em um penteado torcido ou turbante, estava amarrado em um coque frouxo, com mechas finas escapando em torno do rosto.

Omar sorriu.

— Pois é. Comecei devagar hoje. Aceita minhas desculpas?

— É claro. Entre. Tenho chá e biscoitos com especiarias — ela disse, abrindo a porta para ele. Quase de imediato, Sinatra começou a pular em círculos, feito um canguru.

— E aí, Sinatra? Quer um petisco? — Omar o pegou no colo e ofereceu alguns pedacinhos a ele.

Como de costume, ela tinha disposto a mesa com o jogo de chá favorito dele. Pelo aroma, o chá era alguma coisa mais forte do que o Earl Grey de sempre. No centro da mesa, estava uma pequena bandeja de biscoitos e alguns sanduíches de salada de ovos com a casca do pão cortada. Ele se sentou, afagando um Sinatra demasiadamente empolgado, enquanto a sra. Lewis servia o chá.

— E então, meu querido? O que o traz aqui trinta minutos atrasado? Teve alguma outra discussão com o Carl? O trem atrasou? — ela perguntou, mordiscando um biscoito enquanto seu chá esfriava.

Omar deu de ombros e baixou os olhos para o topo da cabeça de Sinatra.

— Pois é... O Carl ainda está tentando me convencer sobre a ideia de cursar culinária. *E*, para piorar, estou com a sensação de que alguém encheu meus bolsos com halteres de vinte quilos. Uma manhã daquelas, só isso.

— Eu entendo. — A sra. Lewis assentiu. — Mas, sabe, querido, tenho certeza de que o Carl tem boas intenções. Está claro que ele se importa muito com você. Acho que vocês dois precisam ter uma conversa séria. Mas antes de isso acontecer, *você* precisa de um pouco de autorreflexão. Precisa descobrir exatamente o que quer da vida, para poder defender seu ponto de vista.

Omar ergueu o rosto e encontrou o olhar dela. Ela tinha razão. É claro que tinha. Mesmo Carl sendo irritante às vezes, ele só estava tentando encorajar Omar. Queria que ele fosse feliz.

— Obrigado pelos conselhos, sra. Lewis. Como de costume, a senhora está cem por cento correta em sua análise da situação. Acho que deve ter dado conselhos numa coluna no jornal ou, quem sabe, até sido uma adivinha em outra vida — Omar disse, dando uma risadinha.

A sra. Lewis balançou as sobrancelhas como se estivesse insinuando algo.

— Sabe, uma vidente na Polônia me disse certa vez que conseguia ver várias das minhas vidas passadas! Ao que parece, posso ter sido uma bruxa celta em determinado ponto.

— Eu sabia! Sempre achei que tinha um pouco de *brujería* na senhora — Omar falou.

A sra. Lewis deu uma piscadela divertida. Houve um momento de silêncio enquanto ela servia a ele um biscoito e um dos sanduíches. O olhar de Omar percorreu o cômodo, buscando por suas peças antigas favoritas. Em vez de vê-las, ele reparou em caixas espalhadas e rolos de plástico bolha e fita adesiva.

— Espera. A senhora está se preparando pra vender um pouco das coisas? — ele perguntou.

Ela não respondeu de imediato, optando por se esticar e colocar a mão manchada sobre a dele.

— Tive a intenção de dizer a você na sua última visita, mas o fato me fugiu à mente.

Omar tensionou o maxilar. O que quer que fosse, pareciam notícias ruins, e a última coisa de que ele precisava eram notícias ruins para acabar com seu dia, que já estava péssimo.

— Está tudo bem com você? — ele perguntou.

A sra. Lewis sorriu e apertou a mão dele.

— Ah! Não é nada desse tipo, meu querido. Bom, é um *pouquinho* triste. Mas eu não vou morrer no futuro próximo. Ao menos, não que eu saiba.

— Então o que é? O que está havendo?

Ela expirou.

— Minha filha... ela enfim me convenceu a me mudar pra Boston, para morar com ela. O espaço no sobrado dela é mais do que o suficiente para mim. Mas não o suficiente pra tudo o que há nesta casa. Então estou empacotando o que vou levar, e o restante será vendido com a propriedade.

Omar ficou aliviado. Ainda assim, a notícia fez seu coração se apertar no peito. No decorrer dos anos, ele havia se afeiçoado muito à sra. Lewis, como se ela fosse sua própria avó. Ele piscou e conteve as lágrimas.

— Quando? — perguntou com a voz falhando.

— Na semana que vem. Contratei uma empresa para cuidar da venda. Vou pegar um voo pra Boston com o Sinatra pra poderem avaliar e etiquetar tudo devidamente. A casa vai estar uma bagunça — ela explicou.

Ele não sabia o que dizer. Em vez de falar, pegou seu chá e bebeu um pequeno gole. Sinatra se escondeu em seu colo, choramingando de leve, como se soubesse exatamente do que estavam falando. Omar o afagou até as lamúrias cessarem, então uma lágrima e depois outra caíram nos pelos de cor creme do cãozinho.

— Minha rota não vai ser a mesma sem a senhora e o Sinatra — ele disse.

— Eu sei, meu querido. Eu sei. Também vamos sentir sua falta. Você foi o filho que eu nunca tive. — Ela voltou a apertar a mão dele. — Mas, por favor, venha me visitar em Boston com Carl. Você sabe como essa senhorinha adora visitas!

Mesmo desejando imaginar visitas a Boston repletas de diversão em feriados prolongados, para comer mariscos e lagosta, Omar não conseguia deixar de sentir um buraco no estômago. Um vazio que quantidade nenhuma de chá e biscoitos de especiarias poderia preencher. Ele passou os olhos pelo cômodo, pensando em todas as vezes em que se sentou ali com a sra. Lewis, e também com o sr. Lewis, quando ele ainda era vivo. E, então, havia Sinatra, a coestrela de sua história de inimigos-virando-amigos, seu cachorro favorito em sua rota, o motivo de ele ter começado a fazer petiscos caninos caseiros, para começo de conversa.

Omar suspirou e ergueu Sinatra até o peito, abraçando-o e beijando o topo de sua cabeça peluda. Se tivesse tentado fazer aquilo da primeira vez em que se encontraram, Sinatra teria arrancado seu rosto numa mordida. Agora, tudo que o cãozinho fez foi abanar o traseiro e soltar um ganido empolgado.

Infelizmente para Omar, seu dia péssimo tinha *mesmo* piorado.

Tudo que podia fazer era secar as lágrimas, respirar fundo e pensar que a sra. Lewis poderia passar todos os dias que lhe restavam com seus maravilhosos netos. Era o tipo de aposentadoria que ela merecia. Mesmo sem querer, Omar se sentiu um pouco culpado. Egoísmo era uma emoção incomum para ele. No entanto, perder outra pessoa que era como uma avó seria difícil.

— Vou sentir *muita* saudade de vocês — ele afirmou, por fim.

A sra. Lewis se aproximou e o abraçou.

— Vou sentir sua falta também, Omar. Mais do que você pode imaginar.

Eles continuaram abraçados por um longo minuto. Lágrimas surgiram de todos os lados; até mesmo Sinatra entoou alguns uivos entristecidos. Quando o momento se encerrou, eles se afastaram, secando as lágrimas com guardanapos quadrados.

A sra. Lewis tentou sorrir, mas seus esforços foram em vão.

— Até lá, vamos tomar os melhores chás e comer as iguarias mais deliciosas todos os dias. Quero ir embora tendo deixado você com um pouco mais de sustância nesse corpo — ela disse.

Omar riu.

— Acho que o Carl não vai gostar disso.

— Ah, pois diga ao Carl que um homem macio feito um urso de pelúcia é muito melhor do que qualquer galã esculpido com barriga tanquinho. Garanto a você!

— Vou dizer, vou dizer. — Omar ficou em pé. — Adoraria ficar aqui debatendo os prós e contras do tanquinho, mas tenho um carrinho lotado de correspondência para entregar. Te vejo amanhã?

A sra. Lewis colocou cerca de uma dúzia de biscoitos em uma caixa e a entregou a ele.

— Combinado, meu querido.

Omar colocou Sinatra na cadeira e saiu, fechando a porta ao passar. Por um momento, ficou parado na varanda da sra. Lewis, inspirando o ar quente e úmido, absorvendo a vista da rua onde havia entregado correspondências por tantos anos. Não era apenas o fato da partida dela que estava deixando-o triste. Alguma coisa na notícia dava a Omar a sensação de ter fechado um de seus livros preferidos pela última vez.

50

Collin

— Não vá à cafeteria. Não vá à cafeteria. Não vá à cafeteria.

Collin entoou sentado à escrivaninha, tentando escrever e falhando. Ele tinha certeza de que o cara do caixa havia ligado para Núria no mesmo instante em que ele saiu de lá com seu frapê nojento. Os dois provavelmente achavam que ele era um esquisito ou um maníaco, ou as duas coisas, e se ele fosse até lá naquele dia, estaria reforçando aquela ideia.

— Não. Eu *não* vou à cafeteria — ele disse a si mesmo, dessa vez com mais convicção.

Mas só tinha sobrado café descafeinado em sua casa. Se tinha a intenção de escrever uma palavra sequer, *precisaria* de cafeína, algo que fizesse efeito de verdade. Poderia ir à mercearia. Sem dúvidas, teria café lá, não é? Mas teria o tipo de café que Núria fazia? Com leite de amêndoas espumoso, grãos perfeitamente tostados e um biscoitinho crocante para acompanhar? Não, Collin tinha certeza de que o café da mercearia seria uma decepção.

E se ele fosse até lá bem rapidinho, sem dizer uma palavra além de seu pedido? Nem sequer faria contato visual. Não ficaria enrolando ao lado do balcão. Seria uma situação de ir em um pé e voltar no outro. Isso não seria tão ruim. As pessoas precisavam de café. E Núria trabalhava em uma das melhores cafeterias da vizinhança. Não era culpa dele que *ela* fizesse seu café preferido. Seria inofensivo que passasse por lá. Totalmente inofensivo.

Collin fechou o notebook, ignorando o fato de não ter escrito uma única palavra. Em vez disso, tinha passado tempo *demais* escrevendo outra carta para Núria depois que Caroline buscou Bernie. Tinha enrolado por quase uma hora decidindo que papel usar. O papel de carta do Four Seasons tinha sido um erro; dava a impressão de que Collin era um esnobe elitista. Dessa vez, escolheu algo mais despretensioso, mas, ainda assim, divertido: um cartão do conjunto de papelaria do Museu de História Natural que havia ganhado de presente da irmã. Depois disso, enrolou por mais uma hora, indeciso quanto ao que dizer. A noite já ia longe quando ele enfim arrastou os pés até o lado de fora e colocou a carta no lugar de sempre.

Naquele momento, estava satisfeito com o que tinha escrito. Porém, conforme as horas se arrastaram, começou a ter dúvidas e ficou tentado a pular da cama e recuperar a carta para poder reescrevê-la.

Collin suspirou. Estava exausto. O café era, na verdade, mais uma necessidade àquela altura. Ele pegaria a bebida e voltaria em trinta minutos e, então, pensaria no que escrever para tirar Quentin de seu pé.

Ele puxou a carteira e desceu as escadas marchando, chegando até o lado de fora da porta da frente antes de se dar conta de que não tinha nem sequer considerado sua aparência. Ficou parado na varanda e baixou os olhos para suas roupas e sapatos: bermuda cáqui com a barra desfiada, camiseta desbotada do Depeche Mode com manchas antigas aqui e ali e suas pantufas de ficar em casa. Caso se trocasse, escolhendo algo mais elegante, poderia passar a impressão de estar exagerando no esforço, então Collin simplesmente disparou de volta para dentro, trocou as pantufas por um par de chinelos e correu os dedos pelo cabelo desgrenhado antes de voltar a sair.

Afinal, iria mesmo usar uma camiseta velha e manchada se estivesse lá para ver a mulher em quem estava interessado? É claro que não. Obviamente, Núria e o cara do caixa veriam seu visual surrado, de quem acabou de sair da cama, e entenderiam que ele estava lá apenas pelo café, certo?

Quando chegou à cerca viva, Collin olhou de relance por uma fração de segundo. O envelope continuava ali sob a pedra. Por um momento, ele sentiu o estômago despencar, desapontado por Núria ainda não o ter encontrado.

Parte dele estava tentada a recuperar a carta e bater em retirada para o interior da casa, onde era seguro, onde ninguém olharia para ele nem o julgaria, nem esperaria coisa alguma. Mas a outra parte, a parte que tanto ansiava para conhecer Núria melhor, forçou-o a deixar o bilhete onde estava e seguiu em frente.

Collin caminhou rápido, tão rápido que levou apenas uns cinco minutos para chegar à cafeteria. Ele não entrou de imediato. Em vez disso, demorou-se do lado de fora, espiando pela vitrine da frente até localizar Núria, que estava com os olhos voltados para baixo enquanto trabalhava.

Você consegue, Collin, ele disse para si mesmo.

O problema era que, em sua mente, a voz parecia exatamente a de sua mãe todas as vezes em que o importunava a respeito de algo.

Você consegue dormir com as luzes apagadas, Collin.

Você consegue entrar no time de lacrosse, Collin.

Você consegue ser aceito em Yale, Collin.

Você consegue encontrar a mulher certa e se casar se focar nisso de verdade, Collin.

Ele abriu a porta da cafeteria e fez o melhor possível para ignorar a voz da mãe. O lugar não estava tão cheio; havia até mesmo algumas mesas desocupadas. Ele se aproximou do balcão, agindo de maneira descontraída, em pé no final da fila, onde estavam outras três pessoas. Pelo canto do olho, conseguia ver Núria abaixando-se para lá e para cá enquanto preparava as bebidas. Collin se forçou a não a encarar, fitando o ponto diretamente à sua frente em vez disso, que era o cara do caixa, agora com cabelo lilás em vez do loiro oxigenado que usava no dia anterior. Para não perder a coragem, ficou contando os piercings no rosto do caixa até que, enfim, chegou sua vez de pedir.

— Ah, olá de novo. O que vai querer hoje? — o cara do caixa perguntou com um sorriso que Collin descreveria como "capcioso". Mas em que sentido? Com malícia? Curiosidade? Sarcasmo?

Não importava. Ele só estava ali para pegar café.

Collin devolveu o sorriso.

— O de sempre pra mim. Obrigado.

O caixa riu baixinho antes de se voltar para Núria e exclamar:

— Ei, Nú, o de sempre pra esse cara! — Ele, então, deu uma piscadinha e clicou na caixa registradora, uma expressão satisfeita no rosto. — São quatro dólares e noventa e cinco centavos.

— Hm... obrigado. — Collin entregou a ele uma nota de dez dólares. — E vai ser pra viagem, por favor.

O cara do caixa pegou o dinheiro e se virou para Núria de novo.

— É pra viagem, meu bem!

Quando Núria finalmente voltou os olhos para ele, ergueu as sobrancelhas ao vê-lo, o movimento evidenciou um hematoma no olho com tons de verde e amarelo e um curativo da Hello Kitty em seu rosto. Collin franziu a testa, mas a relaxou no mesmo momento, esperando que ela não tivesse percebido sua reação inicial.

Porra, o que tinha acontecido com ela? Foi isso o que ela quis dizer na carta, sobre ter encontrado um maníaco? Ele cerrou os punhos ao lado do corpo e deu espaço para a pessoa atrás poder fazer o pedido. Mesmo querendo abrir seu coração para ela e então perguntar a respeito dos cortes e hematomas, ele resistiu. Simplesmente não era um bom momento. Em vez disso, ficou encarando a rua, contando os pedestres que passavam para se distrair. Ao fundo, ouvia o zumbido da máquina de expresso despejando café na xícara, o vaporizador esquentando o leite de amêndoas, o barulho dos sapatos de Núria tocando a esteira de borracha no chão, as respirações curtas dela enquanto trabalhava.

Collin estava com raiva, mas não havia nada que pudesse fazer além de ficar parado ali, feito um bobalhão inútil. Porque se dissesse algo, se sequer olhasse para ela da maneira errada, seu disfarce estaria arruinado. E se aquilo acontecesse, só Deus sabia quais seriam as consequências. E se ela lhe desse um fora? E se simplesmente risse da cara dele? E se ficasse tão chocada e horrorizada que atiraria o latte inteiro nele, com coraçõezinhos de espuma de leite e tudo?

— Com licença. Aqui está. — Ele a ouviu dizer às suas costas. Alguma coisa em sua voz estava forçosamente animada.

Ele se virou e logo olhou de soslaio para o rosto dela. Parecia ainda pior de perto: a bochecha também estava machucada e ela tinha um arranhão feio no queixo. Em sua mente, Collin não parava de imaginar diversos cenários: Núria sendo assaltada na rua, Núria trombando de cara com uma porta, Núria escorregando e caindo durante o banho... Ele tentou não se alongar nesse último, porque não queria imaginá-la nua, só que era tarde demais. O rosto de Collin irradiava calor.

— Gostaria de mais alguma coisa? — ela perguntou, ainda segurando a bebida estendida para ele.

Collin se retraiu.

— Hm... Não. Obrigado. Muito obrigado — ele murmurou, agarrando o copo de papel antes de dar o fora dali.

Na rua, ele inspirou profundamente, o que não foi uma ideia muito boa, no geral, porque havia um caminhão de lixo passando por ali naquele exato momento. Ele tossiu e se engasgou, quase deixando cair o precioso copo de café. Mesmo querendo muito se virar para dar mais uma olhada em Núria, resistiu. Alguma coisa no calor em sua nuca o fazia pensar que o cara do caixa e Núria já estavam falando dele. Provavelmente rindo de sua falta de jeito, fofocando de sua ausência de vida social, caçoando de sua aparência.

Collin foi para casa às pressas, esperando que à altura em que alcançasse a porta, teria se acalmado o bastante para conseguir, de fato, escrever alguma coisa. Andando rápido, ele foi encarando a calçada e os diversos tipos de sapatos das pessoas ao seu redor.

Tamancos de couro. Sandálias douradas. Tênis verde-néon da Nike. Mais All Stars do que conseguia contar. Cinco minutos se passaram. Chinelos. Outro par de chinelos. Então ele finalmente se aproximou de sua varanda. Sapatos de trabalho de couro preto estavam vindo em sua direção. O olhar de Collin subiu pelas pernas morenas reluzentes, a bermuda azul, a camisa de botões azul e o chapéu bucket do serviço postal que seu carteiro estava usando.

— Bom dia, sr. Thackeray — o carteiro o cumprimentou.

Collin se deteve. De repente, uma imagem de Núria em um encontro com o carteiro faiscou em sua mente. O carteiro teria feito investidas inapropriadas? Será que Núria o rejeitara? E o carteiro tinha sido violento com ela? Seria *ele* o maníaco a que ela havia se referido?

Um arroubo de adrenalina atravessou o corpo de Collin. Seu rosto estava ainda mais quente do que antes, a luz do sol escaldante tornando tudo ainda pior. Collin piscou. O que realmente queria fazer era confrontar o homem, empurrá-lo contra o portão de ferro e dizer a ele que o espancaria se machucasse Núria de novo. Mas não conseguia. Era um pacifista, o tipo de homem que persuadia aranhas a entrarem em xícaras para soltá-las do lado de fora. Não arrumaria briga com um cara só porque estava bravo.

— Vo... você a machucou? — ele finalmente indagou com os dentes cerrados.

O sorriso do carteiro desapareceu. No lugar, surgiu uma careta, como se estivesse confuso.

— Como é? — respondeu.

Collin avançou um passo.

— Você. A. Machucou...?

O carteiro estava suando profusamente, a tal ponto que riachos de suor pingavam na gola de sua camisa.

— Machuquei quem? Não sei do que você está falando — ele disse, erguendo as mãos como se estivesse se rendendo.

— Núria. A mulher que alimenta os gatos. Você a machucou? — Collin perguntou mais uma vez.

A expressão de confusão no rosto do carteiro desapareceu, substituída por preocupação. Ele deixou cair as mãos e relaxou os ombros.

— Aconteceu alguma coisa com ela? Ela está bem?

Foi apenas naquele instante que Collin percebeu que havia se enganado. Ser um escritor era algo que o tornava muito observador. Em silêncio, ele observava pessoas o tempo todo, estudando expressões faciais e emoções complexas para poder usá-las em sua escrita. O carteiro obviamente era inocente.

Collin recuou e relaxou o maxilar.

— M-me desculpe. Eu não quis te acusar desse jeito — ele murmurou.

O carteiro ainda parecia preocupado. Ele enxugou o suor do rosto e se sentou nos degraus à frente da casa de Collin.

— Por favor, me diga o que está acontecendo. A Núria se machucou? Eu queria ter chamado um táxi pra ela umas noites atrás, mas ela insistiu em voltar de metrô. Era pra ter me mandado uma mensagem quando chegasse em casa, mas não mandou.

Collin expirou e se sentou ao lado do carteiro. O confronto tinha deixado suas pernas fracas.

— Eu acabei de vê-la na cafeteria e ela está com o rosto machucado. Um olho roxo e alguns cortes no rosto. Eu só pensei que… Me desculpe — ele disse, baixando os olhos para os pés.

A testa do carteiro estava tão franzida que gotículas de suor estavam presas nas dobras de sua pele. Ele voltou a secar o rosto e se virou para encarar Collin.

— Espera aí. Estou confuso. Você conhece a Núria? Como sabia que ela tinha saído comigo, pra começo de conversa?

Fez-se um silêncio constrangedor. Tudo que Collin queria fazer era encolher e desaparecer dentro de uma rachadura na calçada, mas se o pai havia lhe ensinado alguma coisa de bom, era arcar com suas atitudes; ser franco e honesto.

Ele endireitou as costas o máximo possível e fitou os olhos castanhos do carteiro.

— Eu vi vocês dois conversando, paquerando, tirando selfies. Vi vocês trocando números. Umas noites atrás, acabei topando com ela na adega. Ela estava diferente, toda arrumada. Liguei os pontos e imaginei que ela estivesse indo a um encontro com você.

— Um encontro *comigo*? — O carteiro riu. Riu com vontade. Collin conseguia enxergar até as amídalas dele. — Eu sou gay, sr. Thackeray. Moro com meu companheiro, o Carl. Ela veio jantar comigo e com o Carl, nada além disso. Quer dizer, ficou óbvio que ela bebeu vinho e sangria *demais*. Ela estava bêbada. Nós três estávamos... Talvez ela tenha tropeçado e caído no caminho de casa?

A teoria do carteiro, de fato, parecia bastante possível. Agora, Collin se sentiu ainda mais humilhado. Tinha agido como um daqueles machões imbecis. Com certeza não tinha sido seu melhor momento.

— Me desculpe... — Ele ergueu os olhos para o carteiro, tentando lembrar se sabia o nome dele.

— Omar. Meu nome é Omar — o carteiro disse, esticando-se para apertar a mão dele. — Tudo resolvido entre nós?

Collin apertou a mão dele.

— Sim, tudo resolvido. Sinto muito se atrasei a sua rota.

Omar foi até seu carrinho de transporte, puxando diversos envelopes e algumas revistas de dentro e entregando-as a Collin.

— Tudo bem, eu já estava atrasado.

Collin pegou sua correspondência e se levantou dos degraus. Ele expirou, aliviado.

— Obrigado pela compreensão — ele disse, virando-se para poder escapulir para dentro de sua casa e enterrar o rosto em uma pizza amanhecida.

— Espera.

Collin parou e olhou por cima do ombro para Omar.

— Então, pelo que entendi, você está a fim da Núria, é? — Omar perguntou com um sorriso enorme e bobo.

51

Gato

Tudo que Gato queria fazer era cochilar em sua casinha de papelão e sonhar com o peru assado que a Humaninha havia prometido a ele. Naquela manhã, contudo, ouviu uma agitação em frente à casa do Vizinho Desajeitado. Seria a Moça Arco-íris? A Humaninha tinha voltado? Não. As vozes eram de homens, e pareciam nervosos, o tom estava até mesmo elevado em certos momentos. Gato reuniu energia para desenroscar o corpo e poder verificar a situação.

O que ele viu foi uma interação esquisita entre o Vizinho Desajeitado e o Carteiro Animado. "Esquisita" porque nunca tinha visto os dois conversarem um com o outro. Do que estariam falando? De onde estava sentado, Gato assistiu o rosto de cada um deles passar de raivoso para confuso e então para divertido. No fim da coisa toda, eles se despediram, o Carteiro Animado rindo baixinho enquanto se afastava, e o Vizinho Desajeitado sacudindo a cabeça ao subir os degraus de casa. Gato ficou tentado a seguir o Carteiro Animado para se inteirar das novidades, mas a calçada quente e sua falta de energia o fizeram dar meia-volta e entrar novamente em sua casinha.

Quase tinha caído no sono de novo quando ouviu a porta lateral abrir com um rangido. As pantufas do Vizinho Desajeitado se arrastaram em sua direção. Curioso, Gato saiu rastejando pela entrada de sua caixa e espiou o lado de fora.

— Oi, amiguinho. Desculpe se te incomodei — ele disse.

Gato soltou um miado leve. Ele tentou espantar a sonolência, perguntando-se o que o Vizinho Desajeitado diria ou faria. Por um instante, pareceu que ele iria se virar e voltar a entrar na casa. Então, mudou de ideia, curvando-se e dobrando os longos membros até estar sentado no chão com os joelhos contra o peito. Parecia uma daquelas crianças emburradas que Gato via no parquinho da praça. Muito diferente da Humaninha, que irradiava determinação e confiança.

— E então, o que é que devo fazer agora? — o Vizinho Desajeitado perguntou.

Gato esperou que ele dissesse mais alguma coisa. *O que é que ele deve fazer com o quê?* Gato precisava de mais contexto, embora claramente tivesse alguma relação com a conversa do Vizinho Desajeitado com o carteiro.

Então ele suspirou tão demoradamente que Gato ficou se perguntando se seu fôlego nunca terminaria.

Quando ele enfim inspirou, colocou as duas mãos ao lado da cabeça e disse:

— Nunca invente de cair de amores por alguém. Nada de bom vem disso.

Cair de amores? Gato sabia que "amor" era algo pelo que as pessoas eram obcecadas, especialmente naquele dia, uma vez por ano, em que voltavam do trabalho para casa carregando buquês de flores e caixas de chocolates. Tinha até mesmo testemunhado pedidos de casamento, quase sempre homens se ajoelhando, o rosto cheio de pânico, embora, em certa ocasião, também tivesse visto uma mulher com cabelo longo e cacheado, vestindo um fraque, pedir a mão de outra mulher no meio da rua, enquanto carros buzinavam e pedestres davam vivas. Gato não tinha muita certeza se entendia o que era amor.

O Vizinho Desajeitado suspirou mais uma vez.

— Você acha que é humanamente possível que a Núria se interesse por mim? Digo, você a conhece bem, certo?

Núria? Não era esse o nome real da Moça Arco-íris? Então era isso o que estava acontecendo? O Vizinho Desajeitado estava apaixonado pela Moça Arco-íris? De verdade?

— O que é que eu devo fazer? Ela deve achar que sou algum tarado esquisito, e agora o Omar provavelmente vai contar para ela... eu não ficaria surpreso se ela pedisse uma medida protetiva ou alguma coisa assim. Deus do céu, eu pediria uma medida protetiva pra mim mesmo. *Arrrgh!*

Agora tudo fazia sentido. Todos aqueles bilhetes, todas aquelas idas à cafeteria, toda a angústia que Gato via o tempo todo no rosto do Vizinho Desajeitado. Ele estava apaixonado, e não sabia se Núria correspondia ao sentimento. Na verdade, Gato tinha certeza de que Núria não fazia ideia de quem estava escrevendo os bilhetes para ela nem o porquê. Não era de se admirar que humanos fossem tão obcecados com esse negócio de amor. Claramente era um assunto complicado.

— Se ao menos você pudesse falar... — O Vizinho Desajeitado deixou os ombros caírem, derrotado.

O que ele não sabia, no entanto, era que Gato *tinha* o próprio jeito de falar. Ele teve uma ideia. Gato miou, o tipo de miado que implora atenção. Ele se levantou e avançou, determinado, fazendo uma pausa no portão para poder encontrar o olhar do Vizinho Desajeitado. Eles se encararam. O Vizinho Desajeitado foi atrás conforme Gato se contorceu entre as barras de metal. Ele destrancou o portão e se juntou a Gato do outro lado.

— O que foi? — ele perguntou.

Apesar da calçada quente, Gato foi até o ponto exato onde a Moça Arco-íris geralmente o alimentava. Também era o exato mesmo ponto onde o Vizinho Desajeitado tinha deixado aqueles bilhetes para ela. A última carta que ele tinha escrito para ela continuava ali, com a pedra branca em cima. Gato bateu no envelope com a pata da frente, então golpeou a pedra para o lado, que rolou vários centímetros na calçada. O Vizinho Desajeitado franziu a testa e coçou a cabeça.

— Não estou entendendo — ele disse, encarando os olhos verdes de Gato.

Oh, céus. Para um homem crescido, ele certamente é um pouquinho lento no raciocínio. Gato decidiu trotar até uma árvore próxima e pegar com a boca uma noz que estava no chão. Quando voltou ao envelope, ele a deixou cair sobre o papel, olhando fixamente para o Vizinho Desajeitado, tentando, com todas as forças, mandar a ele uma mensagem telepática.

A careta do Vizinho Desajeitado se aprofundou. Porém, depois de alguns segundos, seus olhos se arregalaram, como se a telepatia de Gato finalmente tivesse se infiltrado em sua cabeça dura.

— Isso é um presente? Para mim? Um presente... Você acha que eu deveria deixar um presente para ela? É isso o que está tentando me dizer? — ele perguntou, as sobrancelhas erguidas. Um ou dois segundos de silêncio se passaram. Então ele riu e sacudiu a cabeça. — É *isso* que minha vida se tornou... Eu estou conversando com um gato sobre minha vida amorosa... — Ele riu mais uma vez e olhou diretamente nos olhos de Gato. — Tenho quase certeza de que você não faz ideia sobre o que eu não paro de resmungar, na verdade, mas obrigado pela noz. Você me inspirou!

Francamente, se Gato não estivesse tão empolgado com o fato de o Vizinho Desajeitado tê-lo compreendido de verdade, teria ficado um pouco ofendido com a insinuação de que, só porque era um gato, não era capaz de entender. Mas que seja. Ele teria que deixar de lado seus sentimentos para ajudar o cara.

Miau.

Vai, cara. Anda logo com isso. Entra na sua casa e encontra alguma coisa bonita pra dar pra ela. Bora lá. A gente não tem o dia todo.

Por um momento, o Vizinho Desajeitado pareceu ficar absorto em pensamentos, esfregando a barba por fazer no queixo. Vários segundos se passaram e logo ele deu um pulinho e entrou correndo na casa.

Gato esperou, mesmo com as almofadas das patas ficando desconfortavelmente quentes. Um minuto. Dois minutos. Três minutos. Quatro. Então o Vizinho Desajeitado irrompeu pela porta da frente e desceu os degraus correndo. Ele acenou com o que parecia ser outra pedra e a deixou cair em cima do envelope.

Gato examinou o objeto, que, na verdade, não era nenhuma pedra. Era um pedaço de vidro liso em formato de coração, com um redemoinho impactante de cores no interior. Era perfeito.

— É um peso de papel de cristal de Murano... Comprei para minha mãe na Itália, mas ela não quis, disse que as cores dariam dor de cabeça. Agora que penso no assunto, provavelmente estava destinado para a mulher que eu ainda não tinha conhecido. Não te lembra a Núria? — ele indagou, com um enorme sorriso no rosto.

O Vizinho Desajeitado, de fato, estava no caminho certo. Gato seguiu com o olhar as espirais de cor viva, visualizando a Moça Arco-íris em cada uma delas. Afinal, havia um motivo para tê-la apelidado de "Moça Arco-íris".

Por um segundo, o Vizinho Desajeitado se esticou como se fosse fazer carinho no bichano. Mas mudou de ideia, optando por se ajoelhar e encarar Gato com um olhar tão caloroso que o fez se lembrar do quanto ele gostava de desfrutar da luz do sol de manhã.

— Obrigado por me ouvir — ele disse.

Gato miou seu *não há de quê*. Então instalou-se em um ponto à sombra, de onde poderia vigiar o precioso presente, para garantir que ninguém o roubaria. Afinal, ainda moravam em Nova York.

52

Núria

Assim que Núria saiu do trabalho, correu para encontrar Rocky em um encontro de emergência, algo que faziam de vez em quando, quando uma ou a outra estava em momento de crise. Rocky queria encontrá-la em um de seus botecos preferidos, mas Núria não estava a fim de pisos grudentos cobertos de cascas de amendoim e bêbados dizendo que ela seria mais bonita se sorrisse mais. Como contraproposta, sugeriu sua padaria vegana favorita.

Mesmo já estando cinco minutos atrasada, decidiu passar para checar como Gato estava. Ainda se sentia extremamente culpada por ter colocado a vida dele em risco por causa de suas más escolhas. No bolso, levava uma latinha do patê de salmão preferido dele, uma colher de plástico e um pratinho de papel que havia apanhado no trabalho.

Enquanto se aproximava, sibilou o *pssspssspsssps* de costume. Porém o arbusto não se mexeu. Ela não ouviu o miado familiar.

Pssspssspssspss! Pssspssspssspss! Pssspssspssspss!

Ela sacudiu a folhagem, mas, ainda assim, nada.

Onde ele estava?

Quando estava prestes a desistir, ouviu um miado fraco do outro lado do arbusto. Gato estava ali, sentado com toda a elegância, como se estivesse se perguntando que rebuliço todo era aquele.

— Aí está você! — Núria disse, aliviada.

Miau!

Ela estava puxando a latinha do bolso quando, de repente, pelo canto do olho, enxergou um pequeno envelope com um lindo coração feito de vidro por cima, o cantinho sob a pata da frente de Gato. Ele não se mexeu. Nem sequer miou ao ver a latinha de patê de salmão. Tudo que fez foi ficar sentado, encarando-a como se estivesse tentando lhe dizer algo com o olhar. Núria voltou a guardar a lata no bolso e pegou o coração, liso e quente. Ela o ergueu contra a luz do sol e analisou o espectro de cores no interior. Devia ser uma das coisas mais lindas que já tinha visto. Era para ela? O admirador secreto tinha deixado um presente para ela. Núria olhou de relance para o envelope ainda na calçada. O coração de vidro se aqueceu na palma de sua mão. Ela o apertou e o guardou no bolso.

— Dane-se — ela murmurou baixinho antes de pegar o envelope do chão. Ela o rasgou com cuidado. Dentro, estava um cartão do Museu de História Natural, com uma imagem em caleidoscópio de flamingos cor-de-rosa. Núria se sobressaltou. Como a pessoa sabia que ela era da Flórida? Ela olhou por cima do ombro para ver se tinha alguém observando-a, mas o único prestando atenção nela era Gato, ainda sentado no mesmo ponto.

— Você sabe quem é essa pessoa? — ela perguntou a ele.

Ele piscou uma vez.

Ela suspirou. É claro que ele sabia. Se ao menos gatos fossem capazes de falar para poder interrogá-lo... Mas não havia propósito em fantasiar com o impossível. Em vez disso, ela abriu o cartão para ver o que essa pessoa misteriosa tinha a dizer.

Você está bem? Eu vi os machucados no seu rosto e o corte no seu queixo, e não pude evitar imaginar todas as coisas ruins que poderiam ter te acontecido. E aí você mencionou um maníaco, o que me deixou ainda mais preocupado. Espero muito que ninguém tenha te machucado. É estranho se preocupar com alguém que a gente nem conhece, sabe? Porém, de algumas maneiras, eu meio que sinto que, na verdade, conheço você.

Além do mais, me preocupar é uma das minhas habilidades naturais. Minhas marcas na testa são prova disso. Mesmo me preocupando muito comigo, com os outros e com o mundo, contudo, às vezes é difícil fazer algo a respeito, me comunicar, ajudar as pessoas. Verdade seja dita, é simplesmente aterrorizante demais para mim dar a cara à tapa, me afastar do pequeno universo confortável com paredes enormes que construí ao meu redor. Pela sua carta, sei que você valoriza a autenticidade. Então, aqui estou, expondo meu verdadeiro eu para você. O motivo pelo qual tem sido difícil para mim ir até você e puxar uma conversa de verdade é por estar com medo. Eu tenho medo da rejeição. Tenho medo de deixar as pessoas se aproximarem demais só para acabar perdendo-as. Tenho medo de que ninguém nunca vá realmente gostar de quem eu sou. Você perguntou o motivo de eu ser tão atraído por você? Bom, andei pensando no assunto. Acredito que é porque você é exatamente o tipo de mulher que deixaria minha mãe horrorizada. Tente não se ofender. Eu digo isso como um imenso elogio. Ao longo dos anos, passei a amar e valorizar minha mãe, mas, se for para ser completamente sincero, ela é fria, grosseira, egoísta e se importa apenas consigo mesma, apesar de eu ter tentado ser um bom filho. Por muito tempo, foi esse o tipo de mulher por quem eu me cerquei. Mas você não tem nada a ver com isso. E são essas características, seu altruísmo, sua generosidade, sua simpatia e as cores com que você se cerca que também me deixam completamente apavorado. Você pediu sinceridade, então, é o que entrego. Espero que, um dia, quando eu estiver me sentindo um pouco mais corajoso, possamos nos encontrar pessoalmente. Até lá, por favor, tente ser paciente comigo. Só preciso de um pouco mais de tempo.

Ela piscou. Então, leu a carta uma segunda e uma terceira vez. A pessoa era *mesmo* um cara. Ele parecia gentil e educado. E tinha basicamente aberto o coração para ela, algo que Núria nunca tinha vivenciado com um homem. *Hum.* Agora ela estava ainda mais intrigada.

— Você sabe onde ele mora? — ela perguntou para Gato.

Gato continuava fitando-a da calçada, com os olhos entretidos.

Núria suspirou. Ela dobrou a carta e a guardou no bolso, junto do coração de vidro. Estava atrasada. Tipo, *bem* atrasada. Um minuto a mais, contudo, não importaria muito. Ela procurou um pedaço de papel no outro bolso. *Ahá!* Tinha encontrado um recibo antigo. Por ora, serviria. Ela procurou a caneta do serviço postal na mochila e então rabiscou um bilhete rápido em resposta.

Plim-plim... Plim... Plim-plim...

Merda. Era o celular dela. Como de costume, Rocky provavelmente estava furiosa com seu atraso. Ela colocou o recibo sob uma pedra branca que estava por perto e saiu correndo rua afora, para evitar ser assassinada pela melhor amiga.

— *Finalmente* — Rocky falou, sentada à mesa de dois lugares mais próxima da porta.

Núria se apressou até lá, murmurando:

— Desculpe. Não me mate, por favor.

— Garota. Se eu fosse te matar por seus atrasos, teria feito isso há muito tempo. Além do mais, a julgar pelos roxos no seu rosto, parece que alguém passou na minha frente. Agora, senta essa bunda atrasada e me conta logo o que caralhos aconteceu contigo — Rocky inquiriu.

O garçom, um garoto de cabelo azul estilo Peter Pan com um piercing no septo, aproximou-se delas.

— Oláááá! Meu nome é Sage, meus pronomes são ele e elu. O que gostariam de pedir?

Rocky olhou para o balcão de doces por cima do ombro.

— Vou querer o maior *cinnamon roll* que tiver ali e um latte duplo, por favor.

Núria não precisou nem sequer examinar o balcão; sabia exatamente o que queria.

— Para mim, um cupcake de crème brûlée, um brownie de chocolate duplo e um latte gelado com leite de aveia, por favor.

— Gostaria de chantili de coco no seu latte gelado? — Sage perguntou.

Núria assentiu.

— Sim, por favor.

Ele disparou para trás do balcão, deixando Rocky e Núria a sós. A padaria era minúscula, com apenas seis mesas de tom verde-pistache e paredes cor-de-rosa com toques de dourado. Lembrava Núria de um ovo Fabergé ornamentado e de tons pastel, por dentro e por fora.

— E aí, vai me colocar a par das coisas ou não? — Rocky quis saber.

Núria inspirou, depois expirou, deixando que um bom minuto se passasse, tentando descobrir de onde raios deveria começar.

— Você quer *mesmo* saber? Porque, honestamente, é bem constrangedor e meio medonho, e se tem algo que eu não quero, é te deixar preocupada sem necessidade — ela disse, por fim.

— Eu sou sua amiga. Sua *melhor* amiga. Você sabe que estou aqui para o que der e vier — Rocky garantiu, inclinando a cabeça para o lado, algo que ela fazia sempre que estava sendo sincera.

Núria franziu as sobrancelhas.

— Ai, meu Deus, eu não sei se estou pronta pra ser julgada e levar sermão ainda. Podemos ter essa conversa *depois* de um pouco de açúcar e cafeína?

— Deixa disso. Fala de uma vez. Prometo que vou tentar não ser crítica demais, tá bem? — Rocky disse, apertando os lábios depois de falar.

Graças aos céus, Sage voltou bem a tempo com uma bandeja de guloseimas e as bebidas que elas haviam pedido. Elu dispôs tudo na mesa, dando a Núria mais um rápido momento para encontrar as palavras.

— Bom apetite! — elu disse, voltando aos pulinhos.

Núria mordeu seu cupcake grudento, cremoso e com gosto de açúcar queimado, e engoliu antes de dizer:

— Eu fiquei bêbada. *Bem* bêbada. Aí, caí de cara em uma grade de ventilação do metrô, e um maníaco tentou me apalpar enquanto eu estava meio inconsciente.

— O quê? É sério? Por que você não me ligou? Você ligou para a polícia? — Rocky indagou, a testa profundamente franzida.

Núria ergueu a bebida, tentando se esconder atrás dela.

— Não. Não chegou a acontecer nada. Digo, não que não tenha sido nada. Um dos gatos que eu alimento quase arrancou a cara dele com a unha, e uma menina que trabalha no supermercado me ajudou a voltar pra casa. Mas, sério, eu tô bem.

— Bom, tá na cara que você está bem. Olha só pra você, mal está mastigando esse muffin — ela retrucou. — Mas da próxima vez que a senhorita se embebedar e se meter em encrenca, por favor, me ligue pra eu ajudar, tá bom?

— Tá *bem*. Mas só pra sua informação, isto é um cupcake, não um muffin.

Rocky estendeu as mãos como se quisesse esganá-la.

— Argh! Mesma coisa!

Núria riu, afinal, mesmo que Rocky a frustrasse muito, ela também a amava horrores.

— Deixando isso de lado, você ficará feliz em saber que eu *também* estou com uma crise relacionada a homens...

— Ai, meu Deus. Conta logo! — Rocky empurrou de lado o *cinnamon roll* para poder bater as mãos espalmadas na mesa.

Núria deu mais uma mordida no cupcake, protelando as notícias para torturar Rocky só um pouquinho, porque, bem ao estilo de Rocky, a boca da amiga estava praticamente espumando. Depois de engolir e beber um longo gole de seu latte de leite de aveia, ela finalmente desembuchou.

— Tem um cara. Um cliente novo no café, que tem aparecido ultimamente. Ele é meio esquisito. Não de um jeito ruim. Só meio desajeitado. Ele não fala muito, mas ontem ele apareceu lá e perguntou por mim. Meu colega, Anh, parece achar que o cara tem uma quedinha por mim, mas, para ser franca, eu não sei bem. Ele é meio difícil de se interpretar.

— Como ele é? O que ele faz? Passa *todos* os detalhes pra cá — Rocky ordenou.

Núria encarou o espaço vazio acima da cabeça de Rocky, pensando.

— Humm. Acho que ele é bonitinho, daquele jeito meio atrapalhado e desajeitado de professor. De acordo com o Anh, ele é um autor best-seller, mas vai saber.

— Uuuh. Um autor? Rápido. Qual o nome dele? — Rocky indagou ao tirar o celular da bolsa com um puxão.

— Collin Thackeray.

Os dedos de Rocky voaram pela tela, puxando toda a ficha do homem no Google. Depois de um minuto, que pareceu uma hora, ela ergueu os olhos para Núria com uma expressão cuja melhor descrição seria "encantada".

— Puta merda. Ele é gato! Tipo, supergato! E é best-seller do *New York Times* de *verdade*. Esse é pra casar, Núria. Se você não sair com ele, eu saio.

— Tem mais... Dá uma olhada nisso. — Núria puxou o cartão de flamingos e o coração de vidro de seu bolso e os colocou na mesa.

Rocky ergueu o bilhete e o leu. Conforme cada linha se passava, suas sobrancelhas se erguiam mais e mais.

— Espera. Esse é o admirador secreto?

— É. Quer dizer, acho que sim.

— E você tem respondido aos bilhetes dele? — ela perguntou.

Núria se encolheu e soltou num guincho:

— Sim? Na verdade, acabei de deixar um para ele, antes de vir te encontrar.

— E o que *exatamente* você escreveu?

Núria cobriu o rosto por alguns segundos. Quando afastou a mão, suas bochechas estavam manchadas e coradas.

— Eu talvez tenha escrito que gostaria *muito* de conhecê-lo... e que ele não precisava ter medo e... tipo... falei pra ele vir à cafeteria. E que, se quiser que eu saiba quem ele é, deveria pedir um Guillermo.

— Mas e se outra pessoa for lá e pedir um Guillermo? — Rocky perguntou.

Núria abanou a mão no ar entre elas.

— Tenho praticamente certeza de que ninguém por aqui sabe o que é um Guillermo. É tipo uma bebida de café cult supersecreta.

Por um momento, Rocky não disse nada. Seus lábios estavam apertados e repuxados para o lado enquanto ela tamborilava os dedos na mesa. Então, de repente, *blam!* Ela espalmou as mãos na mesa de novo, com tanta força que derramou um pouco de sua bebida.

— Espera aí, meu anjinho do mais puro coração. Qual é exatamente a distância entre a cafeteria e esse seu ponto de troca de bilhetes?

— Três quarteirões — Núria falou.

— Ah, cacete! — Rocky ergueu as mãos, como se estivesse invocando os céus. — Tipo, oiê, tá na cara que o homem sabe escrever... Minha queridíssima Núria, já passou pela sua cabeça que esse seu admirador secreto e aquele autor best-seller do *New York Times*, Collin sei lá o quê, podem ser a mesma pessoa?

53

Bong

Bong assobiava enquanto reabastecia a geladeira de refrigerantes. De tempos em tempos, olhava para Lily. Era apenas o primeiro dia dela, mas ela tinha sido rápida ao aprender os macetes da mercearia. Bong tinha esquecido como era bom ter outra pessoa com quem trabalhar, alguém para quem contar suas piadas, alguém para assumir as responsabilidades quando ele quisesse dar uma pausa.

— Tudo bem por aí? — ele perguntou quando a loja estava livre de clientes.

Lily sorriu.

— Sim, tudo certo. Essa caixa registradora, na verdade, é mais fácil de usar do que a do supermercado. E eu gosto do quanto as operações são rápidas. Caramba, você precisava ver como algumas pessoas são lentas pra passar as compras. Sem falar nos clientes supertagarelas que querem contar a história de vida inteira pra você. Estou gostando muito daqui, Bong.

Ele assentiu.

— Que bom. Fico feliz. Gosto de ter você aqui, Lily.

A porta se abriu e uma de suas freguesas entrou: a Sardenta, aquela que sempre pedia pratos de papel. Ela passou velozmente pelo caixa, percorreu um corredor, depois o outro, até estar parada bem ao lado dele. Parecia cansada, de certa forma. Talvez fosse porque seu cabelo não estava no coque habitual; em vez disso, estavam soltos, desgrenhados e armados por causa da umidade.

— Com licença — ela disse a ele.

— Ah, olá. Como posso te ajudar? — Bong perguntou.

De perto, ela parecia mais pálida, tanto que suas sardas se destacavam ainda mais. Não era só isso: havia um hematoma verde amarelado ao redor do olho esquerdo dela, alguns cortes e um arranhão no queixo.

— Você tem alguma coisa pra dor de cabeça? — ela pediu, com a testa franzida.

— É claro. Vou te mostrar. — Bong fez um gesto, indicando para que ela o seguisse até o caixa. Ele pegou Tylenol, Advil e Flanax na prateleira protegida por um vidro e os colocou no balcão. — Qual você prefere?

Ela fitou os três.

— Não sei. Não costumo tomar esse tipo de remédio.

— Eu sou do time Advil — Lily opinou, pegando o frasco e entregando-o a ela.

Por uma fração de segundo, as duas ficaram se encarando. O olhar de Bong correu de Lily para a Sardenta e, então, de volta para Lily. Havia alguma coisa no ar entre elas, mas ele não sabia exatamente o quê.

— Ah, eu não sabia que você trabalhava aqui — a Sardenta disse.

Lily sorriu.

— É meu primeiro dia.

A Sardenta devolveu o sorriso, as bochechas corando.

— Legal. Eu venho sempre aqui.

Bong a observou entregar uma nota de dez dólares para Lily. Lily se atrapalhou com a nota, quase deixando-a cair. Ela estava evitando o olhar da cliente, confusa de repente com as moedas no caixa. Quando entregou o troco, sua mão tremia um pouco.

— Valeu. Te vejo por aí — Sardenta falou.

Assim que ela passou pela porta, Bong voltou o olhar para Lily, que parecia prestes a vomitar. Em sua mente, ele visualizou as duas mulheres se fitando; imaginou o rosto de Lily e o da Sardenta.

O nariz, o queixo, a boca das duas. E, então, sua ficha caiu. Ele colocou a mão no ombro de Lily e disse:

— Era a sua irmã?

Os olhos de Lily se arregalaram.

— S-sim... é ela. Essa é a Núria — ela sussurrou.

54

Núria

— Nú! Tem alguém aqui querendo te ver! — Anh gritou.

O coração de Núria saltou. Era ele? Era Collin? Ela devolveu a caixa de leite de aveia à geladeira e foi até o caixa. Parado do outro lado, estava ninguém menos que Omar vestido com seu uniforme do serviço postal. Em vez do sorriso habitual, sua boca era uma linha reta.

O estômago dela despencou. O súbito sentimento de culpa por não ter respondido às mensagens preocupadas dele fez suas têmporas voltarem a latejar.

— Omar! Que surpresa — ela disse, com um sorriso fraco.

Omar expirou.

— Bom, fico aliviado por ver que você está sã e salva.

— Me desculpe… espero que você não esteja bravo demais comigo por ter evitado suas mensagens… Aconteceu *muita* coisa nos últimos dias — Núria falou, o rosto franzido de vergonha.

— Só estou feliz por você estar bem. Desculpas aceitas… Você tem tempo para um papinho rápido e um café? — ele perguntou, indicando uma mesa livre.

Núria deu de ombros.

— Claro. Posso dar uma pausa. O que você quer? Por minha conta.

A boca dele se curvou levemente nos cantos e seus ombros relaxaram.

— Ótimo. Um pingado pra mim, por favor.

— Claro. Pode se sentar, chego em um minuto.

Núria fez o café de Omar e se juntou a ele em uma mesa de dois lugares ao lado da janela.

— Sinto muito *mesmo* por ter preocupado você, Omar. Foi péssimo da minha parte.

— Bom, eu não vou mentir. Fiquei preocupado *pra valer*, e com razão. O seu rosto... está doendo? — Omar quis saber, relanceando os hematomas desbotados e machucados cascudos dela.

Núria tocou a casquinha no queixo com um dedo, como se tivesse se esquecido completamente de que ela estava ali.

— Não. Está tudo bem. Na verdade, o pior golpe foi no meu ego. Estou me sentindo uma imbecil. Quer dizer, minha mãe sempre fica martelando na minha cabeça por não ser uma adulta responsável. Talvez ela tenha razão.

— Ah, deixa disso. Não seja tão dura consigo, Núria. Até adultos têm lapsos de julgamento.

Núria suspirou.

— Não sei, não. Você parece um adulto responsável. Tenho certeza de que você não ficaria bêbado e cairia de cara em uma grade do metrô.

— Rá! — Omar sacudiu a cabeça e bebeu um gole de seu pingado. — Na verdade, é meio que por isso que estou aqui. Digo, não me entenda mal, eu realmente queria saber como você estava e provar seu maravilhoso café, mas estou em um certo dilema. Me ajudaria muito ouvir um conselho de um lado neutro.

— É claro. O que houve?

Omar inspirou fundo, então se reclinou para trás, os ombros caídos.

— Acredito que você se lembre do Carl me atormentando lá no jantar, com a história de fazer o curso de culinária, e que eu disse a ele que estava pensando em ir conhecer a escola? Bom, foi meio que uma mentirinha. E-eu só queria tirar ele do meu pé, sabe? Mas a verdade é que não tenho nenhuma intenção de fazer essa visita. Estou me sentindo péssimo por ter mentido pra ele... Eu não gosto de mentir, Núria. Não é do meu feitio.

Núria se esticou e apertou a mão dele.

— Você é humano, Omar. Somos todos humanos. E humanos cometem erros às vezes... Quer dizer, porra, eu faço isso o tempo inteiro.

— Eu sei. Eu sei. Mas o que devo fazer agora? Como é que vou dizer ao Carl que menti pra ele na cara dura?

Por um momento, a mesa dos dois ficou em silêncio. O rosto de Omar parecia um pouco pálido e manchado, como se já estivesse temendo precisar se confessar para Carl. Núria, por outro lado, estava levemente em pânico; não era exatamente a melhor pessoa para distribuir conselhos.

Mas lá estava ela, lutando para encontrar pedacinhos de sabedoria que fizessem com que Omar se sentisse melhor. Em sua amizade com Rocky, era sempre Rocky quem dava a Núria conselhos muito necessários. Agora, era a vez dela, e não queria fazer besteira.

— Bom... eu não sou exatamente a pessoa mais sábia do pedaço. Quer dizer, minha própria mãe ainda me diz que eu ajo feito uma adolescente. Mas vou dizer uma coisa. Ser franco a respeito do que se sente nunca vai ser um erro. Se o Carl ficar bravo, deixe que fique. Você tem direito aos seus sentimentos da mesma forma que ele tem direito aos dele. No fim das contas, é a sua vida, e quem decide o que fazer com ela é você. Ou o Carl aceita isso ou segue em frente.

Omar ficou encarando as mãos no colo, a testa franzida, como se estivesse assimilando aos poucos o que tinha ouvido. Alguns segundos se passaram antes de ele erguer o rosto, com olhos quase transbordando de lágrimas.

— Você tem razão. Acho que eu só preciso ser brutalmente sincero, com o Carl e comigo mesmo *também*. Faz tanto tempo que fico dispensando os conselhos dele sobre a minha vida profissional com piadinhas... Nós dois nunca chegamos a sentar e ter uma conversa séria sobre o nosso futuro. Acredito que não tem por que não ser agora — ele disse.

— Ei, Nú! A máquina de expresso está chamando! — Anh gritou de trás do caixa.

Núria voltou os olhos para a pequena fila de clientes que tinha se formado.

— Tenho que ir. — Antes de ir embora, ela ficou em pé e se debruçou para um abraço rápido. — Boa sorte, Omar. Me conta depois como foi. Tudo bem?

— Vou contar. Obrigado, Núria.

E lá se foi ela para preparar uma enxurrada de pedidos de café com um sorriso luminoso. Porque, de repente, estava se sentindo incrivelmente orgulhosa de si mesma. Pela primeira vez na vida, tinha sido uma boa amiga. Tinha oferecido, em vez de receber. Era uma reviravolta inesperada, mas não deixava de ser positiva.

55

Collin

A tarde estava escaldante. Mesmo já perto das cinco, o sol continuava irradiando um calor insuportável do lado de fora. Collin estava em seu escritório climatizado, fitando intensamente a tela do notebook. Por que as palavras não apareciam? Ele sentiu o desejo súbito de erguer seu amado MacBook Air e atirá-lo da janela do segundo andar. Mas não era de seu feitio fazer nada irrefletido. Na verdade, ele tendia na direção completamente oposta, pensando demais em tudo até a cabeça doer.

— Argh! — Ele fechou o notebook e se levantou. Talvez precisasse apenas esticar as pernas e beber alguma coisa gelada.

Collin foi até a cozinha no andar de baixo e abriu a geladeira, permitindo que o ar frio o envolvesse enquanto examinava as prateleiras. Ele puxou uma garrafa de gengibirra e a abriu, bebendo quase metade do conteúdo de uma só vez. *Ahhh. Bem melhor.* O gosto forte do gengibre fez sua garganta arder, mas era uma ardência boa, que o deixou revigorado.

A luz do sol se deslocou de repente, atravessando as persianas de sua janela e iluminando a pia de aço inoxidável. Se estava fazendo calor ali dentro, ele mal conseguia imaginar a sensação de estar lá fora, respirando o ar grudento e úmido. Será que o gato estava bem? Talvez Collin devesse levar um pouco de água fresca e conferir o estado dele. Ele encheu uma garrafa com cubos de gelo e água e foi até o beco.

Assim como tinha suspeitado, estava sufocante do lado de fora. O calor da calçada atravessava suas pantufas e ele não sentia uma única brisa.

— E aí, amiguinho? Está aí? — ele chamou suavemente ao se aproximar da casa de papelão.

Através da janela recortada, ele encontrou uma cabeça preta e peluda e um par de olhos verdes.

Miau. Foi um miado baixo. Mal conseguiu ouvi-lo. Mas ele parecia bem.

Collin derramou a água velha, que estava morna, e tornou a encher a tigela com a água gelada.

— Quer se refrescar? Vem cá, beba um pouco de água fria — ele disse, ficando de cócoras para conseguir espiar o interior da caixa com mais facilidade. O gato, porém, não se mexeu. Só o que fez foi observar Collin curiosamente com seus olhos verdes.

Talvez ele sairia se Collin se afastasse um pouco. Ele recuou, passo a passo, até suas costas baterem do portão que separava o beco da rua.

— Vamos, amiguinho. Beba. Está quente demais para ficar enfiado aí dentro — Collin falou.

Ainda assim, nada aconteceu. Talvez o gato apenas não estivesse com muita sede. *Bem, paciência.*

Pelo canto do olho, Collin enxergou algo branco do outro lado do portão. Então lembrou-se do cartão e do presente que havia deixado para Núria.

Ele destrancou o portão e correu para buscar o papel que estava sob uma pedra. Era um recibo antigo. Do outro lado, contudo, ela havia escrito a resposta.

> *Eu* ADORARIA *ser paciente, mas... paciência nunca foi uma das minhas virtudes. Gostaria muito de conhecer você pessoalmente. Se conseguir encontrar coragem, apareça na Torra do Brooklyn durante o meu expediente e peça um Guillermo. Espero te ver logo!*

P.S.: Obrigada pelo presente. Com toda a sinceridade, é uma das coisas mais lindas que já ganhei de alguém em toda a minha vida.

O que, em nome de Deus, era um "Guillermo"? O coração de Collin estava tão acelerado que era quase preocupante. Suas pernas de repente estavam fracas, e ele teve a sensação de que talvez desmaiaria. Ele enfiou o bilhete no bolso e voltou para dentro depressa, não apenas porque não queria apagar no meio da calçada, mas também porque estava ávido para pesquisar tudo sobre "Guillermo" no Google.

Collin subiu as escadas correndo até seu escritório e iniciou o notebook. Tendo aberto o Google, ele digitou "café Guillermo". Quase imediatamente, encontrou sites de cafeterias com Guillermo nos nomes, e blogueiros chamados Guillermo que eram apreciadores de café. Perto do fim da página, contudo, ele localizou um artigo intitulado "Café com limão é uma paixão". Collin clicou no link e, conforme leu, rapidamente descobriu que um Guillermo era uma dose de expresso servida por cima de algumas fatias de limão fresco. *Hum*. Simples, mas único. Ele riu, mesmo não sabendo muito bem o motivo.

— Expresso com limão? — ele disse em voz alta para absolutamente ninguém. E riu mais uma vez.

Era quase uma senha secreta em forma de bebida, algo que só um agente secreto usaria. Seu peito se aqueceu ao pensar em estar compartilhando um segredo com Núria.

Porém, mesmo adorando a ideia, aquilo não mudava o fato de que ele era covarde demais para tentar tal façanha.

Collin se recostou na cadeira e tentou visualizar a si mesmo entrando na Torra do Brooklyn, destemido e cheio de confiança, pedindo um Guillermo. Em sua mente, ele era seguro, sagaz e charmoso, de certa forma. Na vida real, Collin não era nenhuma dessas coisas.

Espera. Calma aí.

Collin quase saltou do assento de tanta empolgação. Tweed. Café. Um agente secreto charmoso. Uma missão. Viagem no tempo. Portais situados em cafeterias ao redor do mundo. Gatos mágicos. E uma donzela em perigo.

Rapidamente, ele abriu seu documento sem título e digitou na velocidade da luz. Sua inspiração, de repente, estava fluindo, borbulhando e estourando, como uma garrafa de refrigerante que havia sido sacudida e, então, aberta. Fazia muito tempo desde a última vez que uma ideia tinha se formato por completo em sua cabeça. A adrenalina percorria seu corpo, o coração martelava no peito e os dedos golpeavam o teclado como se sua vida e a de todo o universo estivessem em jogo.

56

Omar

— Como assim você não agendou a visita pra conhecer o curso? — Carl exigiu saber, os olhos azuis esbugalhados.

Omar, que estava sentado no sofá, baixou a cabeça, como se estivesse tentando se enroscar em si mesmo e se esconder.

— Eu sinto muito, Carl. Sei que você está decepcionado. Mas eu *falei* que estava só pensando na questão. Nunca prometi nada.

— Ah, me poupe! Seja sincero comigo. Você pensou *de verdade* em algum momento? Ou só estava tentando me fazer sair do seu pé? — Carl apoiava o corpo no parapeito da janela com os braços cruzados. — Porque eu estou começando a achar que era tudo mentira. E você *sabe* muito bem que eu não gosto de mentiras, Omar.

— Certo. Tudo bem. Eu menti. É isso que quer ouvir? Mas você não me deu muita escolha, Carl... Você não me escuta. Estudar culinária não é pra mim. Abrir um restaurante é o seu sonho, não o meu. Mas todas as vezes que digo isso, você simplesmente me ignora e desconsidera — Omar falou, esfregando as têmporas. Sua cabeça começava a latejar.

Carl expirou e encarou o chão.

— Isso deveria ser uma parceria. Deveríamos crescer juntos. Mas como podemos crescer juntos se você não consegue nem sequer se decidir por uma carreira mais significativa? Você consegue mesmo se ver entregando correspondências aos cinquenta ou sessenta anos? É isso que está idealizando para o resto da sua vida? Para o resto da nossa vida?

— Seria tão ruim assim? Ou será que apenas não faz parte do seu plano de transformar a gente no casal de maior sucesso do Brooklyn? É essa a questão, Carl? Eu não me encaixo na sua pasta do Pinterest? — Omar indagou, endireitando as costas de repente e o encarando.

Carl tocou o próprio rosto, como se tivesse levado um tapa.

— Isso me magoa, Omar. É isso que você pensa de mim de verdade? Que sou um alpinista social fútil? Acha mesmo que eu teria sequer *considerado* sair com você se esse fosse o caso?

Omar se retraiu. Lá estava. A dura verdade. Carl tinha vergonha de ter um carteiro como companheiro.

O cômodo ficou em silêncio absoluto, como se os dois tivessem expelido tantas palavras que as tinham esgotado. Minutos se passaram antes de finalmente encontrarem os olhos um do outro, de lados opostos da sala. Estavam juntos havia tempo o bastante para saberem que, por ora, não tinha mais nada a ser dito. Omar não faria Carl mudar de ideia. E Carl não faria Omar mudar de ideia. Estavam em um impasse.

— Preciso de tempo pra pensar. Vou passar um tempo com o meu irmão. Podemos conversar daqui a algumas semanas. — Carl descruzou os braços e foi ao quarto, presumivelmente para encher uma mochila com seus pertences.

Omar ficou em pé e abriu a boca, mas nenhuma palavra saiu. Ele queria protestar, queria impedir que Carl fosse embora, mas também sabia que ambos precisavam de um pouco de espaço para reavaliar o relacionamento e decidir se realmente tinham algum futuro juntos. Só lhe restavam forças para ir à cozinha e servir uma dose de uísque. Serviu uma após a outra, as lágrimas escorrendo por seu rosto, misturando-se ao uísque quando engolia.

O som da porta da frente se abrindo e então fechando ecoou de outro cômodo. Carl havia ido embora sem dizer uma palavra.

Nem um *adeus*. Nem um *até mais*. Nem mesmo um *se cuide* da única pessoa que deveria amá-lo.

Como é que sua vida tinha tomado um rumo tão horrível?

Em um dia, estavam fazendo brincadeiras e flertando enquanto comiam camarão com molho de coco e bebiam margaritas e, no dia seguinte, estavam brigando. Agora, Carl tinha ido embora. Omar estava sozinho no apartamento de um quarto dos dois, escutando o zumbido da geladeira enquanto afogava as mágoas.

Ao sentir a queimação do uísque na garganta, ele fechou os olhos e tentou se enxergar na cozinha de um restaurante, usando um avental branco de chef, o vapor ondulando ao seu redor, os barulhos de algo sendo frito ao fundo, cozinheiros gritando um para o outro enquanto prato após prato de comida era entregue a garçons. Embora fosse apenas uma visão em sua mente, Omar já conseguia sentir o estresse e a ansiedade surgindo. Conseguia sentir os ombros se tensionando, as mãos se apertando, o maxilar ficando rígido por reflexo.

Ele serviu mais uma dose e a virou em um gole só.

Não. A vida em um restaurante não servia para ele. Simplesmente não servia. A sra. Lewis tinha razão. Assim como Núria. Era sua vida, afinal.

Claro, ele queria uma mudança profissional. Queria encontrar algo mais significativo, mais gratificante. Claro que queria ser mais bem-sucedido, ganhar um salário melhor. Havia alguma outra coisa para ele no mundo. Com o tempo, ele sabia que a encontraria.

Apenas esperava que Carl ainda estivesse ao seu lado quando ele descobrisse o que era.

57

Lily

Lily havia acabado de abastecer a seção de salgadinhos quando Bong entrou, trazendo um amontoado de sacolas de compras.

— Boa tarde, Lily. — Ele olhou para o relógio. — Ah, bom, são quase seis da tarde, então acho que já é praticamente "boa noite".

Ela limpou o suor da testa e expirou.

— Viu, Bong, tem certeza de que não há nada de errado com o ar-condicionado? Eu juro que devo ter perdido uns quilos desde o começo do expediente... Não fazia ideia de que era tão calor assim aqui no norte.

— Rá! Você não sabe o que é calor até ter sobrevivido a um verão nas Filipinas. Isso aqui não é nada.

Lily ergueu as sobrancelhas.

— Hum... Acho que vou passar essa ideia.

Bong foi até o caixa e puxou uma prancheta e alguns envelopes de uma gaveta.

— Que tal sair um pouco mais cedo e ir tomar um sorvete? Tem uma sorveteria maravilhosa logo na esquina.

— Ah. Não consigo bancar nenhum sorvete chique no momento — ela disse, franzindo a testa.

Ele sorriu e entregou a ela um dos envelopes do balcão.

— Pode, sim. Vá em frente, aproveite a vida um pouco.

O envelope era liso e todo em branco exceto pelo nome dela, que estava escrito em letras cursivas.

— O que é isso? — ela perguntou.

— É um adiantamento do seu salário. Imaginei que precisaria pra pagar o aluguel a tempo — Bong falou.

Os olhos de Lily se arregalaram.

— *Sério?*

Ele deu de ombros.

— Claro. Sei que é difícil de imaginar, mas já fui jovem. Me lembro de como é viver lutando de salário em salário.

— Obrigada, Bong. Você é uma salvação. De verdade. — Ela estendeu a mão e recebeu o envelope. — Tem certeza de que não precisa que eu fique e ajude?

— Consigo dar conta do resto, não se preocupe. Além do mais, vou fechar mais cedo hoje — ele respondeu.

Lily pegou a bolsa atrás do balcão.

— Vejo você amanhã, então. Tenha uma boa noite, Bong. — Ela acenou e então passou pela porta às pressas. A mente estava rodopiando, pois *finalmente* conseguiria pagar o aluguel a tempo. Que alívio! Ela tinha a sensação de que de fato tinha perdido um pouco de peso: seus ombros estavam mais leves e, de repente, sentia-se cheia de energia.

Uuuuff. Só que colidiu de cara em alguém. Estava tão eufórica que não tinha visto a cliente entrar ao mesmo tempo em que estava saindo.

— Ah. Oi, Lily! Vim comprar um picolé. Ou uma caixa inteira, talvez, se esse calor não der uma trégua — Núria resmungou.

Lily sentia o ritmo de seu coração acelerando. A leveza de momentos atrás desapareceu.

— Hm. Pois é. Eu sei. Nem me fale. E-eu estava indo agora tomar um sorvete. Para refrescar e tal — ela tagarelou.

— Quer companhia? Eu adoraria um sorvete vegano de chocolate e manteiga de amendoim e uma casquinha fresquinha mergulhada em chocolate amargo e granulado. Tem um desses em um lugar aqui por perto — Núria falou.

— Claro. Se-seria legal — Lily respondeu.

Então, as duas partiram rua afora, caminhando lado a lado.

Ela esperava que Núria não tivesse notado que suas mãos estavam tremendo. Estava nervosa porque era a primeiríssima vez que ela e a irmã sairiam juntas de propósito. Como um encontro. Um encontro de irmãs.

O funcionário do *Sorve-se Quem Puder*, que parecia um personagem do Dr. Seuss tatuado, estendeu a casquinha gigante de Núria, com três bolas de sorvete.

— Aqui está seu sorvete vegano de chocolate e manteiga de amendoim com noz-pecã fatiada e, é claro, nossa cobertura caseira e vegana de chocolate, *e* chantili vegano, na casquinha. Bom apetite! — ele disse, entregando-o a ela.

Núria agarrou o sorvete, imediatamente esticando a língua para provar um bocado do chantili regado com cobertura de chocolate.

— Humm!

— E para você, o que vai ser? — ele disse a Lily.

— Vou querer a casquinha de baunilha com granulado, por favor — ela disse, puxando a carteira.

Núria afastou a mão dela.

— Não. O sorvete é por minha conta, como agradecimento por ter me ajudado no outro dia.

— Não. Eu pago. Bong acabou de me dar meu primeiro salário, então não estou me sentindo *tão* pobre — Lily disse, dando uma risadinha.

— Tudo bem, tudo bem. Mas apareça na Torra do Brooklyn para um café por minha conta quando quiser, tá bom? Eu ainda tenho uma grande dívida com você por me ajudar a desgrudar a cara da grade do metrô.

Lily assentiu.

— Combinado.

Ela abriu a carteira e puxou uma nota de vinte dólares.

Sem que percebesse, Núria estava espiando por cima de seu ombro enquanto lambia o cone, que já começava a derreter.

— Espera. É você ali? — ela disse, examinando ainda mais de perto a foto antiga dentro da carteira de Lily. A foto mostrava uma garotinha de maria-chiquinha ao lado de um homem mais velho.

Lily se encolheu e se atrapalhou para esconder a foto. Mas era tarde demais. Núria já tinha visto muito bem.

— S-sim... sou eu... e... e... meu pai.

As duas ficaram caladas. Caladas demais. Lily conseguia ouvir as inspirações rasas de Núria às suas costas enquanto encarava a foto, que Lily não estava mais escondendo.

— Aqui está sua casquinha de baunilha com o *melhor* granulado da cidade. — O funcionário entregou o sorvete a Lily com um sorriso.

Ela o pegou e deu a ele o dinheiro em troca.

— Obrigada, pode ficar com o troco.

Foi então que Lily se virou para encarar a irmã.

Os olhos castanho-esverdeados de Núria escureceram, seu maxilar se tensionou, a casquinha em sua mão ficou completamente esquecida. Ela abriu os lábios e sussurrou:

— Seu pai... parece um bocado com o *meu* pai.

— Vamos nos sentar no banco lá fora. — Lily foi na frente. Seu coração estava batendo rápido, com força; ela praticamente sentia o peito se contrair no ritmo.

Felizmente, o banco em frente à sorveteria estava vazio. Elas se sentaram lado a lado, deixando uma lacuna perceptível no meio. Por um bom minuto, nenhuma delas falou nada. Lily pigarreou, enfim encontrando a coragem para se explicar.

— Não sei muito bem o que dizer... Como começar — ela murmurou, encarando a casquinha intocada de sorvete para evitar o olhar de Núria.

Núria se inclinou para a frente, parecendo desesperada para fitar os olhos de Lily.

— Comece pelo começo. *Por favor.*

— Eu sinto muito, Núria. Sinto muito mesmo. E-eu deveria ter contado a você. Eu só não sabia como e quando. — Lily abriu a carteira e a estendeu para Núria poder ver a foto com mais clareza. — O seu pai... conheceu a minha mãe na Flórida. E engravidou dele, mas acabou perdendo o bebê. Os médicos disseram que ela talvez nunca mais conseguisse engravidar. Eu acho que seu pai... *nosso* pai sentiu pena dela. Ele simplesmente não conseguiu deixá-la depois daquilo... Eles se mudaram para a Geórgia, para começar do zero. E então, muitos anos depois, por algum milagre, eu nasci. Eu sinto muito, Núria. Só descobri a sua existência quando ele morreu, no ano passado. Eu encontrei uma foto de vocês dois e da sua mãe por acaso quando estava vasculhando as coisas dele. Sei que deveria ter te contado antes, mas estava esperando pelo momento certo.

Núria ficou sentada em silêncio, o sorvete de chocolate e manteiga de amendoim escorrendo dos dedos para a mão então para o punho. Contudo ela não parecia nem sequer notar, porque estava encarando a foto com tanta intensidade que nem piscava.

— Ele morreu? — ela perguntou baixinho.

— Sim. Há mais de um ano. Em um acidente de carro. Lamento por você não ter sabido — Lily falou.

As lágrimas começaram a escorrer pelas bochechas de Núria conforme ela processava tudo o que havia ouvido de Lily.

— Todos esses anos, eu não sabia por que ele tinha ido embora, onde ele estava. Na minha cabeça, ele já estava morto — ela sussurrou. — Ele estava vivo, o tempo todo?

— E-eu sinto muito. — Lily arfava, tentando respirar. Estavam ao ar livre, mas, ainda assim, parecia não haver oxigênio ao redor. — Sinto muito, Núria. Sinto muito por você precisar descobrir dessa maneira. Eu não posso mudar o que aconteceu. Queria poder...

— Pare de dizer que sente muito! — Núria gritou e então se levantou, o cenho franzido, a pele manchada de vermelho. — O tempo todo, eu achei que você fosse uma pessoa gentil por ter me ajudado... uma suposta estranha. Mas eu estava errada. *Muito* errada. Você ficou esse tempo todo me observando, não foi? Feito uma perseguidora maluca. Quando é que ia me contar a verdade? Que merda, Lily! — Ela atirou o sorvete na lixeira. — Não consigo olhar pra você agora. Não consigo. Simplesmente não consigo. E-eu preciso pensar. Isso é demais pra mim. — Então, ela se foi, correndo pela rua sem olhar para trás.

Lily foi deixada para trás, sem palavras.

58

Núria

Núria estava com o rosto enterrado no travesseiro em uma tentativa de abafar o choro. Em cada um dos lados de seu travesseiro, estavam Gazpacho e Miel. Churro tentava se entocar em sua axila, sem sucesso.

Miaaaau!

Churro escavou o lençol sob o braço de Núria, tentando criar espaço para que seu corpo peludo passasse. Ela fungou e, então, ergueu o braço, permitindo que ele se aninhasse ao seu lado.

— Eu queria ser um gato. A vida seria muito mais simples — ela disse, abraçando-o enquanto limpava lágrimas e meleca do rosto.

Churro a fitou com seus olhos amarelo-alaranjados e lambeu seu ombro, como se tentasse reconfortá-la. Funcionou. Núria ajustou o corpo mais para cima no travesseiro, respirando profundamente para se acalmar.

No entanto, não conseguia parar de se lembrar da foto na carteira de Lily. Seu pai, uma versão dele que nunca havia visto: mais velho, com um bigode. Seu braço ao redor dos ombros de Lily. Núria não conseguia evitar sentir uma pontada de ciúme. Ele tinha simplesmente a substituído por outra filha? Será que estava tão infeliz assim?

Ah, como gostaria de poder fazer todas essas perguntas a ele. Por toda a sua vida, ela desejou respostas, mas nunca conseguiu nenhuma. Agora era tarde demais. Ele se foi.

Lily tinha sorte. Tivera o pai em sua vida por dezessete ou dezoito anos. Suas lembranças eram abundantes e vívidas, ao contrário das de Núria, que estavam quase todas desbotadas, reaparecendo apenas em dias especiais, como em seu aniversário, no Natal ou no Dia das Bruxas, para trazer dor a ela mais uma vez.

Ela estava furiosa, triste e enciumada. Mas haveria também uma parte dela que estava feliz? Ou, ao menos, esperançosa? Nunca, nem em um bilhão de anos, teria esperado que uma irmã perdida aparecesse em sua vida. Quando era adolescente, a ideia tinha cruzado sua mente; ela imaginava muitas vezes que o pai tinha outra família, uma família que havia criado em algum lugar muito, muito distante. Mas ela havia se convencido de que, se fosse verdade, ele teria encontrado uma maneira de contar a ela que não tinha a esquecido. Talvez tivesse sido levado em um programa de proteção a testemunhas. Para Núria, era mais fácil pensar naquilo do que aceitar que o pai tinha simplesmente saído de sua vida sem nunca olhar para trás.

E, então, *bam!* Lily apareceu. Uma irmã. Ela mal conseguia acreditar. Durante todos esses anos, havia vivido como filha única, e Lily estava lá, em algum lugar no mundo. Poderia ter perdido o pai, mas havia ganhado uma irmã, que possivelmente fez uma longa viagem até Nova York para encontrá-la.

Quando as coisas resolviam acontecer, com certeza vinham todas de uma vez.

A vida de Núria, outrora simples e relativamente descomplicada, havia virado de cabeça para baixo.

Ela olhou de relance para o celular na mesa de cabeceira e franziu a testa. Um minuto se passou. Então ela pegou o aparelho, deslizou a tela, e a foto de papel de parede dos ingratos se iluminou. Outro minuto se passou. Será que se arrependeria daquilo? Talvez. Mas tinha tantas perguntas... *Dane-se.* Abriu os contatos e tocou na tela antes que mudasse de ideia. Apenas um segundo se passou; ela sequer teve tempo de levar o celular à orelha, e logo ouviu a voz alta e estridente da mãe dizer:

— *Oye, qué pasó?* Você se machucou? Está no hospital? Preciso pegar um voo pra Nova York?

— Mãe, eu tô bem. Bom, mais ou menos… — Núria disse, soltando um longo suspiro.

Ouviu-se um bocado de movimentação, passos e portas se abrindo e fechando do outro lado da linha antes de sua mãe responder:

— Mais ou menos? *Qué significa eso?* Não entendo, *mija*. Ou você está bem ou não está.

Núria ficou em silêncio. Então piscou, o olhar fixo em coisa nenhuma enquanto imaginava a foto de Lily com seu pai.

— Você sabia? — ela sussurrou.

— Núria, do que está falando? Eu sabia o quê? *Dígame!* — sua mãe exclamou.

— Você sabia do papai… e-e… da outra família dele?

Ela ouviu a mãe arfar. O celular deve ter escorregado de sua mão, porque ela ouviu um longo som de algo deslizando e, então, um baque.

— Mãe! *Mamá!* — ela gritou, esperando que a mãe não tivesse desmaiado e batido a cabeça. — *Mamá!*

— *Estoy bien.* Estou aqui — a mãe finalmente respondeu, depois de ter recuperado o celular. — Co-como você descobriu?

— Então você *sabia*? — Núria perguntou.

Silêncio.

Então a mãe inspirou, ofegando, como se estivesse prestes a chorar.

— Demorei anos pra saber… Na verdade, bom, eu não sabia de nada do que tinha acontecido com ele e com *aquela* mulher, e eu garanti que ele não conseguisse nos encontrar. Foi por isso que nos mudamos. E eu nunca declarei a mudança de endereço. Nosso número de telefone também era privado. Eu não queria ter relação nenhuma com seu pai. Precisava esquecê-lo. Era simplesmente dolorido demais, *mija*… Mas, então, depois que você saiu da faculdade e se mudou pra Nova York, eu esbarrei com a Sandra, você deve se lembrar, ela era colega de trabalho de seu pai... Ela me disse... me disse que tinham ido para Atlanta para visitar a família, e por acaso encontrou seu pai e... e a nova esposa dele. Eles estavam com um bebê. Uma menininha...

Núria cerrou o maxilar.

— Por que você não me contou?

— Você estava toda crescida, *mija*. Tinha superado. Tinha sua própria vida. Eu quis proteger você. Não queria que sofresse tudo mais uma vez. Eu sinto muito... Talvez eu *devesse* ter contado. Ma-mas eu só fiz o que achei ser o melhor... Você sempre amou tanto seu pai. Eu não queria que seu coração se partisse de novo. Eu sinto muito. — A mãe fungou e ofegou. Era óbvio que ela estava chorando e tendo dificuldades para recuperar o fôlego.

Núria não respondeu de imediato. Ela não sabia o que dizer. Não sabia nem sequer o que pensar. Será que a mãe tinha feito a coisa certa? Teria sido melhor saber? Queria ter mantido contato com o pai?

— Te amo, *mija*. Eu só fiz o que fiz porque te amo... Por favor, não me odeie — a mãe pediu com a voz suave.

— Eu não odeio você, mãe. — Núria suspirou. — Estou com raiva, decepcionada e confusa... Lily... minha irmã. Ela veio pra Nova York pra me encontrar. Eu a conheci. Ela tinha uma foto com o papai... Vo-você sabia que ele morreu?

— Não! É claro que não.

Núria secou as lágrimas que, de repente, escorriam por seu rosto.

— Eu simplesmente não sei o que fazer.

— Ele se foi, *mija*. Não há nada que você possa fazer pra mudar isso... Mas acredito que, se agora você tem uma irmã, isso pode ser o resultado bom do que seu pai fez conosco, talvez seja isso. Faça o que é certo para você, *mija*. Se quiser conhecê-la, ter uma relação com ela, não impeça isso. Agora, você é uma adulta. Tome suas próprias decisões, sejam elas boas ou ruins. E eu vou estar aqui sempre que você precisar conversar. Está bem?

— Está bem. Acho que tenho muito em que pensar — Núria falou.

— Eu te amo, *mija*.

O peito de Núria apertou. Estava se sentindo nauseada. A cabeça doía.

— Preciso ir, *mamá*. Preciso me deitar.

— Estou aqui se precisar de qualquer coisa. Te ligo amanhã — sua mãe disse.

Núria desligou, sentindo-se assustada, aliviada, triste, feliz e empolgada, tudo ao mesmo tempo. Era avassalador.

Miaaau!

Churro tocou gentilmente seu rosto com a pata. De cada lado de sua cabeça, Miel e Gazpacho estavam encolhidos, dormindo. Ela inspirou, expirou e fez o máximo para se manter no presente. Fazia silêncio. Seus gatos estavam aconchegados por perto. A roupa de cama tinha sido recém-lavada.

Respire. Expire. Relaxe, Núria.

Núria se deixou cair no travesseiro e se achegou para a esquerda para poder enterrar a bochecha no pelo de Miel, que, curiosamente, tinha cheiro de café.

Ela sorriu e relaxou, sentindo o corpo ser arrastado para um sono escuro e aveludado.

Mais tarde, descobriria como dar sentido ao caos ao seu redor. Primeiro, descansaria.

59

Bong

Era aniversário de Conchita. Bong havia esperado se sentir triste de muitas formas, mas, para sua surpresa, acordou contente naquele dia. Aniversários sempre tinham sido comemorados com simplicidade no lar deles, com comida boa, bolo e presentes singelos e significativos. Conchita não era de exageros: desdenhava de festas extravagantes e objetos de luxo, preferindo reuniões íntimas e gestos de amor.

Felizmente, ele tinha Lily para trabalhar na mercearia agora, pois aquilo havia lhe dado um pouco de tempo e liberdade para ir às compras para sua amada pela manhã. Sabia exatamente o que comprar para celebrar o aniversário de sessenta e oito anos dela, e também sabia exatamente o que ela gostaria de ter comido. Havia passado a tarde no metrô para Manhattan, para visitar uma das lojas favoritas dela, e quando terminou, tomou outro metrô para o Queens, para buscar uma porção para viagem de comida filipina do Renee's. Quando voltou à mercearia, seu humor estava tão bom que insistiu que Lily encerrasse o expediente mais cedo, mesmo significando que ele precisaria fazer todo o reabastecimento e a limpeza sozinho. Não importava. Ainda havia bastante tempo para fazer tudo que precisava fazer antes de fechar as portas mais cedo e poder celebrar sua amada, Conchita.

Depois de terminar de fechar o caixa e trancar as portas, foi até os fundos da loja e subiu as escadas até o apartamento. Quando chegou ao altar de Conchita, a primeira coisa que fez foi acender a vela e beijar o retrato dela.

— Feliz aniversário, *mahal*! — ele disse com um sorriso, sabendo que, de alguma forma, ela o ouviria. Então, colocou uma sacola de compras azul na mesa e a abriu, puxando a caixa lá dentro. Felizmente, havia um espaço vazio ao lado das estatuetas de cristal dos pombinhos. Bong abriu a tampa da caixa e ergueu o saquinho de veludo azul para poder retirar o conteúdo.

O gato Swarovski cintilou sob a luz. Sua postura era descontraída, batendo em uma bolinha de cristal vermelha. Ele posicionou o gato ao lado dos pombinhos. Estava perfeito. Se Conchita estivesse com ele, teria arrulhado de alegria.

— Sei que você sempre quis acrescentar um gato à sua coleção. Não é lindo? — Bong falou.

É claro, Conchita não respondeu. Mesmo assim, ele sabia exatamente o que ela teria dito: "*Bong.* Mahal. *Não precisava ter feito isso!*". Seus olhos, porém, diriam algo completamente diferente; brilhariam com tanta vivacidade quanto o próprio cristal.

Bong puxou uma cadeira e abriu outra sacola. Dentro dela estava uma embalagem do macarrão *pancit palabok*, o favorito de Conchita, e dois outros, um com *lumpiang Shanghai* e outro com *ubebiko* de *ube* e *pandan*. Enquanto comia, ele contou a Conchita histórias sobre Lily, Núria, Itim, Omar e os vários fregueses habituais que ela havia conhecido, basicamente tudo que tinha acontecido e ainda estava acontecendo. Era uma tradição dos dois contar pedacinhos interessantes do dia um ao outro enquanto jantavam. Bong não via nenhum motivo para essa tradição ser interrompida.

Quando chegou a hora da sobremesa, ele puxou uma única vela cor-de-rosa do bolso e a enfiou em um dos doces de arroz. Colocou o recipiente no altar e acendeu a vela para poder cantar para ela.

Parabéns para você, nesta data querida!

Se ela estivesse sentada de frente para ele, teria coberto o rosto de vergonha, apenas para descobri-lo quando fosse a hora de assoprar a vela.

— Faça um pedido! — ele disse antes de se abaixar para apagar a vela por conta própria.

Toc, toc, toc.

Bong franziu a testa. Quem poderia estar à sua porta? A única maneira de entrar na unidade era através da mercearia, então seja lá quem fosse precisaria de uma chave. A não ser, é claro, que alguém tivesse invadido a loja. Mas, se fosse o caso, por que bateriam na porta?

— Quem é? — ele gritou.

Toc, toc, toc.

Lentamente, ele se aproximou da porta. Não tinha olho mágico, então, ele fechou a corrente da porta e abriu uma fresta. Era Lily, parada ali com os olhos avermelhados.

— Lily, o que houve? — ele perguntou enquanto destrancava a porta e a escancarava.

Ela não disse nada. Tudo que fez foi se atirar no peito de Bong e chorar.

60

Omar

Omar enxugou o suor da testa antes de abrir o portão do sobrado da sra. Lewis. Ele parou o carrinho ao lado da escadaria e subiu os seis degraus até a porta da frente.

Au! Au! Au! Au!

Omar riu, embora o fato de Carl ter saído de casa temporariamente ainda o deixasse bem deprimido. Se havia alguém capaz de fazê-lo sorrir, era Sinatra. A porta se abriu e o cãozinho saiu correndo tão rápido que praticamente virou um borrão.

— Bom dia, Omar. Como pode ver, o Sinatra estava à sua espera — a sra. Lewis disse com um sorriso.

— Bom dia, sra. Lewis. E bom dia pra você também, Sinatra. — Omar ficou de cócoras próximo ao chão e pegou Sinatra no colo para poder abraçá-lo. — Imagino que queira uns petiscos, né?

Au! Au!

Sinatra ficou pulando enquanto Omar puxava dois petiscos de fígado desidratado da pochete.

— Aqui está, meu chapa — ele disse, erguendo a palma da mão.

— Tenho chá vermelho e biscoitos de canela pra nós hoje. — A sra. Lewis abriu a porta para Omar entrar.

Omar a seguiu até a sala de estar. A casa estava ainda mais desordenada do que em sua última visita. Quase tudo havia sido tirado do lugar e envolto com plástico bolha, ou guardado em caixas. Tapetes estavam enrolados e grande parte dos móveis embrulhada em tecido, exceto pela mesa e cadeiras, onde a sra. Lewis tinha disposto os itens habituais deles.

Ele não queria entristecê-la, mas ver os utensílios da casa sendo preparados para uma mudança e uma venda o fazia ficar enjoado.

— Sente-se, meu querido — ela disse.

Omar fez como ela pediu, erguendo Sinatra para poder colocá-lo no colo. A sra. Lewis serviu o chá e colocou dois biscoitos de canela em um prato para ele.

— Obrigado, sra. Lewis. Está com uma cara deliciosa, como sempre — Omar falou, mordendo um dos biscoitos. Foi então que ele notou que ela tinha disposto um jogo de chá diferente do usual. Este era um conjunto de porcelana branca com toques de ouro ao redor dos buquês pintados de rosas cor-de-rosa. — Ah, você já guardou o outro jogo de chá? — ele perguntou.

A sra. Lewis assentiu.

— Este é meu conjunto reserva.

Ele tentou não parecer desapontado, mas não conseguiu evitar o nó que se formou em sua garganta.

— Omar, você parece meio cabisbaixo essa manhã. Aconteceu alguma coisa? — A sra. Lewis se esticou e apertou a mão dele.

De alguma forma, ela tinha lido sua mente mais uma vez. *Brujería*, pensou.

Ele suspirou.

— É o Carl. Ele foi pra casa do irmão, pra me dar um pouco de espaço. Ele acha que preciso ficar sozinho por um tempo pra pensar no meu futuro. No nosso futuro.

A sra. Lewis apertou a mão dele mais uma vez.

— Serei um pouco dura, meu querido, mas com amor. Acho que o Carl está absolutamente correto! Não há nada de errado em ficarem um tempo longe um do outro, ainda mais se isso te ajudar a clarear a mente. Eu já te contei que Stanley e eu ficamos separados por dois meses inteiros na época em que ele estava começando os negócios como antiquário? A distância não apenas deu a ele tempo para focar o trabalho, como também fortificou nosso amor. Nem um dia se passou sem que eu sentisse a falta dele. E quando nos encontramos de novo, nosso relacionamento estava mais forte do que nunca. Aproveite esse tempo para se dedicar a si mesmo, Omar. Você merece ser tão feliz e realizado com sua carreira quanto o Carl.

Omar piscou e enxugou a lágrima solitária que ameaçava cair de seu olho esquerdo.

— Mas e se nos afastarmos? E se eu o perder?

— Isso é uma possibilidade, meu querido. Nunca se tem garantia alguma... mas sinto que vocês dois vão fazer dar certo. Tente apenas ter fé no processo. Está bem? — A sra. Lewis apertou sua mão mais uma vez, então a soltou.

— Vou tentar, sra. Lewis, vou tentar — ele disse, concentrando o olhar na xícara de chá, para não chorar.

A sra. Lewis correu os olhos pelo cômodo desordenado e suspirou.

— Bom, receio que esse seja nosso último chazinho por um tempo. Esse lugar está uma bagunça terrível. Minha filha me comprou uma passagem para Boston pra amanhã.

Ela se esticou até o outro lado da mesa e pegou uma caixa marrom com um adesivo indicando conteúdo frágil.

— Quero que fique com isso. É só uma lembrancinha. Eu vou sentir muita falta das nossas conversas. E sei que Sinatra também vai. Você é basicamente a pessoa preferida dele. Ele talvez goste mais de você do que de mim! — ela brincou, dando uma risadinha.

Omar conteve a surpresa.

— Obrigado, sra. Lewis. Essa rota de entregas não vai ser a mesma sem vocês dois. Talvez eu precise mesmo me demitir e encontrar outro trabalho — ele disse.

A sra. Lewis bebericou o chá e assentiu.

— Você, de fato, é destinado a coisas maiores, meu querido Omar.

— Eu não sei, sra. Lewis. Simplesmente não sei. As coisas desse mundo me dão medo. Esse trabalho paga bem, e os benefícios são bons. Não tenho certeza se tenho coragem de começar outra coisa do zero — ele confessou.

— É claro que tem. Você é jovem! Tem todo o tempo do mundo! Eu tive três carreiras no decorrer da vida. Confie em mim. Nunca é tarde demais para descobrir quais são suas verdadeiras paixões. Não vai demorar pra você encontrar seu caminho.

Omar se esticou e apertou a mão dela.

— Tudo bem. Se você diz, sra. Lewis...

— Agora pegue seu presente e se apresse. Você tem uma vida inteira à frente pra planejar. Mas, antes que vá, quero que dê a essa velha senhora um abraço apertado. Um abraço que perdure até o nosso próximo encontro.

Omar apenas assentiu com a cabeça. Estava com medo de que, se falasse qualquer coisa, iria desmoronar e chorar.

A sra. Lewis empacotou o restante dos biscoitos em uma caixinha e a colocou sobre o misterioso pacote marrom frágil.

— Vamos lá. Eu te acompanho.

Ela enlaçou seus braços e os dois foram juntos até a porta.

— Obrigado, sra. Lewis. Obrigado por ser minha avó do trabalho. Vou sentir muita saudade — ele disse, as lágrimas finalmente jorrando de seus olhos.

— Ah, meu querido. Se cuide, combinado? E, por favor, venha me visitar em Boston. Ouvi falar que o feriado de Ação de Graças é ótimo naquela área — ela disse, dando uma piscadinha.

Omar sorriu.

— Ação de Graças em Boston. Deixa comigo, sra. Lewis.

— Agora me dê aquele abraço que prometeu — ela pediu, enxugando os olhos com as pontas dos dedos.

Omar pousou a caixa e se aproximou para envolver os braços ao redor dos ombros estreitos e ossudos dela. Ela, por sua vez, envolveu sua cintura, repousando a cabeça exatamente sobre o coração dele.

— Espero muito que você me ligue de vez em quando. Quero atualizações, *e também* todas as fofocas do quarteirão. Prometa.

Ele fungou.

— Prometo.

Au! Au!

Sinatra deu pulinhos e correu em torno das pernas dos dois, como se estivesse se sentindo deixado de lado. Omar riu, apesar do coração pesado no peito. Ele se afastou da sra. Lewis e se abaixou para dar um adeus decente a Sinatra.

— Vamos tirar mais uma pro Insta, que tal?

Au!

Omar puxou mais um petisco de fígado. Sinatra se pôs em pé nas patas traseiras assim que Omar pegou o celular para tirar uma selfie.

— Diga "fígado", Sinatra!

Omar ficou o dia todo ansioso para abrir o pacote que a sra. Lewis lhe dera, mas resistiu até o expediente terminar. Por alguma razão, tinha a impressão de que deveria fazer aquilo na privacidade da própria casa, caso perdesse o controle de suas emoções. Então foi paciente e aguardou.

Finalmente, estava sozinho em sua minúscula cozinha. A caixa já sobre a mesa de dois lugares onde ele e Carl geralmente tomavam o café da manhã. Estava ali, ainda fechada, havia uma boa hora. Omar estava com medo de abri-la, como se o gesto fosse enfim tornar a mudança da sra. Lewis real. Havia um pedaço da vida dela naquela caixa, e descobrir seu conteúdo faria parecer que ela havia partido de verdade.

Mas Omar sabia que não podia mantê-la fechada para sempre. Precisava lamentar, precisava seguir em frente com sua vida. Com cuidado, ele passou uma faca pela abertura fechada com fita adesiva e a arrastou até a outra extremidade. A parte de cima da caixa abriu, revelando um amontoado de plástico bolha.

Ele inspirou e expirou e, então, puxou um dos itens envoltos no plástico, desembrulhando as várias camadas até que o objeto se revelou ser uma xícara de chá. Não uma xícara qualquer, ela pertencia ao conjunto de chá verde e dourado de porcelana Sèvres que a sra. Lewis usava para os encontros dos dois com chá e biscoitos. Foi então que Omar perdeu o controle.

As lágrimas jorravam de seus olhos. Ele colocou a preciosa xícara na mesa para poder se sentar e chorar com vontade. Sua *abuela* sempre disse que chorar era como desintoxicar a alma. Era melhor liberar toda a tristeza do que mantê-la reprimida dentro de si.

Ao contrário de sua *abuela*, a sra. Lewis estava viva e bem, mas, ainda assim, Omar lamentava a perda dela. Boston talvez não fosse tão longe assim, mas simplesmente não seria a mesma coisa. Ele não poderia abraçá-la, segurar a mão dela, nem sentir o cheiro de sálvia e pera do perfume preferido dela. As histórias, piadas e palavras de sabedoria dela não preencheriam mais suas manhãs. Ele não poderia provar as misturas aromáticas de chá dela, nem degustar os deliciosos doces, melhores do que qualquer outra coisa que já tinha experimentado.

Omar secou as lágrimas com um guardanapo. Então desembalou cada peça do conjunto de chá, até ele estar exposto na mesa em toda sua glória. Não conseguia acreditar que ela tinha dado aquilo para ele. Seus olhos ardiam. Ele queria celebrar o presente dela. Celebrá-la e honrá-la. Que maneira melhor de fazer aquilo do que preparando um pouco de chá?

No armário, havia uma caixa muito especial de chá Silver Tips Imperial que Carl tinha trazido de uma viagem a trabalho para a Índia. Ele procurou a latinha verde e, então, colocou um pouco de água para ferver na chaleira. Enquanto isso, ele pôs de lado todo o plástico-bolha e o papelão e dispôs o bule e um conjunto de chá para si mesmo. Não era nada extravagante. Não havia nenhum buquê de flores frescas, nem uma toalha de mesa delicada, nem uma bandeja de prata, mas serviria.

A chaleira assobiou e Omar desligou a boca do fogão. Em seguida, mediu uma dose da erva e ergueu a tampa do bule para salpicar o chá dentro. Quando estava prestes a virar a colher, notou alguma coisa dentro do bule. Pousando a colher, espiou pela abertura. Havia um envelope rosa pálido.

Estranho.

Omar passou dois dedos pela abertura delicada. Agarrando o canto do envelope, conseguiu curvá-lo e dobrar o suficiente para espremê-lo para fora.

Ele pegou a pequena faca novamente e a correu pelo topo do envelope. Dentro dele, estava uma página de papel de carta do mesmo tom rosa pálido. Ele a puxou e a abriu. Um papel retangular azul caiu no chão. *Ué?* Omar o pegou e o fitou.

Era um cheque. Com o seu nome.

O olhar de Omar foi até o montante e seus joelhos quase cederam. Todos os zeros viraram um borrão. Então ele piscou e eles voltaram a entrar em foco. Cem mil dólares. Era o que estava escrito no cheque, na caligrafia familiar da sra. Lewis.

Por sabe-se lá quanto tempo, ele ficou parado no lugar, encarando, piscando, contando cada um dos zeros, incrédulo. Seus joelhos estavam tão fracos e trêmulos que ele precisou se sentar. Abriu a carta e leu:

Meu querido Omar. O filho que eu nunca tive.

Isso não é um adeus. É um até logo. Veja bem, eu sei que você vai querer devolver o dinheiro, mas esta senhora teimosa não vai aceitar. É seu agora. Eu mal sei o que fazer com todo o dinheiro que tenho, de qualquer forma. Tenho certeza de que você fará bom uso dele, meu querido. Obrigado por sempre estar comigo e com o Sinatra. Você tem um lugar para ficar conosco em Boston, então, não suma. Pense em mim sempre que tomar uma xícara de chá.

Até a próxima!

Com muito amor, sra. Lewis e Sinatra.

61

Gato

Não era nem meio-dia ainda e Gato já estava exausto. Também estava sedento. Seu corpo doía e, todas as vezes que tentava se levantar, as patas não cooperavam. Tudo que ele queria era se aconchegar em sua casinha e fechar os olhos. Porém as pálpebras também pareciam doer. Algo claramente estava errado, mas ele não sabia o quê. Não era como nas vezes em que tinha comido algo da lixeira e ficado enjoado. Era diferente. Mesmo quando ouviu a Moça Arco-íris chamando-o, havia ficado imóvel em sua cama, ignorando os barulhos de *pspspsss* dela até que, por fim, ela se foi. Quando ouviu as rodinhas do carrinho do Carteiro Animado, também as ignorou. Gato não sabia o que fazer. Então ele dormia. Conforme os minutos e horas se passavam, sua sede piorava.

Finalmente, ele ouviu a porta dos fundos do Vizinho Desajeitado ranger e se abrir. Gato miou baixinho, mas mal era um miado, mais parecia um crocitar. As pantufas do Vizinho Desajeitado se aproximaram, arrastadas, até Gato conseguir enxergar a calça de linho cáqui dele pela janela.

— E aí, amiguinho? Esqueceu de comer seu café da manhã? — ele perguntou.

Gato tentou miar mais uma vez, mas dessa vez sua garganta não quis cooperar. Mesmo querendo se arrastar para fora da casinha, simplesmente não conseguia. Estava fraco demais. Em vez disso, ele aguardou, torcendo para que o Vizinho Desajeitado entendesse que algo estava errado. *Muito* errado.

Depois de alguns segundos, o Vizinho Desajeitado foi até as tigelas de comida e água dele. Ele jogou a água velha nos arbustos e serviu água fresca. Quando terminou, ele levou a tigela de comida até a entrada da casinha de papelão, ajoelhando-se até ficar com o rosto próximo ao chão para poder espiar o interior.

— Acorda, amiguinho. Venha cá comer, ou a comida vai estragar — ele disse, empurrando a tigela até metade dela ter passado pela porta.

Gato abriu os olhos. Sua visão estava um pouco borrada, mas ele conseguia enxergar os olhos do Vizinho Desajeitado fitando-o de volta. Ele tentou se levantar, mas seu corpo simplesmente desabou de volta na cama. Era como se suas pernas fossem feitas daquelas rosquinhas fofas e macias que ele às vezes encontrava nas lixeiras. Só que não havia nada de doce naquela situação.

O Vizinho Desajeitado franziu a testa. Ele enfiou o braço dentro da casa e tocou seus pelos opacos e secos. Havia dias que Gato não se limpava. Normalmente, ele teria se retraído com uma pessoa tentando tocá-lo, mas dessa vez, não reagiu.

— Qual o problema? Você está doente? — o Vizinho Desajeitado perguntou, sua voz trêmula de preocupação.

Gato tentou miar mais uma vez. Em vez disso, vomitou. Não havia nenhuma comida ou água em seu estômago, então tudo que saiu foram fios de saliva pegajosa. O Vizinho Desajeitado voltou a tocá-lo.

— Ah, merda. Acho que você está bem desidratado, amigo. — O Vizinho Desajeitado colocou um pouco de água na palma da mão e a enfiou em frente ao rosto de Gato. — Beba — ele ordenou.

Gato desviou o rosto. Mesmo estando sedento, pensar em água lhe dava repulsa.

— Cacete. O que é que eu faço?

O Vizinho Desajeitado ficou em pé. Gato o ouviu andando de um lado para o outro enquanto murmurava consigo mesmo.

Depois de um ou dois minutos, ele destrancou o portão e foi até a calçada, como se estivesse procurando alguém que pudesse lhe ajudar.

Então fez-se silêncio.

Por um momento, Gato achou que ele talvez tivesse ido embora. *Por quê? Por que você me deixou, Vizinho Desajeitado?* Gato enfiou o rosto mais fundo na almofada de sua cama. Saliva escorria dos cantos de sua boca. Tudo estava girando. Em meio à rotação, ele enxergou vislumbres do Vizinho Desajeitado movendo-se. Ele colocou um braço para dentro da casa de papelão.

— Vamos lá. Precisamos ir — ele disse, puxando a cama de gato para perto de si.

Foi tudo que Gato se lembrou de ver antes de perder a consciência.

62

Collin

Collin não tinha ideia do que fazer com um gato doente. Não conhecia nenhuma clínica veterinária, e estava em pânico demais para ir até seu notebook e usar o Google. Tudo que sabia era que o gato estava muito doente. Talvez estivesse até mesmo morrendo. Não fazia muito tempo que Collin estava cuidando dele, mas a ideia de que algo poderia acontecer fazia seu coração martelar dentro do peito. Suas mãos tremiam ao erguer o pequeno corpo do gato nos braços e sair correndo rua afora, ainda com suas pantufas.

Ele passou correndo pela lavanderia. Passou correndo pela adega. Passou correndo pela padaria. Mesmo vestido com as pantufas e roupas de ficar em casa, carregando um gato contra o peito, ninguém olhou duas vezes. Era o Brooklyn e sempre havia montes de esquisitos nas ruas.

Porém quando Collin passou correndo em frente a mercearia, o senhor, dono do local, estava do lado de fora, varrendo. Assim que viu Collin com Gato nos braços, ele franziu a testa e gritou:

— Ei, o que está havendo? O que você está fazendo com esse gato?

Mas Collin não parou. Estava com medo de o gato morrer em seus braços. Ele continuou correndo, o suor caindo em seus olhos, borrando tudo em seu campo de visão. Foi um milagre não ter sido atingido por um carro ao cruzar a rua em disparada, sem olhar para os veículos vindo em sua direção.

— Olha por onde anda, otário! — um motorista de caminhão gritou para ele.

Bi! Bi! Bi!

Collin ignorou todos os carros e seguiu em frente, correndo e correndo até chegar ao seu destino. Sem sequer parar para pensar, ele irrompeu pela porta e abriu caminho aos empurrões em meio a aglomeração de pessoas.

— Com licença. Me desculpe. Preciso passar — ele murmurou, empurrando os outros a cotoveladas.

— Ei, cara, tem uma fila aqui — um homem disse, irritado.

Collin nem se deu ao trabalho de olhar para ele, ignorando-o e a todos os outros que estavam olhando feio em sua direção. Por fim, ele localizou o cara do caixa, que começou a sorrir para Collin até assimilar o estado em que ele estava e o gato em seus braços. Franzindo a testa, ele se afastou do caixa.

— Nú! — ele gritou enquanto olhava de relance para a máquina de expresso.

Núria estava lá. Graças a Deus. Ela correu até o caixa e fitou Collin. Houve um momento em que seus olhos pareceram passar direto por ele. Mas, então, ela notou o gato em seus braços. Seus olhos se estreitaram. Ela abriu a boca para falar, mas nada saiu. O cara do caixa a cutucou com o cotovelo.

— Nú? — ele repetiu. Núria, porém, ficou imóvel, boquiaberta.

Collin se aproximou do balcão.

— E-eu preciso da sua ajuda… com o gato — ele disse, a voz falhando. Os clientes que encontravam-se atrás estavam ficando impacientes, empurrando-o enquanto resmungavam, reclamando da demora. — Ele está doente. Não sei o que ele tem.

Núria se retraiu, mas não disse nada.

Collin soltou a respiração, frustrado. Seu rosto estava quente demais, suas pernas estavam bambas. Por um momento, ele achou que talvez desmaiasse. Mas, de repente, soube *exatamente* o que precisava fazer. Ele inspirou bem fundo e disse na voz mais alta e clara de que era capaz:

— Guillermo! Guillermo! Guillermo!

Núria arfou, seus olhos finalmente entrando em foco.

— É-é você — ela disse.

Ele assentiu.

— Sim. Sou eu.

O cara do caixa suspirou, impaciente.

— Ok. É você e é você. Agora que resolvemos essa questão, pode, por favor, tirar esse gato daqui?

Sem dizer uma palavra, Núria serpenteou para passar pelo balcão. Ela tirou o gato dos braços dele gentilmente e disse:

— Rápido, tem uma clínica veterinária aqui perto.

63

Bong

Bong observou o homem de aparência familiar cruzar a rua a toda velocidade, carregando o gato preto, quase sendo atingido por uma van de entrega de jornais. Parte dele quis persegui-lo e saber o que ele estava fazendo com Itim, mas o homem era alto, grande e rápido demais para um senhor feito Bong.

Talvez ele devesse informar à polícia. Ao pensar a respeito, decidiu que era uma péssima ideia. Sua experiência com a polícia não era muito boa. Ao longo dos anos, muitas vezes se sentira ignorado por eles. Seria porque era filipino? Por ser um imigrante? Porque trabalhava em uma mercearia? Seriam todas as alternativas? Tudo que ele sabia era que, se ligasse para os policiais por causa de um homem possivelmente sequestrando um gato de rua, pensariam que ele era louco por desperdiçar o tempo deles.

Em vez disso, ele terminou de varrer e, então, voltou para dentro da loja para reabastecer os produtos. Assim que Lily viu a careta em seu rosto, ela contornou o caixa até a frente do balcão.

— O que aconteceu? — ela perguntou.

— Tinha um homem… ele estava carregando um gato e correndo — ele contou, sacudindo a cabeça como se ainda não conseguisse acreditar.

Lily ergueu as sobrancelhas.

— Que gato?

— Um gato de rua. Um preto. — Bong indicou a vitrine da frente da mercearia, apontando em direção à calçada. — Ele mora um pouco adiante na rua. Sempre aparece por aqui com Omar, o carteiro.

Lily correu até a porta e espiou através do vidro.

— Você viu pra onde o cara foi? Eu conheço aquele gato. É um dos gatos de rua que a Núria alimenta.

Bong deu de ombros.

— Não sei. Ele foi por aquele caminho — ele disse, apontando.

— Hum. — Lily continuou a espiar através da porta. — Ei, olha. Aquele é o carteiro que conhece o gato?

Omar virou a esquina e parou seu carrinho ao lado da porta antes de abri-la. Lily se afastou para ele poder entrar.

— Bom dia, Bong. Nem acredito que já está fazendo tanto calor. Tem daquela água com gás? A com sabor? — ele indagou, com o mais alegre dos sorrisos.

Bong correu até ele.

— Alguma coisa aconteceu com o seu gato. Digo, o gato preto que sempre está com você.

— O quê? Como assim? — Omar perguntou.

Lily ficou entre os dois.

— O Bong viu um cara correndo pela rua, levando o gato.

— Sim, ele foi por ali. O gato parecia machucado ou doente — Bong acrescentou, apontando a direção que o cara grande e alto havia tomado.

Omar, de repente, pareceu preocupado, desorientado e assustado. Desde que tinham se conhecido, mesmo antes de se tornarem amigos, Bong sempre o vira como uma pessoa tranquila. Mas, naquele momento, ele parecia longe de estar tranquilo.

— Como era esse homem? — ele perguntou a Bong.

— Parecia familiar. Eu já o vi pela vizinhança. Alto. Bem alto. Grandão. Ombros largos. Cabelo escuro e cacheado, feito um querubim.

Os olhos de Omar se iluminaram.

— Merda. Eu sei quem é. — Ele olhou novamente para o outro lado da rua, dessa vez com as sobrancelhas unidas. — Tem uma clínica veterinária a uns quatro quarteirões nessa direção. Talvez ele estivesse levando o gato pra lá?

Os três se entreolharam. Omar para Bong, Bong para Lily, Lily para Omar.

— Você quer ir até lá? — Bong perguntou a Omar.

Omar assentiu.

— Eu também quero ir — Lily falou. — Ma-mas e a mercearia?

Bong abanou a mão no ar, como se estivesse espantando uma mosca, e disse:

— Não se preocupe com isso, Lily. Vamos fechar e estaremos de volta num instante.

Estava decidido. Omar guardou o carrinho de transporte dentro da loja. Lily pegou sua bolsa. E Bong trancou as entradas da frente e da lateral da mercearia, para poderem localizar o homem que havia sequestrado Itim.

64

Núria

Núria e Collin estavam na Clínica Veterinária Projeto Patinha. O técnico veterinário havia levado Gato para uma das salas anexas, para a médica de plantão poder tratá-lo. Por sorte, a clínica não estava lotada, a única outra pessoa lá era um senhor, segurando uma tartaruga. Educadamente, ele havia os deixado passar na frente, já que sua tartaruga, Mel Brooks, só estava ali para um check-up anual.

Enquanto esperava, Collin andava de um lado para o outro na sala. Núria o observava: a maneira com que ele andava, como retraía os ombros quando inspirava fundo, como seu maxilar se tensionava todas as vezes que o técnico veterinário aparecia, como corria a mão pelo cabelo volumoso, frustrado. Era como se estivesse assistindo a uma enorme pantera negra caminhar em seu espaço no zoológico. Núria detestava zoológicos, então a imagem era um tanto desagradável. Ela preferiria que ele se sentasse, mas sabia que as pessoas lidavam com suas ansiedades de maneiras diferentes, então deixou-o em paz.

Além do mais, ainda havia a situação constrangedora com toda a história do Guillermo. Para ser franca, ela não esperava que a pessoa da nota adesiva *realmente* aceitasse sua sugestão. Tinha sido uma ideia boba. Agora havia uma atmosfera de constrangimento entre os dois. Núria estava tendo dificuldades para conciliar o homem desajeitado e inquieto à sua frente com a pessoa que havia aberto o coração a ela nos bilhetes.

Por que raios um homem bem-sucedido e atraente como Collin estaria interessado nela? Suas peças de roupa nunca combinavam, e metade delas tinham vindo de brechós e bazares. Se não estavam uma bagunça emaranhada, seu cabelo estava preso em um coque estilo que-se-foda. Sem mencionar os pelos de gatos que se agarravam a sua pele, seus sapatos, suas roupas e basicamente todas as superfícies que pertenciam a ela.

Ela espreitou Collin pelo canto do olho. Então o sobrado onde Gato ficava provavelmente era o sobrado *dele*. O tempo todo, ele andava cuidando de Gato quando ela não estava lá. Que imbecil mais sem-noção ela tinha sido! Como é que Rocky a aguentava havia tantos anos? E porque raios Collin Thackeray estava tão encantado com ela?

Núria estava perplexa. *E* preocupada.

O que havia de errado com Gato? Como ela não tinha notado que ele não estava agindo normalmente? Tinha permitido que sua vida virasse uma bagunça, havia se distraído e negligenciado as criaturas que contavam com ela. Seu estômago se apertou e, por um momento, sentiu vontade de vomitar. Sua visão ficou borrada e a sala começou a girar. Núria fechou os olhos e se concentrou em sua respiração. Então voltou a abri-los e olhou a sala à sua volta, silenciosamente listando três coisas que via e três coisas que ouvia, e movendo três partes do corpo: seu pé direito, os dedos da mão esquerda e os ombros. A regra do três-três-três era algo que tinha aprendido com sua orientadora escolar no colegial.

Funcionou. A sala parou de girar. Seu estômago relaxou. Núria ficou em pé e foi até o bebedouro, enchendo várias vezes um dos copos de papel em formato de cone, até sua sede estar aplacada. Quando se virou, Collin estava bem ali, encarando-a.

— Quanto tempo esse tipo de coisa costuma durar? — ele perguntou.

Ela evitou os olhos dele, preferindo encarar o peito do homem, o que, por algum motivo, parecia menos constrangedor.

— Pode ir para casa, se quiser. Sei que deve estar ocupado com sua escrita. Eu consigo assumir daqui — ela disse.

— Não. Não foi isso que eu quis dizer. — Ele se aproximou ainda mais. Chegou tão perto que Núria conseguiu enxergar os pelos escuros de seu peito através da camiseta velha e desgastada. — Eu não vou embora. Não até descobrirmos o que tem de errado com ele — declarou.

Foi então que ela ergueu os olhos e encontrou os dele. Estavam brilhando, do jeito que olhos ficam quando lágrimas começam a se formar. Núria nunca tinha visto um homem chorar, exceto por seu pai, que nunca teve medo de ser vulnerável diante dela. Se ele ao menos soubesse quanto ela havia chorado quando ele se foi. Quanto ela sentia sua falta. Talvez fosse parte do motivo de amar gatos daquela maneira. Era algo que tinha compartilhado com ele.

Ver Collin tão perturbado por um gato de rua a fez sentir um frio na barriga. A gentileza em seus olhos, como tinha dado a cara a tapa pelo bem de um animal que nem sequer era dele, a confundia. Claro, ele a atraía, mas ia além disso. Era um tipo de sentimento diferente, um que ela nunca tinha vivenciado com outro homem.

Sem pensar, ela estendeu a mão e tocou o braço dele. Sua pele entrou em contato com a dele. Por uma fração de segundo, sentiu-se tentada a se afastar. Em vez disso, apertou o braço do homem.

— Ele vai ficar bem, com certeza. Você fez a coisa certa ao levar ele pra mim — ela falou com a voz suave.

O braço dele se contraiu. Seu rosto ficou rosado. Ainda assim, ele não se afastou.

— Espero que você esteja certa — Collin disse, uma pequena lágrima deslizou por sua bochecha. Ele a enxugou com as costas da mão. — Não sei como, mas aquele malditinho roubou meu coração.

Núria sorriu e, então, soltou uma risadinha. Entendia *exatamente* o que ele dizia. Gatos têm um jeito sorrateiro de entrar de fininho na vida dos outros e fazê-los se apaixonar, mesmo sendo completos otários.

— Eu sei — ela respondeu.

De repente, a porta da frente se abriu com um estrondo. Núria, Collin e o senhor com a tartaruga se viraram para olhar. Era Omar, muito suado e, Bong, igualmente suado. Atrás dos dois estava Lily, sua irmã. Por um instante, os olhos das duas se encontraram. Núria não a via desde o passeio desastroso à sorveteria.

— Ah, graças a Deus, você está aqui — Omar disse, com um imenso suspiro de alívio.

65

Omar

Omar e Bong fizeram a Núria todas as perguntas imagináveis. Ela, contudo, não tinha muitas respostas. Aparentemente, Collin havia encontrado Gatito no estado em que ele estava — letárgico, desidratado, babando — e o levado às pressas à cafeteria onde Núria trabalhava. Omar não era muito chegado a fofocas, mas, caramba, como queria ter estado na cafeteria para testemunhar como tudo tinha acontecido. Mais tarde, precisaria chamar Núria de lado para se inteirar dos detalhes.

Omar não tinha certeza se o alívio que sentia era devido ao homem supostamente maluco que havia sequestrado Gatito ser de fato Collin, como havia suspeitado, ou porque Núria e Collin estavam fitando um ao outro com olhares apaixonados. Ele sabia que era um romântico incurável.

Quando descobriu que Collin estava interessado em Núria, torceu em segredo para que desse certo, mesmo que, a princípio, achasse que Collin fosse um daqueles eremitas ranzinzas que odiavam *tudo* e *todos*. Mas, ao que parecia, talvez Collin não fosse tão ruim assim.

Além do mais, a distração de suas próprias aflições amorosas era bem-vinda. Testemunhar um romance nascer fazia seu coração doer um pouco menos. Ele sentia um frio na barriga pelas razões *certas* todas as vezes que flagrava Collin e Núria trocando olhares furtivos. Era simplesmente muito singelo e fofo.

No entanto, ele também estava muito preocupado com seu amiguinho. Por ora, ele e todos os outros no lugar, incluindo o homem com a tartaruga, estavam esperando que o técnico veterinário aparecesse com alguma notícia. No meio-tempo, Omar passava de pessoa em pessoa, tentando acalmar a todos com amenidades e palavras reconfortantes. Surpreendentemente, Collin parecia ser o mais extenuado. Talvez fosse por ter sido ele a encontrar Gatito. Ou Omar tivesse apenas subestimado a capacidade emocional do homem.

Quando enfim conseguiu convencer Collin a parar de andar de um lado para o outro e se sentar, Omar foi até o bebedouro buscar água para que ele bebesse. Collin pegou o copinho e o fitou com uma calidez que Omar nunca havia visto em seu rosto.

— Obrigado. Acho que eu estava precisando disso — ele falou.

Omar se sentou ao seu lado, observando Núria e Bong, que estavam reunidos ao lado da porta, conversando. Lily estava um pouco afastada, mordendo o lábio e parecendo nervosa. Ele mal a conhecia, mas conseguia ver que Bong gostava dela. Se ela era amiga de Bong, bom, seria amiga de Omar também. Desde que Carl tinha ido para a casa do irmão, Omar estava se sentindo muito solitário. Para melhorar seu humor, precisava se cercar de companhias, muito embora fossem pessoas que tinha acabado de conhecer. Com certeza eram um grupo eclético. Como é que aquele grupo havia parado ali, exatamente? Então ele pensou em seu companheirinho e sorriu. Era Gatito que, de alguma forma, havia os conectado.

Omar se afeiçoou muito a Gatito ao longo dos anos. Nunca tinha conhecido um gato tão curioso, tão astuto, tão disposto a se deixar levar. Não apenas isso, ele também era um excelente ouvinte. Omar podia tagarelar sobre qualquer assunto aleatório e Gatito sempre parecia prestar atenção. Se não estivesse já morando em um apartamento que não permitia animais, provavelmente teria adotado o gato havia muito tempo. Suspirou pensando na ideia.

Se Gatito morasse dentro de uma casa, em vez de estar vivendo na rua, com certeza não teria ficado doente, certo?

Collin se virou para ele com um olhar suplicante de desespero.

— Você acha que ele vai ficar bem? — ele perguntou.

Tudo que Omar pôde fazer foi dar um sorriso tranquilizador e dizer a verdade a ele.

— Eu não sei, amigo. Espero muito que sim.

Depois de ter mentido para Carl, a última coisa que Omar queria fazer era mentir mais uma vez. Mesmo que fosse para fazer alguém se sentir melhor.

De repente, ele se lembrou de algo que sua *abuela* dizia muitas vezes, especialmente quando sabia que ele precisava ouvir: *a verdade pode doer por um tempinho, mas uma mentira dói para sempre*. Um nó se materializou em sua garganta ao pensar em Carl. Ele tentou engoli-lo, mas não saiu do lugar. Por que... por que tinha mentido para Carl? Ele o perdoaria algum dia?

Finalmente, o técnico veterinário saiu da sala de exames e pigarreou.

— A dra. Vasquez gostaria de falar com vocês — ele disse, olhando para Núria e Collin.

Contudo, todos ali se aproximaram dele, incluindo o homem com a tartaruga.

— Podemos entrar também? — Bong perguntou, falando por todos do grupo.

O técnico suspirou, seus olhos pulando de uma pessoa para a outra. Depois de alguns segundos, ele assentiu e disse:

— A sala de exames é pequena, mas acredito que não seja um problema. *Você* e a tartaruga, porém, ficam aqui. — Ele encarou o homem até ele voltar a se sentar.

— Me digam como foi, está bem? — o homem com a tartaruga pediu enquanto o grupo seguia o técnico veterinário.

Eles entraram na sala um por um. O espaço era estéril e frio. Havia prateleiras e armários com material médico, piso de linóleo cinza e uma mesa comprida de aço inoxidável no centro. A dra.

Vasquez estava ao lado da mesa, vestida em seu uniforme médico e um jaleco branco. Gatito estava deitado em uma almofada branca e retangular, consciente, mas não parecia muito bem; seus olhos estavam fundos, havia baba saindo de sua boca e seus pelos estavam opacos e desgrenhados.

— Bom, é mais gente do que eu estava esperando. — A dra. Vasquez fez uma tentativa de sorrir, mas Omar pôde ver a preocupação que existia por baixo.

Todos a encararam, esperando para ouvir o que ela tinha a dizer. A atmosfera na sala estava pesada, apesar do ar-condicionado, como se a preocupação coletiva do grupo sugasse o oxigênio.

— Receio que as notícias não sejam das melhores — a dra. Vasquez começou, afagando o pescoço de Gatito, como se para reconfortá-lo. — Gato está com doença renal no estágio três... Ele tem dez, talvez onze anos de idade. Para um gato de rua, é bem velho. Fico surpresa por ele ter vivido tanto tempo — ela explicou.

Omar olhou de relance para Collin. A boca dele estava trêmula; Omar conseguia ver que ele estava se esforçando para manter o controle.

— Tem alguma coisa que possa ser feita? — ele perguntou, porque todos os outros pareciam estar devastados demais para dizer qualquer coisa.

A dra. Vasquez baixou os olhos para Gatito e, então, voltou a fitar Omar.

— Em casos assim, a coisa mais humana seria fazê-lo descansar. Ele não tem casa, e devolvê-lo às ruas nessa condição seria cruel.

— Mas e se ele não morasse na rua? — Collin avançou até o lado de Omar.

— Bom, se ele *tivesse* um dono, eu sugeriria alguns dias aqui na clínica pra ele tomar soro intravenoso e recuperar um pouco a força. Então ele poderia ir pra casa e continuar recebendo fluidos subcutâneos, tomando suplementos e tendo uma dieta especial — a dra. Vasquez falou.

Núria foi até a mesa de aço e repousou a mão no dorso de Gatito, acariciando-o com gentileza.

— Quanto tempo ele tem? — ela perguntou.

— Não posso afirmar com certeza, mas se ele tivesse algum lugar para ir, com uma pessoa que possa cuidar bem dele, poderia viver mais um ou dois anos.

Núria puxou uma golfada de ar.

— Eu queria poder acolhê-lo, mas o proprietário do meu apartamento tem um limite bem rigoroso de três bichos por locação. Se eu for pega, posso ser expulsa...

Omar sacudiu a cabeça e suspirou.

— Infelizmente não permitem animais de estimação no meu prédio.

Lily, que estava em absoluto silêncio até então, observando tudo que acontecia, se manifestou:

— Desculpem, o pessoal com quem eu moro me mataria.

— Eu poderia tentar... mas ando bem ocupado com a loja hoje em dia — Bong falou.

Todos se viraram para olhar para Collin. Ele deveria estar com um nó na garganta, porque Omar viu seu pomo de adão subir e descer quando ele engoliu com força.

— E-eu consigo. Ele pode vir pra casa comigo — ele disse, a voz rouca.

Omar sorriu.

— Eu posso passar lá e ajudar com as coisas médicas. Estou acostumado a dar os remédios do cãozinho da sra. Lewis.

— Posso ajudar também — Núria falou. — Sou profissional em dar remédios pra gatos.

Bong deu pulinhos feito uma criança empolgada.

— Eu posso levar comida de gato e mantimentos. O que for preciso.

— Eu também. Posso ajudar a limpar, com as tarefas, cuidar dele quando você não estiver. Qualquer coisa — Lily acrescentou.

A dra. Vasquez balançou a cabeça e juntou as mãos.

— Que maravilha que Gato tenha tantas pessoas para cuidar dele. Precisaremos dar a um de vocês uma demonstração de como administrar as injeções subcutâneas, e vou fazer uma receita para todos os remédios, suplementos e comida de que ele vai precisar. *Mas* quero vê-lo uma vez por mês para avaliação. É importante monitorarmos as funções renais dele.

Collin assentiu.

— É claro, qualquer coisa pelo gato... digo, por Gato.

Omar se abaixou para ficar no nível dos olhos de seu coleguinha. Ele o coçou sob o queixo e falou:

— Você vai ficar bem, Gatito, meu chapa... Só mais uns dias nesse cafofo e aí você vai pra casa. De agora em diante, vai ser um daqueles gatos domésticos chiquetosos. Os dias de perrengue nas ruas acabaram pra você.

A dra. Vasquez riu.

— Acho que é a primeira vez que chamam minha clínica de cafofo.

— Sem ofensas, doutora — Omar desculpou-se com um sorriso acanhado.

— De maneira alguma. Que tal deixarmos Gato descansar um pouco agora? Enrique pode fazer uma demonstração com a aplicação subcutânea pra vocês na sala de espera — ela disse, abrindo a porta.

Um por um, eles retornaram à recepção. Ao vê-los, o homem com a tartaruga se ergueu do assento.

— E então? Como está o mocinho? Mel e eu queremos saber — ele disse, segurando Mel Brooks.

Omar sorriu.

— Ele vai ficar bem. Só precisa de uns dias para se recuperar, então vai morar no maior luxo com meu mano Collin — Omar respondeu, dando um tapinha nas costas de Collin.

— Que notícia maravilhosa! Um grande alívio. Ouviu só, Mel? — ele perguntou, trazendo Mel à altura do rosto. Mel piscou e moveu a cabeça para cima e para baixo.

— E, então, qual de vocês dará as injeções em Gato? — Enrique, o técnico veterinário, indagou, olhando para todo o grupo.

Omar ergueu a mão.

— Pode me ensinar primeiro, e eu atualizo o resto do pessoal.

Enrique conduziu Omar até um canto atrás do balcão da recepção e, em seguida, mostrou a ele como preparar o frasco de líquidos e conectar os tubos e a agulha. Então, com o auxílio de um gato de pelúcia, mostrou onde e como inserir a agulha, dando dicas para manter o gato calmo e relaxado. Quando terminou, pediu a Omar que fizesse sozinho. Sem hesitar, ele fez exatamente como Enrique tinha instruído, seus movimentos naturais, confiantes e gentis. Quando acabou, ergueu os olhos para Enrique, buscando aprovação:

— Fui bem?

Enrique sorriu, oferecendo o punho para parabenizá-lo.

— *Mais* do que bem. Você talvez tenha feito melhor do que eu — ele disse, dando uma risadinha.

Omar abriu um enorme sorriso.

— Sério?

— Sério, cara. Que bom que a dra. Vasquez não está aqui. Senão ela talvez te oferecesse meu emprego — ele brincou.

Foi naquele momento que Omar finalmente soube. Ele encarou o gato de pelúcia e a parafernália das injeções, encarou Enrique e seu uniforme de técnico veterinário, Mel Brooks, a tartaruga, e, por fim, a clínica ao seu redor. Tudo fazia muito sentido. Omar amava tanto animais quanto pessoas. Era um cuidador nato. E, na medida do possível, esforçava-se ao máximo para ser gentil e compassivo.

Este trabalho, este lugar, seria seu futuro.

66

Gato

Gato viu uma luz. Será que tinha morrido? Ele ainda sentia dor. Sem dúvidas, se estivesse morto, a dor teria passado, certo? Ele piscou. A luz era muito forte. Não era a luz do sol, disso ele tinha certeza. Piscou mais uma vez. Outras coisas começaram a entrar em foco.

Paredes. Prateleiras. Não. Ele não tinha morrido. Estava em um lugar fechado, um lugar desconhecido. Ele voltou a piscar. Não. Não era tão desconhecido assim. Ele reconhecia o lugar. A luz forte no teto era a mesma que ele tinha visto da outra vez em que a Moça Arco-íris o sequestrou. Naquela ocasião, ele ficou bravo com ela, mas conforme os dias passaram, ele a perdoou. Gato não era de guardar rancor. Especialmente quando estava sendo alimentado.

De repente, ouviu vozes. Algumas eram familiares. Outras nem tanto. Ele piscou mais uma vez. Rostos surgiram das sombras. O Vizinho Desajeitado estava lá, parecendo um tanto aborrecido. Então ele enxergou o Carteiro Animado em pé ao lado. Seu semblante normalmente animado tinha desaparecido. A Moça Arco-íris também estava lá. A fenda entre suas sobrancelhas estava profunda, e suas sardas pareciam saltar do rosto, como pulgas empolgadas.

Gato piscou mais uma vez. Outra pessoa apareceu. Era a Pessoa Rosa-Choque, que agora ele sabia ser a irmã da Moça Arco-íris.

Quando era jovem, ele também tivera irmãos e irmãs. Agora, eles já tinham partido havia muito tempo. Mais uma piscada. Aquele era o Tristonho da Mercearia? Era ele, sim. O que ele estava fazendo ali? Gato piscou de novo.

Essas pessoas, todas elas estavam ali por causa dele? Certamente, não. Gato voltou a piscar. Por qual outro motivo estariam todas na mesma salinha? Ele conseguiu erguer a cabeça, embora cada centímetro de seu corpo doesse. Sim, elas definitivamente estavam ali por sua causa.

— E-eu consigo. Ele pode vir pra casa comigo.

Gato arregalou os olhos o máximo que conseguia e fitou o Vizinho Desajeitado. Ele tinha *mesmo* dito aquelas palavras? Estava falando sério? Gato ia morar com *ele*, dentro da casa *dele?* Nem em um milhão de anos teria imaginado aquilo. Estava mais do que satisfeito com a casinha de papelão onde vinha dormindo. Pensar em se tornar um daqueles gatos domésticos, bom, o deixava confuso e, ao mesmo tempo, exultante. Verdade seja dita, havia se cansado da vida nas ruas. Morar dentro de uma casa, com um humano próprio poderia ser uma boa mudança na rotina. Ele não detestava a ideia.

Gato teria uma casa para ele! Uma casa de verdade, com porta e janelas, e cadeiras e camas onde dormir. Uma casa onde ele poderia ficar refrescado durante o verão e quentinho no inverno. Um lar. Finalmente, um lar.

Havia um calor em seu corpo, irradiando de seu focinho até seu peito, passando pelo torso, até a pontinha da cauda. E mesmo estando indisposto, pôde sentir uma vibração vindo de dentro de seu ser.

67

Collin

No mesmo minuto em que todos saíram da clínica, Collin começou a ficar ainda mais ansioso. No que havia se metido? Nunca teve um gato. Fazer uma casinha de papelão para um gato de rua era uma coisa, mas ter um morando *dentro* da casa dele era algo completamente diferente. Sem falar no fato de Gato estar muito doente. Parte dele queria voltar correndo para dentro da clínica e dizer à veterinária que havia mudado de ideia, mas a maneira com que Núria o olhava fez aquela parte dele relaxar.

Logo estariam a sós, apenas os dois. Omar ainda estava dentro da clínica, conversando com Enrique, o técnico veterinário, e Bong e Lily estavam voltando para a mercearia.

— Bong, Lily, até mais tarde. Obrigado por terem vindo apoiar o Gato e por se oferecerem para ajudar a cuidar dele — Collin disse, com um sorriso e um aceno.

Bong retrocedeu e apertou a mão de Collin.

— Não. *Eu* é quem lhe agradeço, Collin, por ter tomado uma atitude. Fico muito feliz que Itim, digo, que Gato vai poder passar o resto de seus dias com conforto. Se minha falecida esposa Conchita estivesse aqui, tenho certeza de que ela diria que você é um santo, e então crochetaria alguma coisa pra você, porque é isso que ela fazia para as pessoas de quem gostava.

— Ah, não é nada, de verdade — Collin disse, seu rosto corando, de repente.

— Vamos, Bong. Precisamos abrir a mercearia para o Omar poder pegar o carrinho dele — Lily chamou, contemplando a calçada, como se estivesse tentando evitar fazer contato visual.

Bong hesitou.

— Ah, sim. Tem razão... Bom, nos vemos depois! Mantenha a gente atualizado quanto ao progresso de Gato, por favor — ele pediu, balançando a cabeça.

— Esperem aí! — Omar irrompeu pela porta da clínica. Então ele, Bong e Lily rumaram rua afora.

— Lily! — Núria chamou de repente.

Lily se deteve e deu meia-volta, as sobrancelhas erguidas de surpresa.

— S-sim?

— Eu estava pensando... — Núria se aproximou dela. — E-estava pensando se quer vir à cafeteria mais tarde? A gente poderia, hm, conversar?

Lily sorriu, os cantos de seus olhos se inclinaram.

— Sério? Tem certeza? Digo, sim. E-eu gostaria. Apareço no meu intervalo do almoço.

— Ótimo. Até lá, então. — Núria devolveu o sorriso e se demorou por um bom minuto, observando Omar, Bong e Lily até terem desaparecido.

Collin arrastou os pés, imaginando o que deveria dizer e fazer. Núria, por sua vez, voltou a fingir estar conferindo as mensagens em seu celular, só que, volta e meia, olhava de soslaio para ele, quando achava que ele não estava prestando atenção. Porém, Collin notou. Todas as vezes que os olhos castanho-esverdeados dela vinham em sua direção, ele sentia um calor nas bochechas e na nuca. Era humilhante. No entanto, também dava um imenso prazer a Collin. Fazia muito tempo que ele não se sentia daquela maneira. Apesar de todos os momentos constrangedores, ele estava se divertindo.

— Ei — Núria chamou. — Acho que ainda estou te devendo aquele Guillermo que você pediu.

Collin deu de ombros.

— Tranquilo. Não é como se eu tivesse pagado por ele ou coisa assim... Além do mais, não sei bem se expresso e limão combinam.

— Ah, é? — Núria sorriu. — Quer dizer que você foi pesquisar, hein?

De repente, suas bochechas estavam quentes novamente.

— Bom, hum, digo, como eu não pesquisaria?

Núria se esgueirou até o lado dele.

— É bom de verdade, eu juro. Faço um pra você qualquer hora. — Ela deu uma olhadinha nele pelo canto do olho, mordendo o lábio como se estivesse hesitando a respeito do que dizer a seguir. — Estou curiosa. Você costuma escrever muitos bilhetes para mulheres que não conhece? É, tipo, o seu lance?

— Meu lance? — Collin ergueu as sobrancelhas. — Eu não tenho um lance, exatamente. Essa é a primeira vez... Eu só vi você pela janela de casa. E, bom, você me intrigou.

Núria sorriu.

— Intriguei? Como é que eu poderia ser tão intrigante assim?

Foi então que as bochechas já coradas de Collin queimaram com tanta força que ele teve a sensação de estarem pegando fogo. Estava zonzo. As palmas de suas mãos estavam frias e úmidas, apesar da temperatura amena. Ele piscou e desviou o olhar do dela, envergonhado, de repente.

— Eu te vejo quase todos os dias pela janela do meu escritório. E, bom... é meio difícil descrever, mas é quase como se tudo que eu via antes fosse um borrão. E então, de repente, eu coloquei um par novo de óculos e lá estava você, tão viva, tão vibrante, tão em foco. É como se eu estivesse vendo as coisas de modo diferente agora — ele murmurou. — M-me desculpe se isso parece bizarro.

— Não. De maneira alguma. Fico lisonjeada, na verdade — Núria disse, esticando-se para tocar o braço dele, como se pressentisse que ele precisava ser confortado. — Na maior parte dos dias, eu meio que me sinto invisível, sabe? É legal que alguém tenha me enxergado, para variar.

Collin se obrigou a encontrar o olhar dela. Por um momento, a tontura quase o fez cambalear.

— Ei, você está bem? — Núria perguntou, segurando o antebraço espesso dele.

Ele inspirou fundo e se estabilizou.

— Me desculpe, acho que ainda estou em choque.

— Tudo bem. Eu sei que é muita coisa — Núria falou. Ela se aproximou ainda mais e soltou o braço dele, puxando no lugar a barra da camiseta. — Vamos. Acho que você precisa se distrair um pouco pra te ajudar a relaxar... Tem um pet shop incrível a alguns quarteirões daqui. Se quiser, posso te ajudar a comprar alguns utensílios para o Gato.

Collin baixou os olhos rapidamente até o ponto de sua camiseta que Núria havia puxado. Ela podia ter tocado apenas o tecido, mas a pele que estava embaixo se arrepiou. Ele estava aturdido.

— Ah, sem problemas. Não quero incomodar você. Posso comprar tudo pela internet mesmo.

Por um momento, Núria, não respondeu. Em vez disso, ergueu uma das mãos e enrolou no dedo uma mecha do cabelo solto. Conforme o momento se prolongava, ela soltou a mecha e se aproximou devagar, até que seus quadris ficaram a meros cinco centímetros de distância.

— Você não preferiria ir pessoalmente, pra gente poder escolher as coisas *juntos*?

A palavra "juntos" fez Collin estremecer. Ah, Deus, que idiota ele era. Por que tinha desdenhado da proposta dela? Teve vontade de cobrir o rosto com as duas mãos de vergonha, ou talvez cavar um buraco para que o asfalto o engolisse. Mas ele era um homem adulto, não um garotinho. *Fica frio, Collin*, ele disse a si mesmo.

— Tudo bem. Parece uma boa ideia. Eu gostaria da sua ajuda. Obrigado.

Núria sorriu. Claramente feliz por ele ter concordado.

— Bom, o encontro está combinado! Vamos lá — ela disse, fazendo um gesto para ele a seguir.

Encontro? Aquilo era, na verdade, um encontro, disfarçado de saída às compras?

Collin não fazia ideia. Decidiu simplesmente deixar-se levar. Encontro ou não, ele poderia passar mais tempo ao lado de Núria. Ele a seguiu rua afora, esquecendo-se completamente da apreensão e do nervosismo de momentos atrás.

68

Núria

O Lar dos Pets Brooklyn era dividido em duas seções, "Gatolândia" e "Cãotidiano". Núria conduziu Collin na direção da "Gatolândia". Ela conhecia cada centímetro do lugar, e os funcionários ali a chamavam pelo nome.

— E aí, Núria? Como vai? — um deles cumprimentou, um homem mais velho com barba, usando um moicano e com os braços tatuados.

Núria acenou.

— Duncan. Que bom te ver. Meu amigo aqui está com um novo gato resgatado e precisa de suprimentos para ele — ela explicou, indicando Collin e seu carrinho de compras.

Duncan cumprimentou Collin com um aceno de cabeça.

— Que bom, cara. Acolher animais de rua é um trabalho duro, mas é muito gratificante — ele disse, sorrindo.

— Obrigado. — Collin devolveu o sorriso, mas Núria via que ele ainda estava inseguro com a decisão que havia tomado.

— Vem, por aqui — ela chamou ao virar e entrar no corredor com bandejas e pacotes de areia sanitária. — Vamos começar pelas necessidades básicas.

Collin fitou as várias bandejas à mostra.

— Tudo isso para um gato fazer xixi e cocô? — ele perguntou, arregalando os olhos.

Núria riu.

— Tem toda uma variedade. Desde a bandejinha básica, passando pelas fechadas com tampa, até as autolimpantes, e tem até mesmo caixas inteligentes, que você pode sincronizar com seu celular. Só depende do quanto você quer gastar.

— Você tinha razão. Eu preciso *mesmo* da sua ajuda.

Núria puxou uma bandeja com tampa tradicional.

— Se não se incomodar com um pouquinho de trabalho a mais, eu recomendaria uma dessas. Não tem como errar com o modelo básico — ela disse.

— Certo... e quanto à areia? — ele perguntou, observando os pacotes de areia sanitária.

Ela pegou um saco.

— Ignore as variantes chiques e fique com a boa e velha areia aglomerante. Você também vai precisar de uma pá para retirar os torrões de manhã e à noite.

— Pá? — ele ecoou, franzindo a testa.

— É. Uma dessas. — Ela puxou uma pá de plástico gigante de uma das prateleiras e a atirou no carrinho.

Collin empurrou o carrinho até o corredor seguinte.

— E agora?

— Tigelas de comida e água e uma caixinha de transporte — Núria respondeu.

— Ah. Eu já tenho as tigelas. Comprei no supermercado. E tenho uma cama de gato também.

Núria colocou uma caixa de transporte azul e cinza no carrinho e fitou Collin.

— Então você andou alimentando ele durante todo esse tempo, é?

— Não esse tempo todo. Quer dizer, recentemente. E-eu fiquei com pena dele, morando nos arbustos e tal. Então fiz uma casinha pra ele e comprei as tigelas e a cama. Ele tem dormido no beco ao lado da minha casa — Collin explicou.

Núria cruzou os braços em frente ao peito.

— Aquele sobrado é seu. Eu devia ter adivinhado.

— Me desculpe. Eu queria muito falar com você, mas e-eu só não sabia como.

Ela descruzou os braços e relaxou.

— Não precisa se desculpar por nada. Se você não estivesse lá, o Gato provavelmente já teria partido. Você fez uma coisa boa — ela disse.

Collin soltou a respiração.

— Obrigado.

— De qualquer forma, só para sua informação, aquela cama de gato pode não servir mais depois que ele estiver morando na sua casa. Gatos preferem *tudo* que é nosso. Então é melhor estar preparado pra ele tomar posse da sua cama, das suas cadeiras, dos balcões da sua cozinha... tudo que é seu, logo será dele — ela informou, levando-o até o corredor seguinte.

Collin não respondeu. Núria percebia, pela careta que ele fez, que a ideia o deixava aflito. Mas ela sabia que não deveria tentar amenizar a situação, especialmente levando em conta que Collin adotaria um gato doente. Ela precisava garantir que ele estaria preparado.

— Você vai precisar de uma dessas. — Ela entregou a ele algo que parecia uma sacolinha de viagem.

— O que é isso? — ele perguntou.

— É uma bolsa de contenção pra gatos. — Ela apontou as abas de velcro e os zíperes. — Você coloca o gato dentro e a bolsa os mantém imóveis, pra conseguir dar remédios com mais facilidade e segurança. Se deixar todas as aberturas fechadas, só a cabeça dele fica para fora. Mas se precisar aparar as unhas ou algo assim, também pode abrir os zíperes das pernas.

Collin franziu a testa.

— Isso é mesmo necessário?

— Sim. Confia em mim — Núria falou.

Ele deu de ombros.

— Certo, então. Mais alguma coisa? Que tal uns brinquedos? — ele sugeriu, parando diante das prateleiras de brinquedos felinos.

— Acho que não... A maioria dos gatos prefere bolinhas de papel-alumínio e caixas, de qualquer jeito. Brinquedos são só desperdício de dinheiro.

Collin olhou para o carrinho.

— Então é só isso? Achei que precisaríamos de mais coisas.

— O resto das coisas, a ração prescrita pra ele, os suplementos e soluções, vamos comprar no veterinário, tá bom? — ela disse.

— Tá bom.

Eles foram até o balcão do caixa, onde Duncan já os aguardava. Collin estendeu a mão para tirar os itens do carrinho. Núria fez o mesmo. Por um segundo, as mãos dos dois se tocaram. Núria ficou tentada a afastar a dela, mas não o fez. Ela se sentia estranhamente confortável com Collin, embora homens em geral a deixassem bastante apreensiva.

Plim-plim... Plim... Plim-plim...

Era o celular de Núria. Ela não precisou nem olhar para saber quem estava ligando. Era a mãe, querendo saber como ela estava. Não estava com vontade de atender, especialmente depois da conversa franca na noite anterior, mas sabia que precisava.

— *Hola, mamá* — ela disse assim que aceitou a ligação. Contudo, não era uma ligação comum. Era uma ligação por vídeo. Núria afastou o celular da orelha ao mesmo tempo em que a imagem da mãe apareceu na tela.

— *Oyé!* Por que demorou para atender? — ela quis saber, trazendo o rosto tão próximo da tela que Núria conseguia enxergar dentro do nariz dela. — *Estás bien, mija?* Está melhor?

Núria olhou de relance para Collin, nervosa, enquanto ele pagava pelos itens com o cartão de crédito. Apenas mexendo a boca, ela disse "só um minuto" a ele, as bochechas quentes de vergonha.

— *Hola, mamá.* Sim, estou melhor. Só um pouquinho ocupada no momento. Posso te ligar mais tarde?

A mãe apertou os olhos diante da câmera, que dispararam da direita para a esquerda, como se estivesse procurando alguma coisa.

— Ocupada? Tem alguém aí com você? Para quem você falou "só um minuto"? *Dígame!*

— Não é ninguém, *mamá*. Estou só fazendo compras com u-um amigo — ela disse, soltando a respiração com impaciência.

— Um amigo? Que amigo? Oi? *Hola?* Oi? Olá? — ela gritou tão alto que Collin, Duncan e provavelmente a loja toda conseguiria ouvir.

Collin guardou o cartão de crédito na carteira e riu. Antes que Núria pudesse impedi-lo, ele se inclinou até que seu rosto estivesse em frente a câmera.

— Olá. Oi. Sou o Collin. Prazer em conhecê-la — ele disse, sorrindo.

— Collin? Collin quem? — a mãe perguntou, ainda de olhos apertados. — *Oyé, espera.* Você é bem bonitão. Está solteiro? Porque minha filha, Núria, está saindo com um carteiro, mas eu *não sei* se gosto muito del...

Foi quando Núria encerrou a ligação. Estava com tanta vergonha que teve vontade de largar o celular e sair correndo.

— Imagino que ela estava falando do Omar? — Collin disse, fazendo força para não rir.

As bochechas de Núria, de repente, estavam ferventes.

— Hm, sim... Eu talvez tenha, sabe, dito que ele era meu namorado, pra tirar ela do meu pé. Me desculpe. Minha mãe é complicada.

— Não se preocupe com isso. Qual mãe não é complicada? É praticamente o trabalho delas, não é?

Núria sorriu. Collin não apenas havia lidado com sua mãe absurda feito um profissional, como também não a fizera sentir vergonha por ter inventado um namorado falso. Suas bochechas estavam quentes mais uma vez. Dessa vez, não por vergonha, mas porque a sensação em sua barriga estava aquecendo-a de dentro para fora.

Por muito tempo, havia dito a si mesma que a companhia de gatos e Rocky bastava para ela. Mas, ultimamente, via-se com vontade de se abrir para outras pessoas. Primeiro, tinha aceitado o convite de Omar para jantar. Então, havia Lily, a meia-irmã de cuja existência ela só soube no dia anterior. Agora, lá estava Collin, que irrompeu em sua vida inexplicavelmente, com uma série de bilhetes e cartas. Ela não conseguia explicar, mas, de alguma forma, aquilo parecia destinado a acontecer. Como se fosse um grande plano que Gato havia orquestrado meticulosamente. Núria sabia que aquilo não podia ser verdade. Afinal, ele era apenas um gato de rua. Mas ela queria acreditar, porque, se acreditasse, talvez... só talvez, todos eles conseguiriam seus finais felizes.

Collin pegou as sacolas de compras e sorriu. Seus ombros pareciam mais relaxados. As bochechas não estavam mais tão coradas. Seu olhar estava firme e tranquilo.

— Eu estava pensando... você pretende comer algo mais tarde?

— Sim. Quer dizer, é o que eu *costumo* fazer — ela respondeu, sem pensar.

Ele gargalhou e sacudiu a cabeça.

— Desculpe. Ainda estou meio nervoso. O que quis perguntar é se você gostaria de jantar comigo... hoje à noite.

Por um momento, os dois se demoraram na saída da loja, sem dizer nada, enquanto uma enxurrada de clientes passava ao lado.

Todos aquelas idas e vindas de bilhetes e cartas. Todas as perguntas. Todo o desconhecido. Toda a espera. Tudo isso os havia conduzido até ali.

Parecia certo.

Núria ergueu o rosto, procurando os olhos castanhos e calorosos dele. Quando os encontrou, não pôde deixar de sentir que passou a vida toda esperando para fitá-los.

— Sim, eu gostaria muito de jantar com você, Collin.

69

Lily

— Humm… então é esse o gosto do café daqui — Lily disse depois de um longo gole de seu latte gelado de caramelo.

Núria, que estava de frente para ela à mesa, franziu o cenho.

— Como assim?

— É muito humilhante, mas é que eu passava por aqui o tempo todo e ficava te observando lá de fora. Nunca cheguei a reunir coragem para entrar… Além do mais, esses cafés não cabem muito bem no meu orçamento — Lily explicou.

— Bom, se eu não trabalhasse aqui, também não conseguiria arcar com eles.

Lily abriu um sorriso nervoso e ergueu o croissant de presunto e queijo para dar uma grande mordida.

Núria pigarreou.

— Enfim, fiquei pensando muito ontem à noite. Tipo, muito mesmo. E só queria conversar para a gente poder esclarecer as coisas… Sei que pode ter parecido que eu estava brava com você. Mas eu não estou, Lily. Não estou mesmo. Só fiquei chocada. Eu surtei. Disse coisas horríveis a você… Eu não deveria ter saído correndo daquele jeito. Sinto muito.

Lily pousou o croissant e limpou as migalhas do queixo com um guardanapo.

— Deus do céu, você não precisa se desculpar, Núria. Se alguém devia se desculpar, sou eu. Fui eu quem ficou te seguindo por aí feito uma maluca. Fui eu quem mentiu. Fui eu quem guardou segredos de você... Para ser bem sincera, não vou te culpar se você nunca mais quiser me ver.

— Não! É claro que não! — Núria arregalou os olhos e se inclinou para a frente. — Não quero que você vá a lugar nenhum.

— Sério?

— Sério.

— Você não me odeia? — Lily perguntou.

Núria colocou uma das mãos sobre a de Lily.

— Não. O que estou entendendo agora é que a culpa não pertence a uma só pessoa. O que aconteceu, aconteceu. Quer dizer, claro, meu pai fugiu, abandonou a mim e a minha mãe, mas minha mãe também teve culpa. Ela nunca registrou a mudança de endereço nos correios quando nos mudamos. Fez questão de que o nosso número de telefone fosse privado. Ela fez tudo que podia pra manter ele longe da nossa vida... e acredito que não posso te culpar por isso.

Apesar do burburinho da cafeteria, fez-se um silêncio palpável entre as duas. Era quase como se Lily e Núria estivessem em um mundo próprio.

Lily expirou. Era a primeira vez que sentia ser quem realmente era desde a mudança para Nova York. As pedras imaginárias que estavam alojadas entre seus ombros se ergueram. O fardo havia desaparecido.

Uma sensação incrível de tranquilidade percorreu todo seu corpo. Ela puxou de sua bolsa um envelope grande e o entregou a Núria.

— Eu encontrei isso no porão depois que meu pai... nosso pai morreu. Estou guardando para você desde então, esperando poder entregar algum dia — ela explicou. — Corri até minha casa para buscar antes de vir aqui te encontrar... Não faço tanto exercício desde meus dias de líder de torcida.

Núria tocou o envelope, sem segurá-lo por completo, como se estivesse aterrorizada com o conteúdo.

— Vá em frente, dê uma olhada. Prometo que não é nada de ruim — Lily garantiu.

Devagar, Núria abriu o envelope. Ela espiou dentro antes de tirar os itens, um por um. Lá estava o livro infantil de título *O gato que foi para o céu*; ela o abriu e arfou quando viu a dedicatória do pai delas.

Feliz aniversário para minha filha querida, Núria.
Papai sente muito a sua falta.

Então ela puxou um maço enorme de cartas.

— Ele escreveu pra você, Núria. Mesmo sabendo que as cartas seriam devolvidas, ele ainda escreveu pra você — Lily disse, baixinho.

Núria levou o amontoado de cartas ao peito e as abraçou, lágrimas escorreram pelo seu rosto.

— E-eu achei que ele não se importasse…

— Ele se importava, Núria. Se importava muito. — Lily ergueu o último item da mesa: a edição da revista *Barista* com Núria na capa. — Essa revista foi lançada duas semanas antes da morte dele… Eu tenho certeza de que ele pretendia vir te encontrar. Na verdade, na noite antes do acidente, ele sugeriu uma viagem de pai e filha para Nova York no Natal. Ele queria que a gente fosse assistir a umas peças na Broadway. Queria que a gente patinasse no gelo no Rockefeller Center. E eu tenho *cem por cento* de certeza de que ele queria que nos conhecêssemos. Tudo faz sentido agora.

— Então, aqui estamos nós — Núria falou, fungando.

Lily apertou a mão dela.

— De alguma forma, o desejo dele ainda se realizou.

— Estou tão feliz por você ter vindo me encontrar, Lily. Obrigada — Núria disse.

— Não há de quê.

Núria fungou mais uma vez, secando a enorme onda de lágrimas do rosto com um guardanapo.

— Ai, meu Deus. Meus olhos estão inchados? Vermelhos? Estão, não estão? — ela perguntou a Lily.

— Ah, estão, sim. É o que acontece quando a gente chora, né? — Lily disse, franzindo o cenho. — Não acho que seus clientes vão se importar por seus olhos estarem um pouquinho inchados.

Núria sacudiu a cabeça.

— Não é isso. É só que eu tenho, tipo, um encontro hoje à noite. Com o Collin — ela explicou.

— O quê? Ai, meu Deus! *Sério?* — Lily pulou da cadeira, como se alguém tivesse acendido fogos de artifício debaixo de seu traseiro. — O que vocês vão fazer? Aonde vão? Puta merda... O que você vai usar?

De repente, os olhos de Núria se esbugalharam.

— Ah, não. Merda. Eu só tenho um vestido bonito, e o Collin já me viu com ele.

— Bom, é o seu dia de sorte, então. Porque fazer compras, por acaso, é algo em que eu sou boa. Vamos, tem uma boutique vintage muito lindinha ali na esquina — Lily disse, agarrando a mão de Núria e a puxando até a irmã ficar de pé.

— Mas eu ainda estou trabalhando — Núria lembrou.

— Me dá meia hora. Prometo que não preciso de mais do que isso — Lily implorou.

Núria voltou os olhos para o cara do caixa, que estava dançando no ritmo da música que tocava na cafeteria, alheio a tudo que se passava ao seu redor.

— Anh, posso tirar mais trinta minutos? Por favor?

O cara balançou os quadris e as enxotou com as mãos.

— Sem crise, meu bem. Está *tudo* sob controle.

O Closet da Viola era uma boutique vintage famosa. Muitas das peças eram superfaturadas, mas, garimpando o bastante, especialmente nas araras em promoção, havia tesouros acessíveis a serem encontrados. Lily havia examinado a loja diversas vezes, babando por alguns dos vestidos de grife que iam muito além de seu orçamento. Nunca tinha comprado nada, mas agora tinha uma desculpa para escolher algo, mesmo que não fosse para si mesma. Na verdade, era ainda mais emocionante, visto que Lily adorava programas de mudança de visual. Dar uma transformação à irmã seria uma atividade divertida para fortalecerem laços, ao menos para ela.

Mas havia um problema. Todas as vezes em que Lily puxava alguma coisa das araras e mostrava para Núria, a irmã fazia careta.

— Vamos lá. Você pode pelo menos experimentar alguma coisa? Estamos ficando sem tempo — Lily suplicou.

Núria fez beicinho.

— Mas tudo isso é tão... nada a ver comigo.

— Certo. Tudo bem. Vou dar mais uma volta rápida e ver se encontro alguma outra coisa.

Felizmente havia um pufe de veludo cor de framboesa em um canto para Núria se sentar enquanto Lily inspecionava cada peça nas araras. Núria fechou os olhos. Lily imaginou ser a maneira dela de se desligar do presente. Estava claro que esse encontro com Collin a estava estressando até o limite.

Quando Lily terminava uma arara, passava diretamente para a próxima, a próxima e a próxima, até que restou apenas uma a ser vasculhada. Ela suspirou e cruzou os dedos. Precisava haver alguma coisa que funcionaria. Quando estava se aproximando do fim, uma peça chamou sua atenção de repente. Um pequeno pedaço de tecido que parecia extremamente promissor. Lily tentou não se empolgar além da conta ao empurrar de lado os vestidos de festa.

Ahhh... Lily arfou. Era isso! Ela pegou a peça e correu até onde Núria estava sentada.

— Olha! — Ela ergueu um vestido de alcinhas de algodão cor-de-rosa estampado com gatos pretos. — É perfeito, não é? O que você acha?

Foi quando Núria pareceu ganhar vida. Ela endireitou as costas em um instante. Seus olhos castanho-esverdeados brilharam ao analisar o vestido.

— Você conseguiu, Lily. Você conseguiu mesmo! — ela exclamou.

Lily não se sentia tão orgulhosa de si mesma havia muito tempo. Não importava que era Núria quem iria para um encontro romântico, e não ela. Todos aqueles meses morando em Nova York, e tudo que ela sentia era inveja da vida aparentemente incrível que todas as pessoas levavam, mas nada daquilo importava agora. Ela estava feliz por Núria. E estar feliz pela irmã era o melhor sentimento do mundo.

70

Collin

No instante em que Collin e Núria desceram do carro de aplicativo, os olhos dela se iluminaram.

— Como você sabia que esse é um dos meus restaurantes preferidos? — ela perguntou, encarando a placa néon do Mama Shirley: Soul Food Vegana.

Collin deu de ombros.

— Você comentou que é vegana, e esse lugar parecia bem decente. Acho que dei sorte.

O que Núria não sabia, no entanto, era que ele tinha passado umas boas três horas pesquisando no Google todos os restaurantes veganos do Brooklyn, procurando fotos para verificar o clima dos lugares, lendo os cardápios para ver se a comida parecia boa, conferindo os comentários para saber quais restaurantes evitar. Inicialmente, tinha imaginado algo mais sofisticado, mais romântico. Mas quanto mais pensava no assunto, mais ficava convencido de que Núria preferiria algo despojado e com uma atmosfera acolhedora.

— Vamos logo. Estou morrendo de fome — ela disse, puxando-o pelo punho.

A sensação da pele dela na sua o fazia sentir frio na barriga. Assim que entraram, uma recepcionista os cumprimentou.

— Núria, há quanto tempo! Que bom te ver de novo — ela disse, olhando para Collin com interesse.

— Obrigada, Tamika. Senti muita saudade da comida da sua mãe — Núria falou.

— Venham comigo. Tenho uma mesa ótima ao lado da janela. — Tamika pegou dois cardápios e os conduziu até um canto calmo do restaurante agitado. "Agitado", na verdade, era dizer pouco. O lugar estava cheio de vida com os sons de pessoas conversando, comendo e rindo e, ao fundo, ouvia-se "Try a Little Tenderness", de Otis Redding.

Os dois se sentaram, e Tamika entregou os cardápios.

— Lamar logo estará aqui para anotar o pedido de vocês — ela disse antes de voltar à entrada para receber mais clientes.

— Se importa de fazer os pedidos para nós dois? Você com certeza sabe quais pratos são os melhores. Ao que parece, já veio aqui muitas vezes — Collin falou.

Núria sorriu.

— O que posso dizer? Sou adepta a rotinas. Admito que não me arrisco muito quando o assunto é experimentar lugares novos. Quando alguma coisa é boa, é boa e pronto. Entende o que quero dizer?

— Entendo. Você devia ver minha lista de compras. É basicamente uma réplica todas as semanas. Acho que sou adepto a rotinas também — ele respondeu.

— E aí, Núria? — O garçom deles se aproximou e lhe deu um beijo na bochecha, como se fossem velhos amigos. — Como anda a Rocky? Faz um tempinho que não vejo as duas — ele comentou.

Núria pousou o cardápio que segurava e olhou de soslaio para Collin, que se remexia no assento.

— Ah, ela está bem. Sabe como ela é: trabalho, trabalho e mais trabalho. Vim com meu ami... digo, Collin. Vim com o Collin. Collin, este é o Lamar. Lamar e Tamika são irmãos, e a Mama Shirley é a mãe dos dois.

— Prazer em conhecê-lo, Lamar. Ouvi falar muito bem da comida da sua mãe — Collin falou, apertando a mão dele.

Lamar sorriu.

— Você vai adorar. A mamãe faz a melhor comida vegana de toda a cidade. Bem, ela faz a melhor comida de todas, ponto-final... E aí, o que vão querer? Vai ser o de sempre?

Núria deu uma risadinha.

— Você me conhece tão bem.

— Certo, então. Uma porção das empanadas da Mama, frango vegano frito ao molho, macarronada com queijo, uma porção de couve refogada, uma de arroz com ervilha, uma salada de batatas e duas cervejas Harpoon IPA. É isso?

— Acertou, Lamar. Obrigada.

Assim que Lamar se afastou, Collin relaxou e sua inquietação sumiu. Ele não pôde evitar encarar Núria, sentada do outro lado da mesa, enquanto pensava no maldito sortudo que ele era. Todos aqueles meses observando-a de longe, suspirando por ela, e ali estava agora, sentada à sua frente.

— Então, imagino que você nunca foi muito chegado a gatos até agora? — Núria quis saber.

— Eu *sou* oficialmente chegado a gatos? — ele perguntou, os olhos se arregalando de espanto. — Acho que sou. Meus pais não gostavam muito de gatos *nem* de cachorros. Deus me livre que tivesse um pouco de pelo no sofá, ou baba de cachorro no chão. Nossa casa era limpa, organizada e cheia de antiguidades preciosas. Não era exatamente uma casa para bichinhos de estimação... nem para crianças, por sinal.

— Sinto muito — ela respondeu, fazendo careta. — Se te faz se sentir melhor, eu também nunca tive bichinhos quando era criança.

Por um momento, eles não disseram nada. Collin ficou remexendo os talheres na mesa, tentando pensar no que falar a seguir. A última coisa que queria era falar alguma coisa idiota sem pensar direito, ou algo que o faria parecer um imbecil pretensioso. Mas ele precisava confiar em sua intuição. Então inspirou fundo, se inclinou para a frente e disse a primeira coisa que lhe veio à mente.

— O Gato é especial, não é? Quer dizer, todos os gatos são especiais, mas ele é, tipo, *especial* mesmo.

Núria sorriu.

— É, sim, sem dúvida.

— Sabe, quase parece que ele consegue me entender. Tipo, eu falo com ele, e tem emoção nos olhos dele. E ele é tão esperto! É ótimo em resolução de problemas... É meio constrangedor, mas preciso confessar que o peso de papel de Murano foi ideia dele. — Collin corou.

— Espera. O quê? Como é que foi ideia *dele?* — Núria indagou, arqueando as sobrancelhas.

Collin cobriu o rosto com as mãos por um segundo; suas bochechas estavam ainda mais vermelhas quando as descobriu.

— Sei que vai parecer ridículo, mas ele ficava colocando a pata em cima do cartão que eu escrevi pra você, como se estivesse tentando me dizer alguma coisa. Pra ser sincero, eu fiquei um pouco confuso. Mas, então, ele pegou uma noz caída e a colocou bem em cima do envelope, me encarando com aqueles olhos malandros. E eu entendi. Eu entendi na hora o que ele estava tentando me dizer... Será que sou maluco?

A princípio, Núria não respondeu. Tudo que fez foi fitá-lo intensamente com olhos que eram medidas iguais de mel e musgo. Era bem possível que fossem os olhos mais bonitos que Collin já tinha visto. Então os cantos de sua boca começaram a se curvar em um sorriso astuto. Ela se inclinou para perto dele e sussurrou:

— Bem-vindo ao clube, Collin.

Ele não fazia ideia a qual clube ela estava se referindo, mas a maneira como olhou para ele, o jeito como seu sorriso insinuava algo meio atrevido, fez seus joelhos ficarem fracos e seu coração bater em um ritmo que parecia perigosamente rápido.

— Espero que estejam com fome, pessoal. — Lamar apareceu no momento mais oportuno. Ele distribuiu os vários pratos entre os dois, para compartilharem. — Aqui está. Bom apetite... Quer que eu guarde uma porção extragrande de pudim de banana? — ele perguntou a Núria.

Ela sorriu.

— Sim, por favor. Obrigada, Lamar.

E, então, ele se afastou, deixando-os a sós com o banquete delicioso. Graças a Deus. Se tivesse comida na boca, Collin teria menos oportunidades de se atrapalhar com a conversa.

71

Núria

Núria havia ido ao encontro sem nenhuma expectativa. Bom, talvez não "nenhuma". Mas seu histórico de primeiros encontros péssimos e relacionamentos medíocres a tinham deixado bastante indiferente à ideia de, em algum momento, encontrar a pessoa com quem gostaria de passar o resto da vida.

Collin, no entanto, superou sua falta de expectativas. Na verdade, superou e não foi pouco. Ele escolheu o restaurante perfeito e limpou o prato, além de comer um pouco do dela também. Escutou. Riu e fez piadas nos momentos certos. Falou sobre Gato de uma maneira que a encheu de afeto. E, quando foram embora do restaurante, ele deu gorjetas generosas aos funcionários e falou com eles como se fossem seres humanos, e não trabalhadores sem identidade. Todas essas coisas eram importantes para Núria.

Quando ele se ofereceu para deixá-la em casa, ela concordou.

— Foi uma noite muito boa. Eu me diverti muito — Collin falou enquanto eles se demoravam em frente ao prédio dela.

Núria sorriu.

— Obrigada pelo jantar. Estou estufada. Quer dizer, olha só a minha barriga — ela disse, esfregando o estômago.

— Não dá nem para ver. Esse vestido fica perfeito em você. — Collin esticou a mão e tocou um dos gatos pretos perto de sua clavícula. — Igualzinho ao Gato — ele observou.

Ela ficou tentada a admitir que tinha comprado o vestido especialmente para o encontro, mas ficou quieta. Por que estragar o momento com informação em excesso? Então optou por fitar os abacaxis sorridentes na camisa dele e rir.

— Não sabia que abacaxis conseguiam sorrir.

— Abacaxis são frutas alegres. São dos trópicos, é claro que são felizes — Collin disse, dando de ombros.

Depois disso, nenhum dos dois falou, como se o gato tivesse comido a língua de Núria, e o abacaxi, sido enfiado na boca de Collin. Ele arrastou os pés. Ela ficou mexendo nas mechas soltas de cabelo ao redor do rosto.

Será que ele tentaria beijá-la?

Núria passou a língua entre os lábios, ainda sentindo o resquício do pudim de banana que tinha devorado. Então piscou os cílios e se aproximou um pouco mais. Ela *queria* ser beijada. Não estava óbvio? A maioria dos caras teria reparado, certo? Mas, claramente, Collin não era como a maioria dos caras.

Até onde Núria entendia, ele gostava dela. Muito. Então por que estava hesitando? Será que ela era tão difícil de se ler? Era o tipo de mulher que assustava os homens? Ou melhor, será que ele era o tipo de homem que precisava que a mulher tomasse as rédeas? Seria isso?

Núria se aproximou devagar. A princípio, manteve os olhos voltados para o chão. Quanto mais se aproximava, mais seu olhar subia. Por fim, se viu diretamente em frente a ele, as pontas de seus sapatos se tocando, seus olhos firmemente fixos nos dele.

— Collin — ela sussurrou.

Ele não respondeu, mas ela entendia, pela intensidade nos olhos dele, que o havia hipnotizado. Por um instante, achou que podia até ouvir o coração dele bater no peito. Porém estava enganada. Não era o coração dele. Era o dela.

Imagens lampejaram em sua mente: os bilhetes em notas adesivas fluorescentes que tinham escrito um para o outro; a expressão no rosto dele sempre que ia à cafeteria pedir café a ela; como ele tinha se oferecido com tanto altruísmo para abrigar Gato;

o gemido que deixara escapar quando provou o pudim de banana vegano pela primeira vez; o jeito que estava agora de frente para ela, os olhos praticamente pegando fogo.

Dane-se.

Núria estendeu os braços e os apoiou em torno do pescoço dele e, então, ergueu-se e o beijou do jeito que quis fazer desde que ele tinha invadido o café e gritado *Guillermo! Guillermo! Guillermo!*

72

Collin

Quatro dias depois…

Collin verificou o relógio de pulso. Eram 14h10. O técnico veterinário já tinha colocado Gato na caixa transportadora e dado a Collin uma sacola com remédios. Estavam prontos para ir para casa. Contudo ele precisava de Núria. Tipo, precisava *muito* dela. Mas ela estava atrasada.

— Ah, que bom. Você ainda está aqui.

Ele voltou os olhos para a porta. Porém não era Núria. Em vez dela, ele se viu encarando os olhos azuis de Lily.

— Núria está com você? — ele perguntou.

Lily se ajoelhou ao lado da caixinha de transporte para espiar dentro dela.

— Não, mas logo estará aqui. Ela não iria querer perder isso, com certeza. Sou Lily, a propósito. Não nos apresentamos oficialmente.

— Ah. Sim. Eu me chamo Collin.

Ela sorriu.

— Eu sei.

O que é que aquilo significava?

— Como está o paciente? — ela perguntou, espiando o interior da caixinha novamente.

Miau. Gato parecia ter algo a dizer, mas seu miado estava rouco.

— A veterinária disse que ele recuperou o apetite. Felizmente, não está mais desidratado — Collin explicou.

Lily se sentou ao lado dele.

— Pobrezinho. Meu pai amava gatos, sabe? Eu sempre quis um gato ou um cachorro, mas minha mãe detesta animais.

Collin franziu a testa, seus olhos indo até as unhas das mãos dela, onde o esmalte continuava lascado.

— Na verdade, o mesmo aconteceu comigo. Minha mãe se recusava a me deixar arranjar um bichinho, porque, supostamente, acabaria com os nossos móveis.

Ela ergueu as sobrancelhas.

— Sério?

— Graças a Deus! Desculpe pela demora! — Núria irrompeu pela porta da clínica.

Os olhos de Collin se iluminaram ao vê-la.

— Estávamos esperando você. Estou com todos os remédios e o Gato está ansioso para ir pra casa — ele anunciou.

Núria deu a Lily um abraço rápido e então se agachou até o chão para poder ficar cara a cara com Gato.

— E aí, amiguinho? Como está se sentindo? Pronto para ir?

Miau. Miau.

Dessa vez, os miados foram um pouco mais altos, mais urgentes. Claramente, ele estava pronto para dar o fora daquele cafofo, também conhecido como clínica veterinária.

— Oi, pessoal. Desculpem o atraso. — Bong entrou, bufando. — Estava pronto para fechar a loja, mas uma enxurrada de clientes apareceu. Precisei correr até aqui — ele disse, ofegando para respirar.

Collin se levantou.

— O Omar vai se juntar a nós?

— Só mais tarde. Ele ainda está terminando as entregas. Falou que nos encontraria na sua casa — Bong respondeu.

— Bom, vamos lá, então — Núria disse. — Vamos levar esse carinha para casa.

Enquanto Collin destrancava a porta de casa, não pôde deixar de se admirar com a quantidade de pessoas às suas costas, esperando para entrar. Ele tinha comprado o sobrado havia cinco anos, mas apenas entregadores, funcionários de manutenção e alguns membros de sua família já haviam estado lá. Por um momento, ele ficou um pouco desorientado. Era uma sensação nova, querer receber pessoas em sua vida daquela maneira. Mas era uma sensação boa. *Muito* boa.

Ele empurrou a porta, escancarando-a, e ergueu a caixinha de transporte.

— Entrem — ele convidou, olhando de relance por cima do ombro.

Todos o seguiram. Núria atravessou o hall de entrada imediatamente, passou pela cozinha e chegou à sala de estar, analisando os arredores.

— É bem espaçoso aqui. Bastante coisa para assimilar. Seu quarto fica no andar de cima? — ela perguntou a Collin, que ainda segurava a caixinha de transporte.

Ele engoliu em seco. A ideia de Núria em seu quarto deixava suas mãos suadas. Claro, os dois tinham trocado vários beijos nos últimos dias, mas o quarto onde ficava sua cama era outro nível. Collin apertou a alça da caixinha com mais força.

— Hm. Sim. No segundo andar, do lado do meu escritório.

— Acho que seria melhor manter Gato lá por alguns dias. Depois que ele se adaptar, pode começar a deixar ele explorar o resto da casa. Tudo bem por você? — ela quis saber.

Por que não estaria tudo bem?

Como se tivesse lido sua mente, Núria ergueu as sobrancelhas e acrescentou:

— Gatos são mais ativos à noite. Talvez ele pule na sua cama e te pisoteie todo, literalmente.

— Ah. Sem problemas. Eu costumo ficar acordado até tarde, de qualquer forma. E quando durmo, pareço um urso hibernando — ele disse, dando uma risadinha.

Núria assentiu.

— Que bom. Vamos subir e acomodá-lo.

Lily colocou a cabeça pela porta da cozinha.

— Bong e eu vamos fazer café e preparar um lanchinho.

Normalmente, a ideia de pessoas tocando suas coisas, vasculhando seus armários e embasbacando-se com tudo dentro de sua geladeira teria deixado Collin ansioso. Mas ele não se sentia assim agora. Nem um pouco.

— Tem café ao lado da cafeteira, você vai achar o açúcar lá também. E tem leite e creme na geladeira. Quanto aos lanches, fiquem à vontade pra usar o que encontrarem — ele disse.

— Opa! Você tem bastante queijo! — Bong anunciou de dentro da cozinha.

— Vamos. O Gato deve estar ficando ansioso aí dentro. — Núria puxou a barra da camiseta de Collin, resvalando os dedos na lateral de seu torso.

Collin sentia arrepios com o toque dela, de um jeito bom. Só esperava que Núria não tivesse notado.

— Certo. Vem comigo.

Depois que estavam no andar de cima, eles cruzaram o corredor, passaram pelo escritório e entraram no quarto grande, com a cama king-size, que estava imaculadamente arrumada com lençóis acinzentados. Por um momento, Núria pareceu estar assimilando o piso de madeira envelhecida brilhante, coberto de um dos lados por um tapete persa em tons de azul. Do outro lado do quarto, ficava um sofá de dois lugares de veludo azul-marinho, uma poltrona coberta de tecido brocado, um pufe e uma mesinha de centro. Ao lado da cama, estava a porta do banheiro anexo.

— Podemos colocar a caixa de areia no seu banheiro, pra facilitar a limpeza. E as tigelas de comida e água dele podem ficar naquele cantinho do lado da janela — ela disse, apontando o canto ensolarado do quarto.

— Claro, parece bom. — Collin pousou a caixinha de transporte no tapete. — E então a gente só abre a porta da caixinha e espera que ele saia?

Núria assentiu.

— Isso aí, é essa a ideia.

Então foi exatamente o que fizeram. Collin abriu a porta de metal devagar. Eles se afastaram e se sentaram lado a lado no sofá, observando como dois pais esperando que um bebê desse os primeiros passos.

73

Gato

Gato estava assustado. Uma vez que estava entre quatro paredes, contudo, longe das ruas, as coisas ficaram menos assustadoras. Através da grade de metal da caixa, ele enxergava paredes, um chão, cadeiras e mesas, algumas delas com almofadas felpudas. Também havia janelas, que deixaram Gato fascinado, porque sempre as tinha visto do lado de fora, olhando para dentro, não no sentido contrário. Será que a rua pareceria a mesma através do vidro? Ele conseguiria enxergar as árvores e o céu? Esperava muito que sim, porque um de seus passatempos preferidos era observar os pássaros.

Depois de um tempo, a caixa onde estava parou de se mexer. *Nhec!* A grade de metal foi aberta. Gato se arrastou em frente alguns centímetros e avistou o Vizinho Desajeitado e a Moça Arco-íris sentados em um sofá ali perto. A princípio, os dois apenas o observaram em silêncio. Porém, conforme os minutos se passavam, eles começaram a conversar, rir e sorrir bastante um para o outro. Talvez a Moça Arco-íris também gostasse do Vizinho Desajeitado, afinal.

Ora. Bom, pelo visto, as coisas deram certo nesse ponto.

Embora Gato não se sentisse totalmente pronto para sair da caixa, estava curioso para explorar aquele quarto gigante, cheio de coisas novas e estranhas.

Pouco a pouco, ele moveu as patas, avançando devagar até estar fora da caixa. Contudo não tinha energia para avançar mais. Ele se deixou cair no tapete, que era muito mais macio do que a calçada lá fora. Era tão macio que ele se sentiu compelido a cravar as garras nele, massageando-o como tinha feito com a barriga de sua mãe quando era filhote.

— Ah, oi, amiguinho. Você finalmente saiu — a Moça Arco-íris disse, sorrindo.

O Vizinho Desajeitado se ajoelhou à sua frente.

— Não precisa ficar nervoso, está bem? Você está seguro aqui com a gente — ele prometeu a Gato, com gentileza.

Depois de alguns minutos, Gato decidiu se levantar. Suas pernas estavam um pouco bambas, mas ele queria explorar. Conforme andava devagar, tropeçando um pouquinho aqui e ali, sentia a pele flácida em sua barriga indo de um lado para o outro. Suas juntas estavam doloridas. Estava difícil manter o fôlego. De tantos em tantos passos, seus músculos se contraíam e tinham câimbras. Por fim, ele alcançou o canto externo do cômodo, onde havia uma grande janela.

— Mandou bem, meu chapa! Continue assim! — o Vizinho Desajeitado o incentivou.

A Moça Arco-íris mostrou a ele suas tigelas de comida e água, que já estavam cheias. Gato, porém, não estava com muita fome, já que tinha se alimentado naquele outro lugar. Ainda assim, farejou um pouco a comida e deu umas lambidas na água. Quando terminou, ergueu o olhar para os dois. Eles pareciam satisfeitos, sorrindo para ele e entre si.

— Acho que seria bom o deixarmos relaxar agora. Ele deve estar meio perdido — a Moça Arco-íris comentou.

— Certo. — O Vizinho Desajeitado colocou sua caminha sobre o grande baú de madeira que ficava ao lado da janela. O topo dele ficava quase no mesmo nível do parapeito. — Devemos colocá-lo na cama? Para ele poder descansar? — ele perguntou à Moça Arco-íris.

Ela assentiu.

— Sim. Mas é melhor conferirmos como ele está de vez em quando. Ele não está acostumado com móveis, livros e quinquilharias. Precisamos garantir que ele não se machuque. Pelo menos até que tenha entendido como tudo funciona.

O Vizinho Desajeitado o ergueu do chão, carregando-o como se fosse uma antiguidade inestimável.

— Pronto, carinha. Dá uma olhada nessa janela. Daqui, dá pra ver seu beco, sua cerca viva preferida e aquela árvore. Se ficar observando, vai conseguir ver uns passarinhos. Está bem?

Gato olhou pela janela. Era verdade. Ele reconhecia todas aquelas coisas lá embaixo. Aquilo o fez se sentir melhor, de alguma forma. Como se não estivesse completamente afastado do mundo que conhecia. Ele ainda conseguia vê-lo. Se erguesse o focinho, conseguia até sentir o cheiro do ar do lado de fora pela fresta da janela. Depois de um minuto, Gato aconchegou as patas da frente e as traseiras sob o corpo ao afundar na almofada de sua cama. Estava cansado novamente. Suas pálpebras estavam pesadas.

— Ah, e adivinha só? — o Vizinho Desajeitado disse, fitando Gato com um sorriso bobo.

Gato voltou o olhar para ele, perguntando-se o que o teria deixado tão feliz de repente.

— Bernie, minha sobrinha, vai vir te visitar amanhã. Quando descobriu o que tinha acontecido, e que você viria morar comigo, ela insistiu em vir e organizar um lanchinho de boas-vindas pra você. O que acha?

Um lanchinho de boas-vindas?

Se Gato fosse capaz, teria sorrido. Não era de se espantar que o Vizinho Desajeitado estivesse tão feliz. Mesmo que detestasse admitir, Gato estava empolgado para ver a Humaninha de novo. Será que ela traria um pouco de peru assado para ele? Mal conseguia esperar para descobrir.

Antes disso, porém, precisaria descansar um pouco. Suas pálpebras caíram devagar, mesmo que ele se esforçasse para resistir, voltando a abri-las. Aquela era uma batalha que estava perdendo.

— Devemos deixar uma fresta aberta da porta? — o Vizinho Desajeitado sussurrou.

A Moça Arco-íris sacudiu a cabeça.

— Não. Ele pode perambular por aí e se meter em alguma encrenca. Podemos conferir como ele está daqui a meia hora. — Ela deu mais uma olhada nele e, então, saiu do quarto. Gato escutou os passos pesados dela escadaria abaixo.

Porém o Vizinho Desajeitado ainda estava à porta, observando-o.

— Você não vai se meter em encrenca, né? — ele perguntou.

Gato o encarou e piscou. Em que tipo de encrenca poderia se meter naquele lugar? As ruas, sem dúvidas, eram mais perigosas, não? *Nah. Estou bem, cara. Não se preocupe comigo*, ele pensou consigo mesmo.

O Vizinho Desajeitado, de algum jeito, devia ter pressentido seus pensamentos. Ele sorriu e levou o dedo indicador aos lábios.

— Nosso segredinho, ok, carinha?

Gato piscou mais uma vez. Satisfeito, o Vizinho Desajeitado saiu do quarto na ponta dos pés, deixando a porta aberta o bastante para comportar o corpo de Gato. *Blam. Blam. Blam.* Seus passos eram mais pesados do que os da Moça Arco-íris. Meio que parecia um daqueles cavalos que Gato vira na rua certa vez; os cascos deles fizeram um alvoroço no concreto. *Blam.* Ele alcançou o térreo. Mesmo sonolento, Gato escutava vozes e riso.

Rá! Rá! Rá!

Do que eles estavam falando e rindo? O que poderia ser tão engraçado?

É claro, ele precisaria investigar. Gato espreitou por cima da borda da caminha até enxergar o tapete no chão lá embaixo. Não parecia tão alto. Ele com certeza conseguiria pular, mesmo em seu estado enfraquecido, certo?

Ele se ergueu da almofada e se posicionou para saltar. *Um... dois... três...* Gato pulou o melhor que podia, contudo, quando tocou o chão, suas patas cederam, fazendo-o despencar para frente feito um acrobata bêbado.

Uuuf.

Não fora a mais suave das aterrissagens, mas, ainda assim, tinha conseguido. Ele lambeu uma pata e depois a outra, em um esforço para se recompor. *Certo, tô melhor.* Quando estava satisfeito com a limpeza, foi depressa até a porta. Com cada passo, as vozes ficavam mais altas. Gato enfiou a cabeça pela abertura, dando uma boa olhada nos arredores. Parecia agradável o bastante. Nada de tão assustador, na verdade. Bom, exceto pela escadaria, que parecia bem íngreme.

Levou alguns passos para Gato chegar até o patamar da escadaria. Ele ficou parado no topo, contemplando todos os degraus à sua frente. Eram muitos. O salto da cama já havia sido demais para ele. Na condição em que estava, não ousou se arriscar na jornada até o último degrau. Se não tivesse cuidado, escorregaria, tropeçaria e cairia. A última coisa que desejava era ser arrebatado de volta àquele lugar terrível, bem quando tinha acabado de chegar ali.

Não, não. Talvez outro dia, depois que recuperar as forças...

Em vez de descer, Gato escolheu um espaço no patamar onde conseguiria esconder-se atrás do corrimão, mas ainda enxergar o andar térreo. Estava em cima do tapete, então ficaria confortável enquanto ouvia a comoção lá embaixo. Era perfeito, na verdade. Como a árvore em que ele gostava de subir na juventude, a árvore que tinha uma vista bem ampla do parquinho mais além na rua.

Ele farejou o ar. Todo tipo de cheiro vinha lá de baixo. Mais uma farejada. Ovos, talvez? Queijo? Pão? Café, com certeza. Ele reconheceria aquele cheiro em qualquer lugar, já que a Moça Arco-íris estava sempre com aquele perfume.

Ding-dong!

Era a campainha.

Quem poderia ser?

— Omar! Entre. Temos sanduíches, uma tábua de queijo e refrescos. — Ele ouviu o Vizinho Desajeitado dizer ao abrir a porta da frente.

Ouviram-se passos enquanto os dois iam até a cozinha. Gato reconheceu o rangido das botinas do Carteiro Animado.

Então, as vozes se amplificaram, todos na cozinha o cumprimentando ao mesmo tempo.

— Oi, pessoal. Desculpem, estou meio suado. Está um forno lá fora. — De fato, era o Carteiro Animado. — Eu passei naquele restaurante jamaicano e peguei alguns hambúrgueres veganos.

O que raios seriam hambúrgueres veganos jamaicanos? Gato não fazia ideia, mas depois de alguns minutos, sentiu o aroma de algo delicioso. Fez uma anotação mental sobre os hambúrgueres veganos jamaicanos.

— Deus do céu. Isso aqui é bom pra caramba! — a Moça Arco-íris comentou.

Conforme escutava o ritmo das pessoas comendo e conversando, as pálpebras de Gato ficaram cada vez mais pesadas. Cada músculo em seu corpo relaxou, fazendo-o se afundar mais no tapete. Ele piscou, tentando se manter acordado, mas não estava funcionando. Lenta e delicadamente, seus olhos se fecharam.

— Ei! Tenho uma notícia. Decidi me matricular no curso de técnico veterinário na LaGuardia, a faculdade pública em Long Island — o Carteiro Animado disse.

Ouviu-se os sons de aplausos e vários *parabéns*.

Gato acordou, alarmado. *Espera. O quê?* O que estava acontecendo? Ele se esforçou ao máximo para continuar ouvindo, mas a força do sono era grande demais. Seus olhos voltaram a se fechar. Dessa vez, sua respiração desacelerou e sua consciência saiu à deriva. Parte dele ainda conseguia ouvir todas as vozes e risadas. Era quase como música. Como uma canção de ninar suave e gentil, embalando-o até o sono.

Eram os sons de suas pessoas favoritas.

Contanto que pudesse ouvi-los, estava seguro.

O interior da casa já não o assustava. Foi naquele momento, em seu estado semiconsciente, que ele se deu conta de que uma casa não era necessariamente um lugar. Pessoas também podiam ser casa. Enquanto estivesse com elas, estaria bem.

Gato finalmente havia encontrado um lar para chamar de seu.

Agradecimentos

Sempre tive o sonho de escrever um livro sobre gatos, especificamente um livro sobre gatos do ponto de vista de um gato. Mas alguma coisa nessa ideia me intimidava. Será que possíveis agentes literários e editores se interessariam por ele? Seria sequer vendável? Será que os leitores achariam a premissa boba? Quando finalmente encarei meus medos e escrevi *Adotados pelo gato*, fiquei feliz ao descobrir que meus receios eram infundados.

À minha agente literária, Amy Bishop-Wycisk: sou eternamente grata aos seus comentários editoriais atenciosos, suas habilidades de fazer contatos e negociar, sua comunicação oportuna, seu entusiasmo inesgotável, seus conselhos sábios e sua determinação como um todo. Você não apenas é a melhor representante possível para a minha carreira, como também é alguém que posso orgulhosamente chamar de amiga e camarada no amor aos gatos.

Sou imensamente grata a minha editora de aquisições, Anne Speyer. Obrigada por dar à minha estreia no gênero adulto a melhor das casas editoriais. Soube, desde a nossa primeira conversa, que você seria a editora perfeita para me ajudar a transformar *Adotados pelo gato* em um livro de verdade. Suas sugestões editoriais fizeram a história brilhar, e a capa que você ajudou a trazer à vida é verdadeiramente digna desse brilho. Trabalhar com você tem sido um prazer absoluto.

À minha editora adotada, Wendy Wong: obrigada por assumir seu papel e me fazer sentir amada e valorizada desde o início. Dizem que toda situação tem seu lado bom, e posso dizer com honestidade que você trouxe alegria e positividade à minha jornada editorial. Mal posso esperar para trabalharmos em mais livros juntas.

A toda a equipe da Delacorte/Penguin Random House: obrigada por *tudo*. Vocês não apenas publicam muitos dos melhores livros em circulação, como fazem isso com uma eficiência e entusiasmo sem igual.

A capa dos meus sonhos nunca teria acontecido sem a artista Leah Reena Goren. Obrigada por trazer Gato e suas pessoas, ou melhor, as *mãos* de suas pessoas, à vida. Sua arte não apenas me deslumbrou, ela superou todas as minhas expectativas.

À minha família: sou grata pelo encorajamento constante durante o percurso (muitas vezes turbulento) do trajeto editorial em que estou. À minha mãe, Helena, obrigada por me ensinar sobre sua vida de amante de gatos, o que me possibilitou escrever esta história com a autenticidade, honestidade e humor absolutos de que ela precisava. Ao meu pai, Wahoo, obrigado por sempre se interessar por meus projetos literários e pelo que está por vir. À minha irmã, Katya, obrigada por sempre estar ao meu lado e por me dizer o quanto se orgulha de mim. Nada melhor do que ter uma irmã ou irmão acolhedor junto de nós. Ao meu marido, Daemon, obrigada por ser um grande companheiro de resgate de gatos e cachorros. À minha única *hija,* Violet, obrigada por ser sempre minha maior torcedora, mesmo que eu seja velha e brega. Talvez um dia a gente finalmente possa cruzar aquele tapete vermelho juntas em uma estreia.

A jornada de um autor seria extremamente solitária sem um grupo de amigos escritores. Ao meu pelotão do infantojuvenil: Janae Marks, Lorien Lawrence e Shannon Doleski, obrigada por todo o apoio moral durante o processo estressante de fazer contatos e enviar manuscritos quando fiz a transição de literatura infantil para adulta. À minha colega de fuso horário de longa data, Melly

Sujitro, obrigada por sempre estar aqui para falar de artesanato, livros, bobagens e chá. Samantha Sotto Yambao, fico felicíssima por finalmente ter uma agente *e* irmã editorial com quem almoçar na vida real! A Pierra Calasanz-Labrador, obrigada por concordar em ser a primeira pessoa de todas a ler os capítulos de amostra de *Adotados pelo gato*, por rir da referência ao Julio Iglesias e dar a ela um grande joinha.

A todos que já conheci na comunidade de proteção aos animais desde que comecei no voluntariado, em 2008, e especialmente à Nancy Cu-Unjieng e Barbara Greenwood, que foram minhas mentoras quando comecei a resgatar, abrigar, adotar e fazer trabalho de C.E.D.: este livro não teria acontecido sem a orientação e a amizade de vocês.

Tem um espaço especial em meu coração para todos os meus amigos e comunidade de amantes de gatos. Obrigada por compartilharem suas muitas fofíssimas e divertidas fotos, memes e histórias com gatos. Vê-las sempre ilumina meu dia. Espero que vejam um pouco — ou, talvez, muito — de si mesmos nas páginas de *Adotados pelo gato*.

E, por último, mas não menos importante, aos meus leitores: obrigada por escolherem passar um tempo com Gato, Núria, Collin, Omar, Bong e Lily. Espero tê-los feito sorrir, rir e chorar (lágrimas de alegria, principalmente).

Primeira edição (outubro/2025)
Papel de miolo Luxcream 60g
Tipografias Adobe Devanagari e Hello bloomie
Gráfica LIS